余秋雨 著

内在的星空

余秋雨人文创想

北京联合出版公司
Beijing United Publishing Co.,Ltd.

编者扉语

十多年前阅读台湾出版的《倾听秋雨》一书时，便萌生了他日若得机缘编撰一本余先生嘉言妙语的构想。起因是收录在书后的桑庚楚先生撰写的《平易中的语言魅力》一文。在这篇评论中，桑先生解读了秋雨散文风靡华人世界且多年不衰、代有读者的缘由。他认为，余先生散文的巨大成功，不在于一般意义上的文字典雅畅达，而是“在感性叙事、铺展场景过程中加入的哲思，似乎是议论，却又不尽然，而是突如其来的思维灵感，如光石火电，烛照前后。余秋雨先生笔下的警句，都用口语方式呈现，没有格言架势，也没有布道模样，而只是依据感性场景自然流出。但一旦出现，却显得凝练隽永，与前后文句迥然不同，让人反复吟诵，输入记忆。这种以寻常方式呈现出来的特殊高度，显得贵重而优雅。贵重而不失随和，优雅而更见亲近，这真是遣词造句的化境”。这段话也真是知人识文的高论。余先生无意于格言体的雕砌，却留下了堪比蒙田、培根格言的珍馐。

余先生说过，“读书是找寻和自己心理同构的作家的过程”。也许正是这样的心理同构，我们对余先生的作品始终保持着浓厚的阅读兴趣。二十多年来，几乎遍览了其所有著作，包括可能搜罗到的序言、碑文、题额，细细品咂，慢慢思忖，捧读愈多，体悟愈深，把当年的构想付诸行动的冲动也愈加强烈。

对余先生的历史史观、美学趣味乃至学术裁断，或许会见仁见智，而他散文中闪现的高超语言天赋，则是大家都折服的。余先生遣词造句，神乎其技，已臻化境，就像女娲补天的五彩石，既石破天惊又五色斑斓。他的散文语言典雅畅达、潇洒飘逸、恣肆汪洋、豁达大气，或抒情、或冥思、或言志、或状景、或怀人，忽而有黄钟大吕之响与惊涛裂岸之势，忽而有婉转曲折之至和柔肠百结之时，无不恰到好处，曲尽其妙。写文明写历史，他纵横四海，驰骋古今，下笔有千钧之重；写童年写故乡，又情意切切，婉约缱绻，天然而质厚淳朴。这样的“文字饕餮”，对读者而言，是感情上不由自主的裹挟和阅读上的至高语言享受。

当然，如果没有思想内涵和人文底蕴的支撑，仅靠辞采华美，虽能博得一时之喝彩，但未必具有长盛不衰的持久生命力和广泛的社会渗透力。余先生散文的魅力在于，不仅擅辞采之胜，更具思想之美。他的散文视野开阔、命题宏大、内容深刻、角度新颖，有着巨大的思想容量，绝不是曾一度流行的“小女人散文”和“小男人散文”，写一些小痛小痒、小悲小欢。他站在时代精神的高度，揭示当代人的审美意趣和文化心理，深情专注于中国文化的沉重脚步和苦难命运、中国文人的精神基因和文化良知、中国文明的血脉经络和灵魂秘谛。他还跨越了中西文化的藩篱，立足于环球视野，探秘世界古文明的起源，进行中西文明的比较。在其笔下，宇宙洪荒、人类本原、世界历史、社会万象、家国情仇、命运浮沉，一齐奔涌眼底，使你在深厚博大的心灵与苍茫旷远的历史和自然对话中，立刻感受到大胸襟、大气度、大手笔的炽热气息。余先生凭着自己广阔的历史视野、深厚的文化功底、独到的文化感悟和丰富的思想内容，见常人所未见，思常人所未思，其散文闪烁着独特的理性和哲理之光。

更难能可贵的是，余先生将哲思与文采二者浑然一体、不动声色地完美结合，深厚的人文学养叠加过人的语言才华，使其散文在当代达到一个令人仰视的高峰。正是在这个意义上，白先勇先生盛赞“余秋雨先生把唐宋八大家所建立的散文尊严又一次唤醒了”。适逢《秋雨合集》出版，收集了余先生绝大部分著作，我们以之为基础，同时参照其他版本及散见于报刊未收入《秋雨合集》的文章，以思想性、艺术性、文情俱佳为标准，选编了这本余秋雨文摘，内容分为史识、斯文、翰墨、此生、行旅五个部分，分别涵盖余先生对史识（含哲学、美学、思想、政治、历史、宗教）、斯文（含文明、文化、学术、教育、读书、写作）、翰墨（含文学、艺术、戏剧、书法）、此生（含社会、人生、家庭、爱情、友情、乡情）、行旅（含城市、建筑、旅行、风景）等五个方面的思索。我们希冀能够方便读者在较短的篇幅和有限的时间里，撷珠选粹，一叶知秋，欣赏余先生的散文风采和思想洞见于万一。以上为编者自白，迹近后台喝彩，但有美在前，理当共享，我们不揣浅陋，献芹于同好。眼高手低之处，还请余先生见谅，请读者批评。

尹卫东　程天龙　谨识

2016年8月28日

余秋雨

一九四六年八月生，浙江人。早在“文革”时期，针对以“样板戏”为旗号的文化极端主义，勇敢地潜入外文书库建立了《世界戏剧学》的宏大构架。“文革”方过，及时出版，至今三十余年，仍是这一领域唯一的权威教材。

二十世纪八十年代中期，被推举为当时中国内地最年轻的高校校长，并出任上海市中文专业教授评审组组长，兼艺术专业教授评审组组长。曾获“国家级突出贡献专家”“上海十大高教精英”“中国最值得尊敬的文化人物”等荣誉称号。

在担任领导职务六年之后，连续二十三次的辞职终于成功，开始孤身一人寻访中华文明被埋没的重要遗址。所写作品，往往一发表就轰动社会各界，既大力推动了文化古迹保护，又开创了“文化大散文”的一代文体，模仿者众多。

二十世纪末，冒着生命危险贴地穿越数万公里考察了巴比伦文明、克里特文明、希伯来文明、阿拉伯文明、印度文明、波斯文明等一系列重要的文化遗址。他是迄今全球唯一完成此举的人文学者，一路上对当代世界文明作出了全新思考和紧迫提醒，在海内外引起广泛关注。

他所写的大量书籍，长期位居全球华文书排行榜前列。白先勇先生说：“余秋雨先生是唯一获得全球华文读者欢迎而历久不衰的大陆作家。”在台湾，他囊括了白金作家奖、桂冠文学家奖等几乎全部文学大奖。在大陆，《扬子晚报》《成都商报》等报刊近年来频频向全国高层读者调查“谁是你最喜爱的当代写作人”，他的排名每一次都遥遥领先。

几十年来，他自外于多种名誉职位和社会团体，不理会传媒间的喧嚣，以独立知识分子的身份完成了“空间意义上的中国”“时间意义上的中国”“人格意义上的中国”“审美意义上的中国”等重大专题的研究和著述。联合国科教文组织、北京大学等机构一再为他颁奖，表彰他“把深入研究、亲临考察、有效传播三方面合于一体”，是“文采、学问、哲思、演讲皆臻高位的当代巨匠”。

自二十一世纪初年开始，赴美国国会图书馆、联合国总部、哈佛大学、耶鲁大学、哥伦比亚大学等处演讲中国文化，反响巨大。上海市教育委员会颁授成立“余秋雨大师工作室”，中国艺术研究院设立“秋雨书院”。（陈羽）

目录

历史的最大生命力，就在于大浪淘沙

过去的，就让它过去吧，这才是历史的达观

一·史识

⊙

我一直把老子看成是一位伟大的清道夫，他用“做减法”的哲学把中国人的思维引向简约、质朴，使得中华文明长寿。其实，人的长寿不也是同样的道理吗？我们一生，常常为层层叠叠的虚设目标、虚设赛场所困。你们今后只要又一次被困，不妨抬起头来，看看云端之上那个白发老人的平静目光。

⊙

把中庸看成是至高无上的天理、天命、天道，这与“天人合一”的基本思维有关。中华文明的基础是农耕文明，紧紧地依赖着四季循环、日月阴晴，因此很清楚一切极端主义都不符合天道。夏日炎热到极端必起秋风，冬天寒冷到极端即来春天，构成一个否定极端主义的生态循环圈。

⊙

中国的古代哲人把中庸看成是存亡的关键，而事实证明，中华文明确实成了人类古文明中唯一没有中断或湮灭的幸存者。

据我本人对各大古文明遗址的实地考察、对比、研究，确认中庸之道是中华文明长寿的最重要原因。正是这种坚守中间态、寻常态、随和态的弹性存在，使中华文明避过了无数次断裂和崩塌。

⊙

我同意有些学者的说法，孔子对我们最大的吸引力，是一种迷人的“生命情调”——至善、宽厚、优雅、快乐，而且健康。他以自己的苦旅，让君子充满魅力。

君子之道在中国历史上难于实行，基于君子之道的治国之道更是坎坷重重，但是，远远望去，就在这个道那个道的起点上，那个高个儿的真君子，却让我们永远地感到温暖和真切。

⊙

作为遥远的后人，我们可以对儒、墨之间的争论做几句简单评述。在爱的问题上，儒家比较实际，利用了人人都有的私心，层层扩大，向外类推，因此也较为可行；墨家比较理想，认为在爱的问题上不能玩弄自私的儒术，但他们的“兼爱”难以实行。

如果要问我倾向何方，我会毫不犹豫地回答：墨家。虽然难以实行，却为天下提出了一种纯粹的爱的理想。这种理想就像天际的光照，虽不可触及，却让人明亮。儒家的仁爱，由于太讲究内外亲疏的差别，造成了人际关系的迷宫，直到今天仍难以走出。当然，不彻底的仁爱终究也比没有仁爱好得多，在漫无边际的历史残忍中，连儒家的仁爱也令人神往。

⊙

墨子以极其艰苦的生活方式、彻底忘我的牺牲精神，承担着无比沉重的社会责任，这使他的人格具有一种巨大的感召力。他去世之后，这种感召力不仅没有消散，而且还表现得更加强烈。

据记载，有一次墨家一百多名弟子受某君委托守城，后来此君因受国君追究而逃走，墨家所接受的守城之托很难再坚持，一百多名弟子全部自杀。自杀前，墨家首领派出两位弟子离城远行去委任新的首领，两位弟子完成任务后仍然回城自杀。被委任的新首领阻止他们这样做，他们也没有听。按照墨家规则，这两位弟子虽然英勇，却又犯了规，因为他们没有接受新任首领的指令。

为什么集体自杀？为了一个“义”字。既被委托，就说话算话，一旦无法实行，宁肯以生命的代价保全信誉。

⊙

慷慨赴死，对墨家来说是一件很平常的事。

这不仅在当时的社会大众中，而且在以后的漫长历史上，都开启了一种感人至深的精神力量。

司马迁所说的“其言必信，其行必果，已诺必成，不爱其躯”的“任侠”精神，就从墨家渗透到中国民间。千年崇高，百代刚烈，不在朝廷兴废，更不在书生空谈，而在这里。

⊙

大概在宋朝建立一百年后，那些高水准的哲学派别开始出现。这个时间值得注意，表明一个朝代如果上上下下真心着力于文化建设，浅层次的成果二三十年后就能看到，而深层次的成果则要等到一百年之后才能初露端倪。准备的时间长一点，出来的成果也像样一点。文化的事，急不来。

像样的成果一旦露头，接下来必然林林总总接踵而至，挡也挡不住了。这就是我们一般所说的黄金时代。宋代哲学思想的黄金时代延续了一百三十多年，其间真是名家辈出、不胜枚举：周敦颐、邵雍、张载、程颢、程颐、杨时、罗从彦、李侗……终于，一个辉煌的平台出现了，朱熹、陆九渊、吕祖谦、张栻、陈亮、叶适等一众精神巨匠，相继现身。这中间还不包括我们前面已经说过的王安石和司马光。如此密集的高层智能大迸发，只有公元前五世纪前后，即中国的诸子百家时期和古希腊哲学的繁荣时期才能与之比肩。

⊙

朱熹是一个集大成者。他的学说有一种高贵的宁静，企图为中华文明建立一个包罗万象的永恒体系，并为这个永恒体系找出一个唯理论的本原。用现在的话说，也就是为长期处于散逸状态的儒家教诲找到宇宙论和本体论的基础。他找到了，那就是天地万物之理。因此，他也找到了让天地万物回归秩序的理由，找到了圣人人格的依据，找到了仁、义、礼、智、信的起点。

为此，他在儒学各家各篇的基础上，汲取佛学和道学的体系化立论法则，对天地万物的逻辑进行重新构造。他希望自己的思考获得感性经验的支持，因此用尽了“格物致知”的功夫，而且他相信，人们也只有通过感性经验才能渐渐领悟本原。这样，他就把宏观构建和微观实证的重担全压在自己身上了，近似于以一人之力挖几座山、堆几座山、扛几座山。这种情景，直到今天想来，还让人敬佩不已。

⊙

宏观的因果，是一种不朽的因果。为此，胡适先生曾写过一篇《不朽》来表述。

节约了一杯水，细细推导，正面结果将是不朽的；随地吐一口痰，细细推导，负面结果也将不朽。那么同样，美言不朽，恶语不朽，任何一个微笑不朽，任何一次伤害不朽……它们全都轻轻地传递着，曲折地积累着，迟早会归并成两个世界，一个让人喜乐的世界，一个让人厌弃的世界。

⊙

佛教的逻辑出发点，倒不是善，而是苦。人为什么有那么多苦？因为有很多欲求。而细究之下，所有的欲求都是虚妄的。世间种种追求，包括人的感觉、概念、区分，都是空相。在快速变化的时间过程中，连自己这个人也是空相。由此，得出了“无我”“无常”的启悟，可以让人解脱一切羁绊。

包括佛学家在内的很多哲学家都认为，人之为人，在本性上潜藏着善的种子。灌溉它们，使它们发育长大，然后集合成一种看似天然的森林，这就是文化的使命。

从古到今，中国民众对抽象学理缺少“消费欲望”。几千年来他们只记住不多的几句圣人教言，自在度日。背得多一点，是为科举。那些评古论道、咬文嚼字的人，不多，与千家炊烟、万家灯火关系不深。如果这些人成了气候，空论、激论、偏论泛滥，对谁也没有好处。

总之，根子上的农耕文明使中国民众很难信奉一切离开脚下大地太远、离开直觉经验太远的东西。躲避灌输，不喜喂食，有可能是生命的一种自救。

天下长寿之人，大多简食薄饮。中华老矣，回首渺茫生平，得长寿的原因之一，是不太喜欢精神文化上的浓脂厚味、巍楼巨厦。

⊙

恶，在乱纷纷的时代傲然挺立；善，却在这个时代萎弱衰退。心地光明的女主角，把人生与爱，交付给了一个心造的幻影；把仇恨与蔑视，交付给了一个乱世英雄。于是，道德准绳背后牵连着巨大的遗憾，历史车轮的近旁杂卧着难割难分的善与恶。

只有哲理，才能使遥远的故事焕发出普遍魅力。

⊙

陶渊明毕竟是一个大艺术家，他在深入地体验过生命哲学以后，就从自己的院子里跳了出来，跳到了桃花源。我曾在一篇文章中说过，田园是陶渊明的“此岸理想”，桃花源则是他的“彼岸理想”。田园很容易被实际生活的艰难摧毁，因此他要建造一个永恒的世界。这个世界对现实世界具有一种宁静的批判性，批判改朝换代的历史，批判战乱不断的天地，批判刻意营造的规矩，批判所有违背自然的社会形态。但是，他又把这些批判完成得那么美丽，那么令人神往。

桃花源是无法实现的，这是一种形而上的存在，构成了一个精神天国。有人说中国文化缺少一种超世的理想结构，我觉得桃花源就是。

⊙

一切伟大从外面看是一种无可抗拒的力量，从里面看则是一种无比智慧的秩序。秩序对于周边的无序有一种强大的吸附能力和整合能力，但是无序对于秩序也有一种不小的消解能力和颠覆能力，谁胜谁负，主要是看秩序能包含什么样的智慧浓度。

⊙

人们看到，儒、道、佛这三种完全不同的审美境界出现在中华文化之中。一种是温柔敦厚，载道言志；一种是逍遥自由，直觉天籁；一种是拈花一笑，妙悟真如。中国文化人最熟悉的是第一种，但如果从更高的精神层面和审美等级上来看，真正不可缺少的是后面两种。在后面两种中，又以第三种即佛的境界更为难得。

⊙

儒家重善，道家重真，都看轻了美，而法家当然更不在乎美，因此造成了中华文化在整体上对审美问题的若即若离。

⊙

陶渊明以自己的诗句展示了鲜明的文学主张，那就是戒色彩，戒夸饰，戒繁复，戒深奥，戒典故，戒精巧，戒黏滞。几乎把他前前后后一切看上去“最文学”的架势全推翻了，呈现出一个完整的审美系统。

⊙

在人类审美的高低雅俗等级中，大凡自然、和谐、中性、收敛为高雅，反之，人工、极端、艳丽、刺激为低俗。现代派艺术家会突破这种常识，但那显然不属于中国的宫殿式建筑和餐馆。

⊙

喜剧美，是一个大概念，其中有一项叫滑稽。滑稽的一大特点，就是用荒诞的方式让人跳出惯性，然后破除更大的荒诞。人是容易沉迷的，因此需要唤醒。沉迷得浅的，可用悲剧来刺激；沉迷得深的，可以用喜剧来阻断。因为悲剧用的是和沉迷者同一逻辑，而喜剧用的则是另类逻辑。

⊙

人间尊严的一个关键形态，是美。

美有可能被迫失去尊严，但尊严总会转化为美。

美之于人，集中了自信、教养、风度、见识，最终凝结成一种外化形态，举手投足气象非凡。这种气象，使尊严获得塑造，从此不再涣散。

⊙

《红楼梦》则完全是另外一个天域的存在了。这部小说的高度也是世界性的，那就是：全方位地探寻人性美的存在状态和幻灭过程。

它为天地人生设置了一系列宏大而又残酷的悖论，最后都归于具有哲思的巨大诗情。虽然达到了如此高度，但它极具质感的白话叙事，竟能把一切不同水准、不同感悟的读者深深吸引。这又是世界上寥寥几部千古杰作的共同特性，但它又中国得不能再中国。

⊙

一位兵家女孩，极有才华又非常美丽，不幸还没有出嫁就死了。阮籍根本不认识这家的任何人，也不认识这个女孩，听到消息后却莽撞地赶去吊唁，在灵堂里大哭一场，把满心的哀悼倾诉完了才离开。阮籍不会装假，毫无表演意识，他那天的滂沱泪雨全是真诚的。这眼泪，不是为亲情而洒，不是为冤案而流，只是献给一具美好而又速逝的生命。荒唐在于此，高贵也在于此。有了阮籍那一天的哭声，中国数千年来其他许多死去活来的哭声就显得太具体、太实在，也太自私了。终于有一个真正的男子汉像模像样地哭过了，没有任何其他理由，只为美丽，只为青春，只为异性，只为生命，哭得抽象又哭得淋漓尽致。依我看，男人之哭，至此尽矣。

⊙

这些在生命的边界线上艰难跋涉的人物，似乎为整部中国文化史做了某种悲剧性的人格奠基。他们追慕宁静而浑身焦灼，他们力求圆通而处处分裂，他们以昂贵的生命代价第一次标志出一种自觉的文化人格。在他们的血统系列上，未必有直接的传代者，但中国的审美文化从他们的精神酷刑中开始屹然自立。

在嵇康、阮籍去世之后的百年间，书法家王羲之、画家顾恺之、诗人陶渊明相继出现；二百年后，文论家刘勰、钟嵘也相继诞生；如果把视野拓宽一点，这期间，化学家葛洪、天文学家兼数学家祖冲之、地理学家郦道元等大科学家也一一涌现。这些人在各自的领域几乎都称得上是开天辟地的巨匠。魏晋名士们的焦灼挣扎，开拓了中国知识分子自在而又自为的一方心灵秘土，文明的成果就是从这方心灵秘土中蓬勃地生长出来的，以后各个门类的千年传代也都与此有关。

⊙

陆游企盼的王师和辛弃疾寻杀的敌人，在历史进程中已失去了绝对意义。但是，这些诗句包含的精神气质却留下来了，直指一种刚健超迈的人生美学。我一直不希望人们把这样的诗句当作历史事件的写照，或当作民族主义的宣教，那实在是大材小用了。人生美学比什么都大，就像当年欧洲莱茵河流域中世纪庄园的大门突然打开，快马上的骑士手持长剑，黑斗篷在风中飘飘洒洒掠过原野。历史铭记的就是这个形象，至于他去哪里、与谁格斗，都不重要。

白石老人作
自造稿

⊙

有的学者说，宋代扼杀了大诗人陆游和辛弃疾，我不同意。陆游是活到整整八十五岁才去世的，辛弃疾没那么长寿，也活了六十七岁。我不知道所谓的“扼杀”是指什么。是让他们做更高的官吗？是让他们写更多的诗吗？在我看来，官不能再高了，诗已经够多了。

我的观点正相反：是宋代，造就了他们万古流芳的人生美学。

⊙

这就是魏晋名士的风采。按照罗宗强先生的说法，他们把庄子的理想人间化了，也就使生活变得诗化、艺术化了。

他们鄙视权贵、漠视世俗、傲视成规、无视生死，最后凝聚为一种充满诗意的孤傲美和寂灭美。这种生态在后来世世代代知识分子身上无法重复，后人只能仰望，或者只能局部模仿。

⊙

中国古人喜欢用比喻手法在自然界寻找人生品质的对应物，因此，水的流荡自如被看成智者的象征，山的宁静自守被看成仁者的象征。这还不仅仅是一般的比喻和象征，孔子分明指出，智者和仁者都会由此而选择自己所喜爱的自然环境，这已近乎现代心理学所说的心理格式对应关系了。在我的记忆中，先秦诸子都喜欢以山水来比附人间哲理，但最精彩的还是“智者乐水，仁者乐山”这个说法，直到今天还给人们许多联想。

⊙

我历来提倡“审美历史学”。美不是历史的点缀，而是历史的概括。商代历史的归结是青铜器和玉器，就像唐代历史的归结是唐诗，或者说，欧洲好几个历史阶段的归结是希腊神话、达·芬奇和莎士比亚，而不是那些军事政治强人。

⊙

好好的女孩子，为了追求“美”，每天在自己的脸上涂抹，涂抹成虚假而又雷同的形象，这就走向了不美；又如，偶尔举行一些选美活动本来也不错，但是如果夹杂着很多竞争、觊觎、嫉妒，也就走向了不美；再如，美和美感，本是一种与生俱来的感觉，不知怎么冒出来那么多“美学教授”，连篇累牍地把美讲得那么枯燥、刻板、啰唆、冗长，这也走向了不美；更可笑的是，由于美的极度张扬，结果造成美的无限贬值，以致像一个讽刺段子所说的，现在街上只要有人呼喊一声“美女”，满街从老太太到小姑娘全会回过头来。

⊙

用哲学态度对待古人，古人也就变成了理念；用美学态度对待古人，古人便从理念中释放出来重新成为活人。美学态度是一种亲切态度、俏皮态度、平视态度，可能会引起学究们的不悦，不管他们。因为好的人生就是诗，隔了两千多年还在被人惦记的人生，更是诗。

⊙

从审美心理学的立场来看，艺术作品的留存史，比艺术作品的发生史更加重要。那么多作品都自然问世了，为什么就是这些作品能够留存下来？这与民族的深层心理有关，与社会的变迁有关，其间又一定沉潜着一部部有关抗击人们厌倦、赢得时间青睐的心灵探索史。可惜历来的文化史家缺少这种视角，只知记录一部部作品的问世，无视它们问世后的万般沧桑，更无视人们围绕着它们的命运所做的各种努力。

其实，艺术的可贵，人类的坚韧，很大一部分就体现在这些沉潜着的心灵探索史之中。

⊙

照理，审美争论是很难成立的，因为审美没有是非。但是，任何民族对自己精神家园的最佳风景，总会有难分轩轾的徘徊和犹豫。因此所谓审美争论其实不是争论，是同行者们充满享受的徘徊和犹豫。

请相信：一往情深是一种审美状态，徘徊和犹豫则是一种更富足的审美状态。

⊙

小时候每次进山，总会采摘一些不同的树叶带回来，夹在书本簿册间，让它们慢慢干去。有时不小心翻到，脉纹清晰而生机全无，却能让人想起满山树林，轻风一过，声如湖潮。

我的那些文章和著作，也算是栽种在山间的一棵棵树木吧，栽种之时只考虑到它们的整体生命，不敢想象它们的叶子会被一片片采摘。在我看来，树叶之美，在于树杈的能量和姿态；树杈之美，在于树木的能量和姿态；树木之美，在于山峦的能量和姿态；山峦之美，在于天地的能量和姿态。

因此，树叶不宜采摘。一叶障目，不见森林，是不智之举。

但是，此论不可绝对。寒冬季节，万木凋零，山河失色，只有夹在书本间的那些树叶还为人们保留着某种记忆。即使不在冬季，世上还有很多人无暇或无力畅游山林，那么几片树叶也算是一种不俗的馈赠。如果不同的树叶还能拼接出几组神奇的图案，那就更有意思了。

⊙

无论是浓黑天际的一道微曦，无论是黝黝丛山间的一星孤灯，还是数里之外的一堆野烧，都会给夜行者带来生机和兴味。

⊙

光听着窗外夜色中时紧时疏的雨声，便满心都会贮足了诗。要说美，也没有什么美，屋外的路泥泞难走，院中的花零落不堪，夜行的旅人浑身湿透。但正是在这种情境下，你会感受到往常的世俗喧嚣一时浇灭，天上人间只剩下了被雨声统一的宁静，被雨声阻隔的寂寥。人人都悄然归位，死心塌地地在雨帘包围中默默端坐。外界的一切全成了想象，夜雨中的想象总是特别专注，特别遥远。

⊙

在夜雨中想象最好是对窗而立。暗淡的灯光照着密密的雨脚，玻璃窗冰冷冰冷，被你呵出的热气呵成一片迷雾。你能看见的东西很少，却似乎又能看得很远。风不大，轻轻一阵立即转换成淅沥雨声，转换成河中更密的涟漪，转换成路上更稠的泥泞。此时此刻，天地间再也没有什么会干扰这放任自由的风声雨声。你用温热的手指划去窗上的雾气，看见了窗子外层无数晶莹的雨滴。新的雾气又腾上来了，你还是用手指去划，划着划着，终于划出了你思念中的名字。

⊙

只有在层峦叠嶂之中，才有巍峨的高峰。

⊙

一代艺术不能没有最高代表，但最高代表往往是孤独的，违逆常规的。因此，与他们一起热闹了剧坛的同行，往往也会变成他们的对头。在这里，主峰和群峦的关系，常常以对峙的方式出现。但是，他们又毕竟是一个系统，而且是不可分割的系统。

⊙

在中国历史上，唐诗和书法都产生过长时间的社会性痴迷，社会的精神翅翼围着它们转，人生的形象、生活的价值都与它们不可分，为着一句诗、一笔字，各种近乎癫狂的举动和匪夷所思的故事都随之产生，而社会大众竟也不觉为怪，由此足可断定唐诗和书法在中国的古典审美构架中有着举足轻重的地位。

⊙

当代的研究者大多把东方美学作为一种观照对象来看待，很少把它当作一种立身之本或思维工具，东方美学虽然为现代孕育了不少美的实绩和创造者，却未能在理论上构建起自身的现代形态。它在现代学者中能够找到不少眺望者、理解者和赞赏者，却很难真正找到魂魄与共的代言人。因此我们需要重新追寻它，这其实也是追寻自己。

⊙

任何一种事物的特殊性只有在设身处地的体验中才能确切感受到，如果只是以陌生的眼光做一些外在的观照就容易大而化之地模糊掉。明哲精细如黑格尔在他的宏伟巨著《美学》中谈到东方美学时也只能显得十分粗疏和笼统，搞不清东方美学本身真正的多元性。这就像对东方未曾长期深入的欧洲人会觉得东方人从长相到性情都差不多一样。

⊙

艺术和美归根结底只属于人文现象而不是科学现象，而人类精神是无法用逻辑的解剖刀细加分割的。人是一个有机整体，人类社会是一个有机整体，人类发展也是一个有机整体。在这个整体中，交错、倒置、回归不仅大量存在而且浑然一体，原始情怀和现代困惑难分难解，科学的清晰性在这里往往束手无策。

⊙

中国古代美学的重要原则是“气韵生动”，这里的“气”指的是宇宙生命，是一种游荡广远而又包涵广远的整体性存在，容不得分割和阻断。这种“气”化解着主、客体的界限，也模糊了人与自然的鸿沟，是“天人合一”哲学的派生概念。

⊙

自然的最美处，正在于人的思维和文字难于框范的部分。让它们留住一点虎虎生气，交给人们一点生涩和敬畏，远比抱着一部《康熙字典》把它们一一收纳有意思得多。

⊙

无论是人类与自然的关系还是人类本身的互相关系，都是从混沌整体出发，经过分解、冲突、个别化，然后重又进入整体。

东方绘画喜欢取钝角、圆线、曲线，而不像西方绘画那样有更多的锐角、直线、硬线，这些小节正直逼一种由柔静态、被动态组合成的和谐。

东方美学的至高境界是人和自然的默契。人不是对抗自然、索取自然、凌驾自然，而是虔诚地把自然当作最高法则，结果自然也就人情化、人格化，这样的山水画也就因描绘了人化的自然而充满了整体意识，包容之大远超于西方的风景画和人物画。

⊙

早期东西方有的图腾图案包含鲜明的原始宗教意义，虽然有装饰性却不自觉，只有在一种特殊文明的许诺下进入“逍遥游”的状态并“游于艺”，才会把人生的潇洒蜕化成对形式美的张扬。

⊙

也许是先民艰难生态的审美凝结，有些东方艺术追求着一种与通畅、朗润相反的格调，洪荒中的玄黄，激烈中的狞厉、野朴、粗悍、破残、苍凉感、风霜态，组成一种不愿获得现代安慰的天然性悲苦……

⊙

美学在东西方的差异只不过是人类精神在不同的方位展现出不同的侧面罢了，那么，现代交融的无数动人实例则进一步证明这不同的侧面毕竟依附于同一机体之上，在深层本性上有许多相通之处，因此艺术和美学的现代选择，既不是让西方来选择东方，也不是让东方来选择西方，而是在两方的碰撞、交汇、比较中一起强化全人类的意识。

⊙

没有悲剧就没有悲壮，没有悲壮就没有崇高。雪峰是伟大的，因为满坡掩埋着登山者的遗体；大海是伟大的，因为处处漂浮着船楫的残骸；登月是伟大的，因为有“挑战者号”的陨落；人生是伟大的，因为有白发，有诀别，有无可奈何的失落。古希腊傍海而居，无数向往彼岸的勇士在狂波间前仆后继，于是有了光耀百世的希腊悲剧。

⊙

混沌整体的美学格局只有在混沌整体的社会格局中才会安然自适，而现代社会多层复杂结构的精细展开必然会对东方艺术的每一部分都提出严格要求，要求它焕发出多方位的生命力，这是传统的东方美学所难以满足的。

既然大千世界的一切都可以交融一体而成为一种精神存在，那么美的课题也极易为善、德、道、史等政治、伦理、心理、生理、科学等命题所吞食、所杂交，这使东方的艺术家和艺术作品总是卓然独立于社会之上，也缺少质地纯粹的艺术构建，这种情况使东方无论是过去、今天还是将来都不能傲视西方。

⊙

当大多数的东方人在生活形态上都已进入现代之后，再模拟原始之态毕竟夹杂着不小的造作感，而造作恰恰与原始的天真和拙朴南辕北辙。

⊙

中国古代的祭仪性表演，或者说表演性祭仪，构成了一个宽松的弹性系统。正由于它的柔韧，避免了它早早地破碎。即便在社会风俗和审美观念发生了历史性变化的情况下，它也因具备相当的吸纳能力和应变能力而留存下来。

这个弹性系统保留到今天，祭祀典仪的具体目的性更趋淡化，审美娱乐跃升到了主导地位，但是它的仪式性构架始终保持着，未曾蜕脱。如果把它的仪式性构架去掉，只留下一堆零碎和简陋的小节目，即使经过精心挑选，也失去了这种演剧的自身魅力，失去了它借以代代相传的依据，失去了它在中国文化领域中的整体生命。

⊙

中国原始表演中这种打破舞台区域的自由环境意识，并不仅仅出自对一种新奇演出技巧的追求。追根溯源，还应归之于中国原始礼仪向生活和艺术双向散落的时候，一直处于一种边界模糊的交融状态。古代中国人不曾也不愿把生活仪式和演剧仪式划分得泾渭分明、一清二楚。因此，当他们把生活环境和表演环境互相延伸的时候，觉得十分自然，并不以为是异想奇设。

⊙

审美结构本身当然也会在技巧上有一个不断递进、逐步圆熟的过程，但一种结构方式长时间地留存，却有更深刻的文化意义。

中国原始表演以娱乐为目的的技艺化，是与它的仪式化相表里的，这一点，在世界上颇为特殊。技艺性的表演不少，仪式性的表演也不少，但是把这两种低度表演连成一体，却与儒家“礼乐”观念的世俗理解有关。或许可以说，以礼仪追求为里，感官娱乐为表，一起走向大众聚会，正构成了儒家“礼乐”观念的世

璜

俗性演绎。

⊙

中国历来对艺术品的收藏，是竭力地避免它们接触公共空间，因此很难构成一种公众共享的鉴赏水平。结果，千百年来，审美舆论从来十分微弱，远远比不上其他社会舆论，如政治舆论、道德舆论。在审美领域，真正具有民间性传播广度的倒是诗歌，但又形不成公众性的评判舆论，这个结果就是从古到今，写诗的人数总是风起云涌，完全不知进退，这就是我们审美评判薄弱的一个标志。

⊙

废墟有一种形式美，把剥离大地的美转化为皈附在大地的美。再过多少年，它还会化为泥土，完全融入大地。将融未融的阶段，便是废墟。

⊙

唐代是一场审美大爆发，简直出乎所有文人的意料。

政文两途，偶尔交错。然而，虽交错也未必同荣共衰。唐代倒是特例，原先酝酿于北方旷野上、南方巷陌间的文化灵魂已经积聚有时，其他文明的渗透、发酵也到了一定地步，等到政局渐定，民生安好，西域通畅，百方来朝，政治为文化的繁荣提供了极好的平台，因此出现了一场壮丽的大爆发。

这是机缘巧合、天佑中华，而不是由政治带动文化的必然规律。其实，这种“政文俱旺”的现象，在历史上也仅此一次。

⊙

不管怎么说，有没有唐代的这次大爆发，对中国文化大不一样。试看天下万象：一切准备，如果没有展现，那就等于没有准备；一切贮存，如果没有启用，那就等于没有贮存；一切内涵，如果没有表达，那就等于没有内涵；一切灿烂，如果没有迸发，那就没有灿烂；一切壮丽，如果没有汇聚，那就没有壮丽。更重要的是，所有的展现、迸发、会聚，都因群体效应产生了新质，与各自原先的形态已经完全不同。因此，大唐既是中国文化的平台，又是中国文化的熔炉。既是一种集合，又是一种冶炼。

⊙

唐代还有一个好处，它的文化太强了，因此成了中国历史上唯一不以政治取代文化的朝代。说唐朝，就很难以宫廷争斗掩盖李白、杜甫。而李白、杜甫，也很难被曲解成政治人物，就像屈原所蒙受的那样。即使是真正的政治人物，如颜真卿，主导了一系列响亮的政治行动，但人们对他的认知，仍然是书法家。鲁迅说，魏晋时代是文学自觉的时代。这大致说得不错，只是有点夸张，因为没有“自立”的“自觉”，很难长久成立。唐代，就是一个文学自立的时代，并因自立而自觉。

⊙

一切生命体都会衰老，尤其是那些曾经有过强劲勃发的生命体，衰老得更加彻底。这正印证了中国古代哲学家所揭示的盛极必衰、至强至弱的道理，对我来说，并不觉得难以理解。但是，当我从书本来到实地，看到那些反复出现在历史书上的熟悉地名与现实景象的可怕分裂，看到那些虽然断残却依然雄伟的遗迹与当代荒凉的对照，心中还是惊恐莫名。人类，为什么曾经那么伟大却又会那么无奈？文明，为什么曾经那么辉煌却又会那么脆弱？历史，为什么曾经那么精致却又会那么简单？……面对这样的一系列大问题，我们的生命微若草芥。

⊙

法国思想家卢梭说："我在静止不动时简直无法思考。"在他们这些人看来，思考是一种精神移位运动。或者说，是一种摆脱既定模式的流浪。

⊙

一个重大的思想流派，最后成果是它对民间社会的渗透程度。而对其中最重要的思想流派来说，则要看它在民族集体心理中的沉淀状况。墨子和墨家，只是衰微在政治界和文化界，丢失在史官的笔墨间，而对中华民族的集体心理而论，却不是这样。中国民间许多公认的品质并不完全来自儒家，似乎更与墨家有关。例如——

一、"言必信，行必果"；

二、对朋友恪守情义，却又不沾染江湖气息；

三、对于危难中人，即使不是朋友，也愿意拔刀相助；

四、以最朴素、最实在的方式施行人间大道，不喜欢高谈阔论；

五、从不拒绝艰险困苦，甚至不惜赴汤蹈火。

……

请不要小看这些民间品质，它们虽然很少见诸朝廷庙廊、书斋文苑，却是中华民族的重要"脾性"，与田头巷陌、槐下童叟有关。与它们相比，那些书籍记述，反倒浅薄。

⊙

墨子不以亲疏为界，不以等级为阶，敞开胸怀兼爱他人，兼爱众生，才是中国精神文化的更新之道。在这方面，除了墨子，佛教也埋下了很好的种子。

由“兼爱”，必然会引致“非攻”，这里面有一种逻辑关系。墨子的“非攻”思想，是一种比儒家更彻底的和平主义。儒家说，不要去追杀败逃的敌人，他们逃跑时战车如果卡住了，我们还要上前帮忙抬一抬，这就是儒家的仁爱。但在墨家看来，战争本来就不应该发生，任何攻击性的行为都应该被否定，这就是墨家的“非攻”。

⊙

我对百家争鸣时代的热闹极其神往，就像永远牢记着小时候无忧无虑的快乐时光。在那样的时光中，每一个小伙伴都是一种笑声、一种奇迹。我们为什么总是要记住那几个后来“成功”的人？如果仅仅这样记忆，那是对少年时代的肢解。

我们可以永远为之骄傲的是，在那个遥远的古代，我们的祖先曾经享受过如此难能可贵的思想自由，创造出了开天辟地的思想成果。

⊙

我们暂且撇开内容不管，光在表述方式上，老子就展现了一种让人仰望的简约和神秘。在生活中，寡言和简言是别具魅力的，这对思想家来说更是这样。任何思想如果需要滔滔不绝地说，说明还处于论证阶段，而如果到了可以作结论的境界，就不会讲太多话了。而且，也没有什么表情了。

简约是一种结论境界，而且，老子要给予的又是对辽阔宇宙的结论，因此由简约走向宏伟。这种宏伟由于覆盖面大，因此又包含着大量未知，结果就走向神秘。

⊙

我们可以设想一下，如果官一直做下去，孔子会怎样？按照能力，孔子应该能当上宰相，从而成为管仲、晏婴这样的人。但是这么一来，他就不再是孔子，中国历史上也就没有这个伟大的思想家了。所以，我赞成知识分子为理想而投入一定程度的实践体验，却又不主张被权力吸引，把官一直做下去。幸好，出于一些主观和客观的原因，孔子不得不离官而去。离开得好，从此他又回归了自己的文化本位。

孔子遇到的问题直到今天还存在。中国当代知识分子为了把理想付诸实践，有不少人也会做官。但是，官场权力又最容易销蚀他们在精神层面上的使命，因此如有可能，仍然要退回到自身思考的独立性。究竟有多少人出而实践、退而思考？又在什么契口上完成这种转化？转化的结果是不是一定回到文化本位？……这些问题，永远存在。中国知识分子的利钝高下，也都与此有关。

⊙

桃花源，是对恶浊乱世的一个挑战。这个挑战十分平静，默默地对峙着，一声不吭。待到实在耐不住的时候，中国人又开掘出一个水帘洞。这个洞口非同小可，大闹天宫的力量正在这儿孕育。

“别有洞天”，是中国人创造的一个成语。中国人重义轻利，较少痴想洞中财宝，更想以洞穴为径，走进一个栖息精神的天地。

⊙

杰出作家的长寿，与别人的长寿不一样。他们让逝去的时间留驻，让枯萎的时间返绿，让冷却的时间转暖。一个重要作家的离去，是一种已经泛化了的社会目光的关闭，也是一种已经被习惯了的情感方式的中断，这种失落不可挽回。我们不妨大胆设想一下：如果能让司马迁看到汉朝的崩溃，让曹雪芹看到辛亥革命，让鲁迅看到“文革”，将会产生多么激烈的思维碰撞！他们的反应，大家无法揣测，但他们的目光，大家都已熟悉。

⊙

巴金的重要，首先是他敏感地看了一个世纪。这一个世纪的中国，发生多少让人不敢看又不能不看、看不懂又不必要懂、不相信又不得不信的事情啊。但人们深陷困惑的时候，突然会想起还有一些目光和头脑与自己同时存在。存在最久的，就是他，巴金。

⊙

巴金成功地在“深刻”和“普及”之间搭建了一座桥梁，让五四新文化运动中反封建、求新生、倡自由、争人道的思想启蒙，通过家庭纠纷和命运挣扎，变成了流行。流行了，又不媚俗，不降低，在精神上变成了一种能让当时很多年轻人“够得着”的正义，这就不容易了。

⊙

巴金的忧郁，当然可以找到出身原因、时代原因、气质原因，但更重要的不是这些。忧郁，透露着他对社会的审视，他对人群的疏离，他对理想和现实之间距离的伤感，他对未来的疑虑，他对人性的质问。忧郁，也透露着他对文学艺术的艰守，他对审美境界的渴求，他对精神巨匠的苦等和不得。总之，他的要求既不单一，也不具体，因此来什么也满足不了，既不会欢欣鼓舞、兴高采烈，也不会甜言蜜语、歌功颂德。他的心，永远是热的；但他的眼神，永远是冷静的，失望的。他天真，却不会受欺；他老辣，却不懂谋术。因此，他永远没有胜利，也没有失败，剩下的，只有忧郁。

⊙

科举制度实行了一千三百年，也就是儒家经典被一个庞大的群体背诵了一千三百年。初一看，是儒家经典滋养了这么多年轻的生命，而实际上，更是年轻的生命滋养了儒家经典。年轻人背诵的目的当然是应试做官，但在宏观上所达到的却是儒家经典的一脉相承、万口相传。

⊙

科举制度的成功是依赖于它所设计的好几个别无选择。别无选择的儒学，别无选择的门径，别无选择的人生。当中华文明结束了别无选择的状态，科举制度的生命也就结束了。

⊙

中国古代所尊奉的礼，是为了强化社会等级；现代社会的礼貌公德，是为了淡化社会等级。

中国的传统礼貌是仰视的，现代的礼貌是平视的。中国的传统礼貌是隆重的，现代的礼貌公德是随意的。中国的传统礼貌是减少自由的，现代的礼貌公德是阐释自由的。中国的传统礼貌是在公共空间的平地上搭建起一座座阶梯，现代的礼貌公德相反，把一座座阶梯拆卸成平坦的公共空间。

⊙

书架上成排成叠的书籍似乎在故意躲避，都在肆肆洋洋地讲述雄才大略、铁血狼烟、升沉权谋、理财门径。生存竞争，永远是生存竞争，却很少说到善良，似乎一说就会丢失现代，丢失深刻，丢失文化。

对此，我虽然不断呼吁，却显然毫无作用。现在只剩下了一声嘟哝：生存竞争、生存竞争，地球已经竞争得不适合生存……

⊙

现在，人类的自然生态和社会生态面临着牵一发而动全身的危险处境，一系列全球性法规的制定已不可拖延。以自由市场经济为最终驱动的发展活力，以民主政治体制为理性基座的秩序控制，能否在全球范围内取得协调并一起面对危机？时至今日，各国热衷的仍然是自身的发展速度，掩盖了一系列潜在的全球性灾难。

正是在这种情况下，北欧和德国的经济学家们提出的以人类尊严和社会公平来评价经济关系原则，令人感动。

我学着概括了他们在这里的一系列逻辑关系——

社会安全靠共同福利来实现；

共同福利靠经济发展来实现；

经济发展靠市场竞争来实现；

市场竞争靠正常秩序来实现；

正常秩序靠社会责任来实现；

社会责任靠公民义务来实现。

因此，财产必须体现于义务，自由必须体现于责任，这就是现代经济的文化伦理。

⊙

政治当然很重要，但是在我的排列中，经济高于政治，文化高于经济，宗教高于文化，自然高于宗教。

⊙

一切有关纳粹的记忆，并不是一场偶然的噩梦。这是历史的产物、民族的产物，具有研究的普遍价值。要不然，这些古老的街道和坚固的房子，这个严肃的人种和智慧的群体，不会无缘无故地突然癫狂起来。

我认为，这是欧洲社会从近代走向现代的关口上一种撕裂性的精神绝望，这是社会各阶层失去原有价值坐标后的心理灾难。纳粹把这种绝望和灾难，提炼成了集团性的恐怖行为。

⊙

我反复说明的一个道理，就是政治问题和美学问题之间的一般关系和终极关系。如果把这个道理放回到从前的历史中去，即便是当事人也未必明白。屈原不明白，他写的楚辞比他与楚怀王的关系重要；李白不明白，他写的唐诗比他成为李璘的幕僚重要；李清照不明白，她写的宋词比她追随流亡朝廷表明亡夫的政治态度重要。

连这些文化巨人自己都不知轻重，更不要说普通民众了。但是，我终究要告诉民众，他们有权利享受比政治口号更美的诗句，比政治争斗更美的赛事，比政治派别更美的友谊，比政治人物更

竹裏人家引山色石邊
亭子隔江間
白石并書

美的容貌。

⊙

为什么在魏晋乱世，文人名士的生命会如此不值钱，思考的结果是：看似不值钱恰恰是因为太值钱。当时的文人名士，有很大一部分人承袭了春秋战国和秦汉以来的哲学、社会学、政治学、军事学思想，无论在实际的智能水平还是在广泛的社会声望上都能有力地辅佐各个政治集团。因此，争取他们，往往涉及政治集团的品位和成败；杀戮他们，则是因为确确实实地害怕他们，提防他们为其他政治集团效力。

⊙

盛唐之盛，首先盛在精神；大唐之大，首先大在心态。

平心而论，唐代的军队并不太强，在边界战争中打过很多败仗。唐代的疆域也不算太大，既比不过它之前的汉代，也比不过之后的元、明、清。因此，如果纯粹从军事、政治的角度来看，唐代有很多可指责之处。但是，一代代中国人都深深地喜欢上了唐代，远比那些由于穷兵黩武、排外保守而显得强硬的时代更喜欢。这一事实证明，广大民众固然不愿意国家衰落，却也不欣赏那种失去美好精神心态的国力和军力。

⊙

许多国际惩罚，理由也许是正义的，但到最后，惩罚的真正承受者却是一大群最无辜的人。你们最想惩罚的人，仍然拥有国际顶级的财富。

⊙

国际惩罚固然能够造成一国经济混乱，但对一个极权国家来说，这种混乱反而更能养肥一个以权谋私的阶层。你们以为长时间的极度贫困能滋长人民对政权的反抗情绪吗？错了，事实就在眼前，人们在缺少选择自由的时候，什么都能适应，包括适应贫困；贫困的直接后果不是反抗，而是尊严的失落，而失落尊严的群体，更能接受极权统治。

有人也知道惩罚的最终承受者是人民，却以为人民的痛苦对统治者是一种心理惩罚。这也是一种一厢情愿的推理。鞭打儿子可以使父亲难过，但这里的统治者与人民的关系，并不是父亲和儿子，甚至也不是你们心目中的总统和选民。

⊙

英国也许因为温和渐进，容易被人批评为不深刻。但是，社会发展该做的事人家都做了，该跨的坎人家都跨了，该具备的观念也一一具备了，你还能说什么呢？

较少腥风血雨，较少声色俱厉，也较少德国式的深思高论，只一路随和，一路感觉，顺着经验走，绕着障碍走，怎么消耗少就怎么走，怎么发展快就怎么走——这种社会行为方式，已被历史证明，是一条可圈可点的道路。

当然，英国这么做也需要条件，那就是必须有法国式的激情和德国式的高论在两旁时时提携，不断启发，否则确实难免流于浅薄和平庸。因此，简单地把英国、法国、德国裁割开了进行比较是不妥的，它们一直处于一种互异又互补的关系中，遥相呼应、暗送秋波、互通关节、各有侧重。在这个意义上看，欧洲本应一体，无法以邻为壑。

⊙

以往我们习惯于把战争分作正义和非正义两种，说起来很明快，其实事情要复杂得多。像第二次世界大战那样是非分明的战争比较好办，第一次世界大战分起来就有一点麻烦了。如果分不清就说成是“狗咬狗”，那么多数古战场就成了一片狗吠，很少找得到人的踪影。

滑铁卢的战事成了后代的审美对象。审美一旦开始，双方的人格魅力成了对比的主要坐标，胜败立即退居很次要的地位。即便是匹马夕阳、荒原独吼，也会笼罩着悲剧美。因此，拿破仑就有了超越威灵顿的巨大优势，正好是与胜败相反。

⊙

现在大家常常过于看重官场行政，其实千年历史告诉我们，经济大于行政，文化大于经济，自然大于文化。我们不管什么职业，都是自然之子。

⊙

我一直认为，给城市和村庄带来最大灾祸的，未必是土匪、窃贼和灾荒，而更有可能是告密、诬陷、造谣和起哄。

由于正反例子看得太多，我敢说这样一段话：宁肯容忍社会上存在一些流氓、贪官和窃贼，也绝不容忍全民性的告密、诬陷、造谣和起哄。

存灭之理，兴亡之道，常被大家误读了。

⊙

我们遇到了精神上的“房地产泡沫”，也就是很多人看起来房子很多，却缺少“精神居所”。富了，不知如何在精神价值上获得安顿；穷了，不知如何在精神价值上自我勉励。遇到了冲突，不知如何在精神价值上获得排解；遇到了大难，不知如何在精神价值上获得升华；伤害了别人，不知如何在精神价值上作出自责；做错了大事，不知如何在精神价值上铭刻羞耻……这些都是。如果在精神价值上一直缺少正面归向，一个民族的文化就会失去魂魄。

⊙

中国传统思想历来有分割两界的习惯性功能。一个混沌的人世间，利刃一划，或者成为圣、贤、忠、善、德、仁，或者成为奸、恶、邪、丑、逆、凶，前者举入天府，后者沦于地狱。有趣的是，这两者的转化又极为便利。白娘娘做妖做仙都非常容易，麻烦的是，她偏偏看到在天府与地狱之间，还有一块平实的大地，在妖魔和神仙之间，还有一种寻常的动物：人。她的全部灾难，便由此而生。

⊙

我的核心话语是：仁爱、理性、美。在我看来，政治上的自由、民主，经济上的富裕、发达，只有符合了仁爱、理性和美，才算到达了文化境界和美学境界。

⊙

梁启超先生在《少年中国说》里曾经渴求，何时才能让中国回到少年时代。什么是少年时代呢？少年时代就是天真未凿的时代，草莽混沌的时代。就像小学快毕业的孩子们一样，有着一番叽叽喳喳的无限可能。

⊙

远权，即与权力保持一定距离。此诫并非否定诸般权力，而是拒绝趋炎附势。

中国文人因千年科举，视仕途为唯一出路，故当年马嘎尔尼有言，此地仅一宗教，曰做官。如此历史皈向，形成弄权、争权、滥权、售权等社会恶习，而尤痛心者，乃沉淀为重重精神恶果。

⊙

权为民授，授以为民，辛劳而已。若众人皆来觊觎，必误置社会重心，错配心理资源，更使权力质变，而成掳民贪渎之器。反之，唯有较多醒悟之人能远而视之，冷而判之，或可使权力谨慎行事，安分守己。

拥权之人亦须远权。此言费解，却为至语。拥权本为险道，应尽力守住行权之外之九成平稳时日、巷陌行脚。踏青赏月，不可忘也；锅碟厨艺，不可拒也；官场沉浮，生之末也；权力得失，风中絮也。

⊙

阻颂，既不颂权贵，亦拒颂自己。此为训己之规，亦为劝人之则。

盛世无须颂，所需者为行吟、为哲思、为预警；常世不必颂，所需者为建言、为公评、为良策；衰世不可颂，所需者为痛谏、为疾呼、为鼎革。

或曰，得见胜业嘉行，颂之何妨？以余观之，褒之可也，扬之可也，奖之可也，却不宜颂。颂必排非，颂必提纯，颂必夸饰，颂必炫示，凡此种种，皆失理度。理度既失，迟早趋伪近劣，悔之晚矣。

考之个人，喜闻甘言，无可厚非。然甘有添加，易惑本味。惑之本味，即失百味。既失百味，即无识天道，乃人生之大憾也。

⊙

在统治者看来，中国人都不是个人，只是长在家族大树上的叶子，一片叶子看不顺眼了，证明从根上就不好，于是一棵大树连根拔掉。我看“株连”这两个字的原始含义就是这样来的。既然大树上没有一片叶子敢于面对风的吹拂、露的浸润、霜的飘洒，整个树林也便成了没有风声鸟声的死林。朝廷需要的就是这样一片表面上看起来碧绿葱茏的死林，“株连”的目的正在这里。

⊙

中国文人长期处于一种多方依附状态，依附权势，依附教条，依附未经自身选择的观念，依附自欺欺人的造型，结果，最难保持尊严。

有的文人为了摆脱依附而远逃山泽，在无所谓尊严的冷僻角落寻找尊严，在意想不到的物质困境中失去尊严，结果，只在寂寞的诗文间呼唤着尊严。

⊙

科举像一面巨大的筛子，本想用力地颠簸几下，在一大堆颗粒间筛选良种，可是实在颠簸得太狠太久，把一切上筛的种子全给颠蔫了，颠坏了。而且，蔫在品德上，坏在人格上。

儒家的管理学，强调的是建立精神秩序，法家的管理学，强调的是建立权力秩序，而中国汉代以后的统治者，几乎都是儒法并用，左右逢源，这就比其他文明的统治者厉害了。对其他文明的统治者来说，管理精神秩序和管理权力秩序是两件事，主导者也是不一样的，当然分开来也有好处，那就是两边都比较纯粹，但毛病是它缺少弹性。

⊙

王者是精神强者，制定法度、判别是非、公正赏罚，并因为不偏不倚而使天下服众。因此，王者也就是王道、王法。

⊙

一种制度，倘若势必要以损害多方面的正常人情为代价，那么它就不会长久是一种良性的社会存在。终有一天，要么它阻碍社会的健康发展，要么由健康发展的社会来战胜它，别无他途。同样，一批与正常人情相悖逆的人，哪怕是万人瞩目的成功者，也无以真正地自立历史，并面对后代。

⊙

从社会结构来论，中国封建社会中的经济结构、政治结构和意识形态结构之间长时期组合成了一种极为稳定的宗法一体化结构，大一统的庞大帝国有效地阻止了地主向庄园贵族发展的趋势，而由儒生组成的官僚统治队伍又把政治权力与意识形态统一了起来，这样，整个社会结构的任何一个角落都很难独立地进行带有较根本意义的革新，一切革新的尝试都会被整体社会结构中互相牵制的线络拉平，都会被这个极其稳定的社会结构的自身调节功能吞没掉。

⊙

对于新思想和新事物，要么将它们吞没、排除，要么让它们来冲垮整个社会结构，因为对于一个高度稳定、高度一体化的社会结构来说，容纳一种异己的事物将会给各个部分带来灾难，带来崩溃的信息。但要让一个组合周密、调节健全的宗法一体化的社会结构真正全面崩溃，又谈何容易，因此中国封建社会历来走着吞没和排除新思想、新事物的路途。中国封建社会之所以能延续那么长时间，基本原因也在这里。

⊙

奸佞之徒，代不乏人，但像明朝的严嵩和魏忠贤那样在和平的日子里统治的时间那么久，执掌的权力那么大，网罗的羽翼那么多，却是空前强烈地反映了封建国家机器本身的腐败。

⊙

到明清时期，整个封建国家机器的固有弊病都已充分暴露，自我调节的机能虽然还在发挥，但显然迟缓得多了，因此这个时期奸臣的产生和恶性发展就比前期更具有历史的必然性。

⊙

在与为害广泛的奸佞官僚进行斗争的时候，官僚集团中希冀维持正常封建统治秩序的士大夫和广大人民能够结成互相支援的精神联盟；在这种联盟中，士大夫们会因与人民利益突然有了勾连而更加理直气壮，而一时还不能完全理解自己斗争性质的人民则会在这些士大夫中间寻找政治寄托，两相融合，可以汇成一股在封建主义容许的标尺下达到最高极限的精神洪流。

⊙

二十世纪思想领域的成果之一是多数智者都确认了这样一个事实：人类最大的敌人是人类本身。

最值得注意的是人们有意的互相伤害。互相伤害也可能是无意的，但多数却是有意的，而已经变成了一种巨大的惯性，这就十分可怕。互相伤害一旦成为惯性也就成了一种生态氛围，人们即便暂时没有陷入伤害和被伤害的泥淖，也会产生莫名的恐惧和孤独感，沉淀成大大小小的精神疾病而集体自我扼杀。我们如果缩小视野来反观自身，那么匆匆一生存活至今，又有多少时间沉沦于互相伤害的境遇和心态之中！高智商的以高智商的方式互相伤害，低智商的以低智商的方式互相伤害，层层叠加，直到无可理喻，无以言表。一个人如果能够避开这一切，人生的质量将会有何等幅度的提高啊，而如果扩而大之，人人都能避开，人世间又将会变得多么可爱。因此，我认为通向人间天堂还是通向人间地狱的岔道口，分道的标记只有一个，那就是是否互相伤害。

⊙

不管是始发性攻击还是反应性攻击，都不是因为自己强大，而是害怕对方强大，不是因为自尊，而是因为自卑。

请看世间一切纷争，小到两个孩子打架，大到两个国家摩擦，哪一次不是大大地夸张对方的威胁性的？这种夸张，有的是刻意宣传，有的是自己相信，后者更可怕。凡是被威胁、被侮辱的一方起而反击总被人认为是正义的，因此互相伤害在自认为合理合法中升级了。双方都祭起善的名义，却合力做起了恶的游戏。在

我看来，世间天生的、原生态的恶并不很多，更多的是由恶的游戏培植起来的“人造恶”。因此，在没有足够证据的情况下判定对方是恶，本身就是大恶。

⊙

当一个社会失却数字控制，那么，连行政也会渐渐变成仪式，连兵法也会渐渐靠近巫术，连学术也会渐渐走向写意。这一切都充满了原始诗情，却又掩盖了大量的黑暗。因此，当数字开始说话，现代理性也就代替了原始诗性。

⊙

残忍，对统治者来说，首先是一种恐吓，其次是一种快感。越到后来，恐吓的成分越少，而快感的成分则越多。这就变成了一种心理毒素，扫荡着人类的基本尊严。统治者以为这样便于统治，却从根本上摧残了中华文明的人性、人道基础。这个后果非常严重，直到已经废止酷刑的今天，还没有恢复过来。

⊙

世间太多不平事，有的国家，你永远需要仰望，而有的国家，你只能永远同情。

⊙

大一统的天下，再大也是小的。普天之下，莫非王土，于是，忧耶乐耶，也是丹墀金銮的有限度延伸，大不到哪里去。

⊙

从本质上看，官方关注民意当然是好事。但是，“民意”如何取得？这是一个巨大的疑问。即使取得的方式比较科学，“民意”也三天一变，流荡不定。包括我们自己在内，一旦陷入号称“民意”的“群众广场”中，也都失去了证据分析、专业裁断、理性判别、辨伪鉴识的能力，因此只能在众声喧哗中“从众”，在群情激昂中“随群”。也就是说，这种“民意”中的我们，早已不是真正的我们。

在当代，这种“民意”极有可能成为一种由谣言点燃的爆发式起哄，一旦发酵于传媒网络，实质早已成为与实相真相、民众善意完全不同的另一番事端。传媒与口水构成一种“互哺互慰”的恶性循环，在山呼海啸中极易构成灾难。在历史上，那种与乡间流俗合污的伪善者，被称为“乡愿”。孔子把它说成是“德之贼者也”。在现代，我们见到的所谓“民意”，大半是“民粹”，也就是随意冒充民众的名义冲击理性底线的文人恶谑。

⊙

想起梁启超先生在八十余年前的一个观点，他认为中国历史可分为三个大段落：一是“中国之中国”，即从黄帝时代到秦始皇统一中国，完成了中国的自我认定；二是“亚洲之中国”，从秦到乾隆末年，即十八世纪结束，中国领悟了亚洲范围内的自己；三是十九世纪至二十世纪，可称“世界之中国”，由被动受辱为起点，渐渐知道了世界。梁启超先生的这种划分，在时间和空间上都宏伟壮观，一扫中国传统史学的平庸思维，我很喜欢。

⊙

我们历史太长、权谋太深、兵法太多、黑箱太大、内幕太厚、口舌太贪、眼光太杂、预计太险，因此对一切都构思过度。

⊙

中国有一套完整的二十四史，过去曾被集中装在檀香木的专门书柜里，既气派又堂皇。这套卷帙浩繁的史书所记朝代不一，编撰人员不同，却有相同的体制。这个体制的设计者，就是司马迁。因此，我们可以把他看成是二十四史的总策划。

有了他这个起点，漫长的中国历史有了清晰而密集的脚印。这个全人类唯一没有被湮灭和中断的古文明，也有了雄辩的佐证。但是，我们在一次次为这种千年辉煌而欣慰的时候，会突然安静下来。像被秋天的凉水激了一下，我们清醒了，因为我们看到了远处那个总策划的身影。那是一个脸色苍白、身体衰弱的男人。

他以自己破残的生命，换来了一个民族完整的历史；他以自己难言的委屈，换来了千万民众宏伟的记忆；他以自己莫名的屈辱，换来了华夏文化无比的尊严。

⊙

司马迁让所有的中国人成了“历史中人”。

他使历朝历代所有的王侯将相、游侠商贾、文人墨客在做每一件大事的时候都会想到悬在他们身后的那支巨大史笔。他给了纷乱的历史一束稳定的有关正义的目光，使这种历史没有在一片嘈杂声中戛然中断。中华文明能够独独地延伸至今，可以潇洒地把千百年前的往事看成自家日历上的昨天和前天，都与他有关。司马迁交给每个中国人一份有形无形的“家谱”，使他们中的绝大多数，不会成为彻底的不肖子孙。

⊙

历史，也可获得人生化的处理。把人类的早期称作人类的童年，把原始文明的发祥地称作人类文化的摇篮，开始可能只是一种比喻，但渐渐地，人们在其中看到了更深刻的意义。个体生命史是可以体察的，因此，一旦把历史作人生化处理，它也就变得生气勃勃，易于为人们所体察了。把历史看得如同人生，这在人生观和历史观两方面来说都是超逸的、艺术化的。

⊙

这场战争(炎黄之战)出现在中国历史的入场口，具有宏大的哲学意义。它告诉后代，用忠奸、是非、善恶来概括世上一切争斗，实在是一种太狭隘的观念。很多最大的争斗往往发生在文明共创者之间。如果对手是奸佞、恶棍，反倒容易了结。长期不能了结的，大多各有庄严的持守。

遗憾的是，这个由炎黄之战首度展示的深刻道理很少有人领会，因此历来总把一部部难于裁断的伤痛历史，全然读成了通俗的黑白故事。

⊙

人世间的小灾难天天都有，而大灾难却不可等闲视之，一定包含着某种大警告、大终结或大开端。可惜，很少有人能够领悟。

这次唐山大地震，包含着什么需要我们领悟的意义呢?

我想，人们总是太自以为是。争得了一点权力、名声和财富就疯狂膨胀，随心所欲地挑动阶级斗争、族群对立，制造了大量的人间悲剧。一场地震，至少昭示天下，谁也没有乾坤在手、宇宙在握。只要天地略略生气，那么，刚刚还在热闹着的运动、批判、激愤，全都连儿戏也算不上了。

天地自有天地的宏大手笔，一撇一捺都让万方战栗。这次在唐山出现的让万方战栗的宏大手笔，显然要结束一段历史。但是这种结束又意味着什么？是毁灭，还是开启？是跌入更深的长夜，还是迎来一个黎明？

对于这一切，我还没有判断能力。但是已经感受到，不管哪种结果，都会比金戈铁马、运筹帷幄、辞庙登基、慧言宏文更重要。

⊙

历史像一片原野，有很多水脉灌溉着它。后来，逐渐有一些水脉中断了，枯竭了，但我们不能说，最好的水就是最后的水，更不能说，消失的水就是不存在的水。在精神领域，不能那么势利。

⊙

在历史上，伤害伟人的并不一定是小人，而很可能也是伟人。这是巨石与巨石的撞击，大潮和大浪的相遇，让我们在惊心动魄间目瞪口呆。

⊙

我只想说一说我对司马迁的总体评价——正是这个在油灯下天天埋首的“刑余之人”，规定了中国人几千年的历史意识和历史规范。他使我们所有的人，都拥有了一个共同的家谱。

⊙

司马迁的伟大，首先是那片土地给他的。我曾经一再否定过“愤怒出诗人”“灾难生伟大”的说法，因此我也不认为《史记》是他受刑后的“发愤”之作，尽管这种说法很著名、很普及。请问，司马迁“发愤”给谁看？“发愤”会发得那么从容而宏大吗？记住，一切憋气之作、解恨之作、泄怨之作是不可能写好的。司马迁的写作动力不在这里，你们今后在讲述司马迁的时候不要老是纠缠在他的宫刑话题之中。他的动力，是当时意气风发的中华文明给予他的，是汉武帝的大地给予他的。

⊙

我读过很多历史书。但是，我心中的历史没有纸页，没有年代，也没有故事，只有对秋日傍晚废墟的记忆。

我心中的历史话语，先是原始傩唱，后是贝多芬和瓦格纳，再是《阳关三叠》和喜多郎，最后，还是巴赫。

⊙

茫茫九州大地，到处都是为争做英雄而留下的斑斑疮痍，但究竟有哪几个时代出现了真正的英雄呢？既然没有英雄，世间又为什么如此热闹？也许，正因为没有英雄，世间才如此热闹的吧？

⊙

当历史不再留有伤痛，时间不再负担使命，记忆不再承受责任，它或许会进入一种自我失落的精神恍惚。

⊙

在中国古代，凭吊古迹是文人一生中的一件大事，在历史和地理的交错中，雷击般的生命感悟甚至会使一个人脱胎换骨。

⊙

违反生活常态的争斗会使参与者和旁观者逐渐迷失，而寻常生态却以一种人类学意义上的基元性和恒久性使人们重新清醒，败火理气，返璞归真。中国历史上的每一次实质性进步，都是由于从种种不正常状态返回到常识、常理、常态，返回到人情物理、人道民生。

⊙

在热闹的中华大家庭里，成败荣辱驳杂交错，大多是你中有我，我中有你，因此站高了一看也就无所谓绝对意义上的成败荣辱。如果有哪一方一直像天生的受气包一样不断地血泪控诉、咬牙自励，反而令人疑惑。浩荡的历史进程容不得太多的单向情感，复杂的政治博弈容不得太多的是非判断。秋风起了，不要把最后飘落的枫叶当作楷模；白雪化了，又何必把第一场春雨当作仇敌。

历史自有正义，但它存在于一些更宏观、更基本的命题上，大多与朝廷的兴衰关系不大。

⊙

中国历史充斥着金戈铁马，但细细听去，也回荡着胡笳长笛。只是后一种声音太柔太轻，常常被人们遗忘。遗忘了，历史就变得狞厉、粗糙。

⊙

生命可贵，不仅自己的生命可贵，别人的生命也可贵。因此，由无数可贵的生命组合成的人类和世界很值得我们满怀信心地维护和救助。

也许是历史和现实把我们的爱心磨损了，也许是千百万人的自然聚合使我们忘记了生命的来之不易。对此，我觉得经常的自我提醒非常重要。多读历史书常常会太深地陷入尘俗的喧嚣，使心肠也变得漠然起来，好像战乱百年、人口减半这样的事情也只是一种频频出现的记述罢了，所以我总是一再要求自己，也劝我的朋友们多读点天文学和生物学方面的书，体会一下人类生命出现在地球上的稀罕和偶然，脆弱和危难，然后才会惊慌万状地发现能够获得生命而又同属一个时代的极端不容易。有了从天文学和生物学高度对生命的深刻透视和超拔冥想，我们就会很自然地从根本上赞同无伤害原则。

⊙

“历史情怀”这个命题十分诱人，它不仅让人享受学问，而且享受辽阔的时间和空间，享受博大无边的关爱之心。文学，不管是不是历史题材，都可与历史情怀相联系。即便是现代题材，如果有了历史情怀，都会有一种幽远深邃的内涵。例如鲁迅、沈从文、张爱玲、白先勇的小说便是。他们写绍兴，写湘西，写上海，写台北，写的都是现代，为什么与其他大量的现代作家如此不一样？主要不在于故事编织、人物刻画和语言功力，而在于不露痕迹地隐藏一种历史情怀。在悠久遗产的长期浸润中所产生的有关生命方式和命运沧桑的感悟，使他们的笔端有一种超常的力度和高贵。

⊙

宁静能使我的心志排除各种阻塞进入高度敏感状态，比平时更善于吸纳多种信息资源。由此，就能懂得古代中国人为什么要把宁静和空灵连在一起，统称“虚静”。虚者，虚怀若谷也，等待填补，也便于填补。

宁静能使我获得一种理性的公正。这种公正，是历史情怀能够感染旁人的起点。因为现代读者之所以能够接受某种历史态度，不在于先声夺人，而在于合理可信。

宁静能使我在逼近历史的同时逼近自我，毫无遮盖地探视自己的灵魂。宁静利于反省，而反省的结果又必然是更深刻的宁静。这一切，决定了文学的主体生命。

宁静能使我体验一种神圣的气氛。历史情怀是一种千年情怀和众生情怀，不管是内容还是形式都需要接通崇高和神圣，而我们可以想象的神圣几乎都伴随着宁静。

⊙

必须长久地面对遥远的历史，这是一种灵魂与灵魂的深层对晤，而不能一味地钻在琐碎的史料证据的考证上，把生气勃勃的人类行为降格为死板的文献汇编。只是一种有关“真实”的安慰，未必能真正通向真实。

⊙

历史的最大生命力，就在于大浪淘沙。不淘汰，历史的河道就会淤塞，造成灾害。淤塞的沙土碎石、残枝败叶，并非一开始就是垃圾，说不定在上游还是美丽的林木呢。但是，一旦在浩荡水流中漂浮了那么久，浸泡了那么久，一切已经变味。

过去的，就让它过去吧，这才是历史的达观。

⊙

散文什么都可以写，但最高境界一定与历史有关。这是因为历史本身太像散文了，不能不使真正的散文家怦然心动。

历史没有韵脚，没有虚构，没有开头和结尾；但是历史有气

象，有情节，有收纵，有因果，有大量需要边走边叹、夹叙夹议的自由空间，有无数不必刻意串络却总在四处闪烁的明亮碎片，这不是散文是什么？而且也只能是散文，不是话本，不是传奇，不是策论，不是杂剧。

⊙

《史记》，不仅是中国历史的母本，也是中国文学的母本。看上去它只与文学中的诗有较大的差别，但鲁迅说了，与《离骚》相比，它只是“无韵”而已。

司马迁以人物传记为主干来写历史，开启了一部“以人为本”的中国史。

这是又一个惊人的奇迹，因为其他民族留存的历史大多以事件的纪年为线索，各种人物只是一个个事件的参与者，招之即来，挥之即去。司马迁把它扭转了过来，以一个个人物为核心，让各种事件招之即来，挥之即去。

这并不是一种权宜的方法，而是一种大胆的观念。在他看来，所有的事件都是川上逝水，唯有人物的善恶、气度、性格，永远可以被一代代后人体验。真正深刻的历史，不是异代师生对已往事件的死记硬背，而是后人对前人的理解、接受、选择、传扬。司马迁在《史记》中描写的那些著名人物，早已成为中国文化的“原型”，也就是一种精神模式和行为模式，衍生久远，最终组成中国人集体人格的重要部件。

更重要的是，他的这种选择使早已应该冷却的中国历史始终保持着人的体温和呼吸。中国长久的专制极权常常会采取一系列反人性的暴政，但是有了以人为本的历史观念，这种暴政实行的范围和时段都受到了制衡。人伦之常、人情人品，永远实实在在地掌控着千里巷陌，万家灯火。

⊙

当历史一旦变得人生化，常常产生滑稽的效果。历史，只有当人们认真地沉湎于它的具体环节的时候，它才显得宏大而崇高，而一旦人们腾凌半空来俯察它的时候，它被浓缩、被提纯、被嘲谑；艺术家进一步以人人都能经历的人生形态来比拟它，它只能是滑稽的了。滑稽，从观察对象而论，是历史本身怪异灵魂的暴露；从观察主体来说，是人们轻松自嘲的情怀的表现。

⊙

与中华传统文化的固有门类相比，佛教究竟有哪些特殊魅力吸引了广大中国人呢?

佛教的第一特殊魅力，在于对世间人生的集中关注、深入剖析。

其他学说也会关注到人生，但往往不集中、不深入，没说几句就“滑牙”了，或转移到别的他们认为更重要的问题上去了。他们始终认为人生问题只有支撑着别的问题才有价值，没有单独研究的意义。例如，儒学就有可能转移到如何治国平天下的问题上去了，道教就有可能转移到如何修炼成仙的问题上去了，法家就有可能转移到如何摆弄权谋游戏的问题上去了，诗人文士有可能转移到如何做到“语不惊人死不休”的问题上去了。唯有佛教，绝不转移，永远聚焦于人间的生、老、病、死，探究着摆脱人生苦难的道路。

乍一看，那些被转移了的问题辽阔而宏大，关乎王道社稷、铁血征战、家族荣辱、名节气韵，但细细想去，那只是历史的片面、时空的截面、人生的浮面，极有可能酿造他人和自身的痛苦，而且升沉无常，转瞬即逝。佛教看破这一切，因此把这些问题轻轻搁置，让它们慢慢冷却，把人们的注意力引导到与每一个人始终相关的人生和生命的课题上来。

正因为如此，即便是一代鸿儒听到经诵梵呗也会陷入沉思，即便是兵卒纤夫听到晨钟暮鼓也会怦然心动，即便是皇族贵胄遇到古寺名刹也会焚香敬礼。

⊙

佛教的第二特殊魅力，在于立论的痛快和透彻。

人生和生命课题如此之大，如果泛泛谈去不知要缠绕多少思辨弯路，陷入多少话语泥淖。而佛教则干净利落，如水银泻地，爽然决然，没有丝毫混浊。一上来便断言，人生就是苦。产生苦的原因，就是贪欲。产生贪欲的原因，就是无明无知。要灭除苦，就应该觉悟：万物并无实体，因缘聚散而已，一切都在变化，生死因果相续，连“我”也是一种幻觉，因此不可在虚妄中执着。由此确立“无我”“无常”的观念，抱持“慈、悲、喜、舍”之心，就能引领众生一起摆脱轮回，进入无限，达到涅槃。

就从这么几句刚刚随手写出的粗疏介绍，人们已经可以领略一种鞭辟入里的清爽。而且，这种清爽可以开启每个人的体验和悟性，让人如灵感乍临，如醍醐灌顶，而不是在思维的迷魂阵里左支右绌。

这种痛快感所散发出来的吸引力当然是巨大的。恰似在嗡嗡喤喤的高谈阔论中，突然出现一个圣洁的智者，三言两语了断一切，又仁慈宽厚地一笑，太迷人了。

⊙

佛教的第三特殊魅力，在于切实的参与规则。

佛教戒律不少，有的还很严格，照理会阻吓人们参与，但事实恰恰相反，戒律增加了佛教的吸引力。戒律让人觉得佛教可信。戒律让人觉得佛教可行。

相比之下，中华传统文化大多处于一种“写意状态”：有主张，少边界；有感召，少筛选；有劝导，少禁忌；有观念，少方法；有目标，少路阶。这种状态，看似方便进入，却让人觉得不踏实，容易退身几步，敬而远之。

⊙

佛教的第四特殊魅力，在于强大而感人的弘法团队。

从组织的有序性、参与的严整性、活动的集中性、内外的可辨识性、不同时空的统一性这五个方面而论，没有一家比得上佛教的僧侣团队。

他们必须严格遵守不杀、不盗、不淫、不妄语、不恶口、不蓄私财、不做买卖、不算命看相、不诈显神奇、不掠夺和威胁他人等戒律，而且坚持节俭、勤劳的集体生活，集中精力修行。又规定了一系列和谐原则，例如所谓“戒和”“见和”“利和”“身和”“口和”“意和”的“六和”，再加上一些自我检讨制度和征问投筹制度，有效地减少了互相之间的矛盾和冲突，增加了整体合力。

这样的僧侣团队，即便放到人世间所有的精神文化组合中，也显得特别强大而持久；又由于它的主体行为是劝善救难，更以一种感人的形象深受民众欢迎。

⊙

从法显到玄奘，还应该包括鸠摩罗什等这些伟大行者，以最壮观的生命形式为中华大地引进了一种珍贵的精神文化。结果，佛教首先不是在学理上，而是在惊人的生命形式上楔入了中华文化。平心而论，中华传统文化本身是缺少这样壮观的生命形式的。有时看似壮观了，却已不属于文化。

⊙

没有香烟缭绕，没有钟磬交鸣，没有佛像佛殿，没有信众如云，只有最智慧的理性语言，在这里淙淙流泻。这里应该安静一点，简陋一点，藉以表明，世界三大宗教之一的佛教，在本质上是一种智者文明。

⊙

佛教比中国的儒家、道家、法家都更关注寻常百姓。墨家按理也是关注寻常百姓的，但那只是从上面、外面对百姓的保护性关心，而不能让百姓自己获得身心安顿。然而，怎么才能让百姓获得身心安顿呢？这还是要从佛教的内容上找原因。而且，我必须提醒大家的是，佛教并不仅仅是一种平民宗教，很多王公贵胄、博学之士也都笃信。可见，它确实具有中国文化原先缺乏的思想成分。

佛教既填补了中国本土文化在传播上的重大缺漏，又填补了中国本土文化在内容上的重大缺漏。它的进入，是必然的。

⊙

佛教在文化上遇到的真正对手，是儒家。佛教的“出家”观念与儒家所维护的家族亲情伦理严重对立，更没有“治国平天下”的抱负。按照佛教的本义，这种抱负是应该“看空”“放下”的。由此可见，儒家不是在具体问题上，而是在“纲常”上，无法与佛教妥协。而且，从孔子开始，儒家对尧、舜、禹、夏、商、周时代的“王道”多有寄托，而那时候佛教还没有传入。任何一个皇帝的灭佛命令，到太子接位就能废除，但儒家的纲常却很难动摇。你们都读过韩愈的《谏迎佛骨表》，那就是代表着儒家文化的基本立场，在对抗已经很强大的佛教。

这场对抗的结果如何呢？大家都知道，既没有发生宗教战争，也没有出现重大湮灭，反而实现了精神文化的良性交会。佛教进一步走上了中国化的道路，而儒学也由朱熹等人从佛教中吸取了体系化的理论架构之后完成了新的提升。

⊙

宗教的生命力既不是独蕴在巨大的经藏里，也不是裹挟在传教者的衣袍中，而必须体现于跨越式的异地投射和异时投射，以及这种投射所产生的能量反应。因此，一切伟大的宗教都会因地制宜、与时俱进，还会出现一代代杰出的宗教改革家。那种故步自封的“原教旨主义者”“基本教义派”，其实是以一种夸张的忠诚来掩饰不自信。

当然，永葆青春也会带来很多旁枝杂叶，甚至缠上大量异体藤葛。佛教显然是极有生命力的，但是，密密层层的寺庙常常以浓郁的香火、世俗的功利把简明的精神支点遮盖了。据说近年来，佛珠已经和辟谷、乡墅、酒库一起，成为新一代土豪的基本标志。很多僧侣，已经习惯于用“升官发财”来祝祈各方信众。于是，连佛教也让人疑惑了。幸好，远处还有那棵青翠的菩提树。虽然不是原来那棵，但种子在，静坐在，守护在，虔诚在。

⊙

《心经》上的第一个字“观”，是指直接观察，可谓之“直观”。“直观”也就是“正视”，经由“直观”和“正视”，产生“正见”和“正觉”。

玄深的佛教，居然从“直观”和“正视”开始，可能会让后代学者诧异。但是，一切真正深刻的学说都有最直接的起点。深刻，是因为能“看破”。因此，“看”是关键。

⊙

佛陀“直观”人生真相，发现的一个关键字是“苦”。生、老、病、死、别、离，一生坎坷，都通向苦。为了躲避苦、害怕苦、转嫁苦，人们不得不竞争、奋斗、挣扎、梦想、恐惧，结果总是苦上加苦。那么再直观一下，苦的最初根源是什么？佛陀发现，所有的苦追根溯源都来自于种种欲望和追求。那就必须进一步直观了：欲望和追求究竟是什么东西？它们值得大家为之苦不堪言吗？

在这个思维关口上，不同等级的智者会做出完全不同的回答。低层智者会教导人们如何以机智击败别人，实现欲望和追求；中层智者会教导人们如何以勤奋努力来实现欲望和追求，永不放弃；高层智者则会教导人们如何选择欲望，提升追求。

佛陀远远高于他们。既高于低层、中层，也高于高层。他对欲望本身进行直观，对追求的目标和过程进行直观，然后告诉众人，可能一切都搞错了。大家认为最值得盼望和追求的东西，看似真实，却并非真实。因此，他不能不从万事万物的本性上来做出彻底判断了。

终于，他用一个字建立了支点：空。

以一个“空”字道破一切，是不是很悲哀呢？

不。

人世间确实为脆弱和虚荣的人群设置了一系列栏杆和缆绳，道破它们的易断和不实，一开始也许会让人若有所失，深感惶恐。其实，让脆弱暴露脆弱，让空虚展现空虚，让生命回归生命，反而会带来根本的轻松和安全。

⊙

空，是一种无绳、无索、无栏、无墙、无羁、无绊的自由状态。好像什么都没有了，又好像什么都有了。在空的世界，有和没有，是同一件事。只不过，以空为识，获得洞见，就不一样了。有和没有，也都进入了觉者的境界。

空，是一盏神奇的灯。被它一照，世间很多看起来很有价值的东西都显出了虚假的原形，都应该被排除。

空，是一个伟大的坐标，由大变小，甚至变得没有意义了。

因此，要阐释空，仰望空，逼近空，触及空，必须运用一系列的减除之法、拉平之法、断灭之法、否定之法。

⊙

青城山是道教圣地，而道教是唯一在中国土生土长的大宗教，道教汲取了老子和庄子的哲学，把水作为教义的象征。水，看似柔顺无骨，却能变得气势滚滚，波涌浪叠，无比强大；看似无色无味，却能挥洒出茫茫绿野，累累硕果，万紫千红；看似自处低下，却能蒸腾九霄，为云为雨，为虹为霞……

看上去，是人在治水；实际上，却是人领悟了水，顺应了水，听从了水。只有这样，才能天人合一，无我无私，长生不老。

这便是道。

道之道，也就是水之道，天之道，生之道。因此也是李冰之道、都江堰之道。道无处不在，却在都江堰做了一次集中呈现。

因此，都江堰和青城山相邻而居，互相映衬，彼此佐证，成了研修中国哲学的最浓缩课堂。

⊙

据说，佛陀在菩提树下开悟后，抬头看到天上一颗明亮的星。

星星就在头上，为什么常常看不到？因为被太多的云层遮住了。从此，他要反复地为大众宣讲，星星是存在的，一旦被遮住便没有了光芒，天上是这样，人心更是这样。但可怜的人们，天天在为遮光而忙碌，致使人生一片黑暗，世间一片黑暗。

在佛陀看来，宇宙的创造有一种美好的大能量和大秩序，只是因为人世迷误，反向而行。结果，美好反倒成了此岸之外的彼岸，需要辛苦度化了。

⊙

我还请大家恭敬地联想一下宗教。那些著名的宗教，信徒成千上万，其中多少人能够准确地解读《圣经》、佛经和其他神圣的经典呢？但是，即便不能准确解读，也不失为忠诚的信徒，也受到宗教的接纳和关爱。我童年时在乡间，很多佛教徒并不识字，当然读不懂佛经，他们的信仰中又包含着大量的迷信误读，但这恰恰是佛教的伟大所在。在这一点上，艺术的伟大和宗教的伟大，有点近似。

⊙

任何像样的宗教在创始之时总有一种清澈的悲剧意识，而在发展过程中又都因为民族问题而历尽艰辛，承受了巨大的委屈。

结果，谁都有千言万语，谁都又欲哭无声。

这种宗教的悲情有多种走向。取其上者，在人类的意义上走向崇高；取其下者，在狭窄的意气中陷于争斗。

如果让狭窄的意气争斗与宗教感情伴随在一起，事情就严重了。宗教感情中必然包含着一种久远的使命，一种不假思索的奉献，一种集体投入的牺牲，因此最容易走向极端，无法控制。这就使宗教极端主义比其他种种极端主义更加危险。从古至今，世界上最难化解的冲突，就是宗教极端主义。

⊙

古代的佛教旅行家更不会有孤独感了。他们即便在孤身一人时也在引渡众生。他们是忘我的，而世界上一切忘我者都不会感到最终的孤独。

真正的艺术大师也应该有宗教情怀。既非艺术家，又非宗教家的凡人也同样如此，如能身处孤独而又不失对众生的关爱，便是最佳人生状态。

不管是什么人，能够身处孤独而不失对众生的关爱，已经具备一种宗教情怀，甚至还可能产生极高的审美价值。

⊙

远行的僧人不管是以开阔战胜闭塞，还是以关爱战胜孤独，其结果都是一个宏大的精神境界，这个境界不仅善，而且美。世间的大美总离不开人类精神境界，这个境界不仅善，而且美。世间的大美总离不开人类的精神追求，没有这种追求，浩瀚的沙漠和雄奇的群山只是一种无生命的存在，至少只是一种未被开发、未被唤醒、未被点化的美，因此也就无所谓美。由此可知，远行的僧人们的脚步和记述，正是在对沉睡了亿万年的大地进行着开发、唤醒和点化。

文章之道恰如哲学之道
至低很可能就是至高
终点必定潜伏于起点

二·斯文

齐璜

⊙

天下没有一种文明会把好事占尽，当它展现出某一方面的千年优越，背后一定还牵连着另一方面的千年昏暗。

⊙

我们一定误会了中华文明的早期精神大师，把他们看成是坐在云端上替天立言的圣人。其实他们是颠簸在泥途牛车上的观察家，天天苦恼着应该如何打理纷乱的世间。

⊙

文明有可能盛载过野蛮，有可能掩埋于蒙昧；文明易碎，文明的碎片有可能被修补，有可能无法修补，然而即便是无法修补的碎片，也会保存着高贵的光彩，永久地让人想象。能这样，也就够了。

区区如我，毕生能做的，至多也是一枚带有某种文明光泽的碎片罢了。没有资格跻身某个遗址等待挖掘，没有资格装点某种碑亭承受供奉，只是在与蒙昧和野蛮的搏斗中碎得无愧于心。无法躲藏于家乡的湖底，无法奔跑于家乡的湖面。那就陈之于异乡的街市吧，即便被人踢来踢去，也能铿然有声。偶尔有哪个路人注意到这种声音了，那就顺便让他看看一小片洁白和明亮。

⊙

文明是对琐碎实利的超越，是对各个自圆其说的角落的总体协调，是对人类之所以成为人类的基元性原则的普及，是对处于日常迷顿状态的人们的提醒。然而，这种超越、协调、普及、提醒都是软性的，非常容易被消解。

⊙

中华文明缺少一种宏大而强烈、彻底而排他的超验精神。这是一种遗憾，尤其对于哲学和艺术更是如此，但对整体而言，却未必全是坏事。中华文明从一开始就保持着一种实用理性，平衡、适度、普及，很少被神秘主义裹卷。中国先哲的理论，哪怕是最艰深的老子，也并不神秘。在中国生根的各大宗教，也大多走向了人间化、生命化。因此，中华文明在多数时间内与平民理性相依相融，很难因神秘而无助，因超验而失控。

⊙

中华文明能成为唯一没有中断和湮灭的古文明，粗粗一想，大概有五个方面的原因：

一是赖仗于地理环境的阻隔，避开了古文明之间的互征互毁；

二是赖仗于文明的体量，避免了小体量文明的吞食，也避免了自身枯窘；

三是赖仗于统一又普及的文字系统，避免了解读的分割、封闭和中断；

四是赖仗于实用理性和中庸之道，避免了宗教极端主义；

五是赖仗于科举制度，既避免了社会失序，又避免了文化失记。

⊙

中国古代的神话，我将之分为两大系列，一是宏伟创世型，二是悲壮牺牲型。

盘古开天、女娲补天、羿射九日，都属于宏伟创世型；而精卫填海、夸父追日、嫦娥奔月，则属于悲壮牺牲型。这中间，女娲补天、精卫填海、夸父追日、嫦娥奔月这四则神话，具有很高的审美价值，足以和世界上其他古文明中最优秀的神话媲美。

这四则神话的主角，三个是女性，一个是男性。他们让世代感动的是躲藏在故事背后的人格。这种人格，已成为华夏文明的集体人格。

⊙

说奔月神话。

这是一个柔雅女子因好奇而投入的远行，远行的目标在天上，在月宫。这毕竟太远，因此这次远行也就是诀别，而且是与人间的诀别。

有趣的是，所有的人都可以抬头观月，随之也可以凭着想象欣赏这次远行。欣赏中有移情，有揣摩，有思念，让这次远行有了一个既深邃又亲切的心理背景。“嫦娥应悔偷灵药，碧海青天夜夜心。”这“夜夜心”，是嫦娥的，也是万民的。于是这则神话就把蓝天之美、月亮之美、女性之美、柔情之美、诀别之美、飞升之美、想象之美、思念之美、意境之美全都加在一起了，构成了一个只能属于华夏文明的“无限重叠型美学范式”。

这个美学范式的终点是孤凄。但是，这是一种被万众共仰的孤凄，一种年年月月都要被世人传诵的孤凄，因此也不再是真正的孤凄。

⊙

按照文化人类学的观念，传说和神话虽然虚无缥缈，却对一个民族非常重要，甚至可以成为一种历久不衰的“文化基因”。这在中华民族身上尤其明显，谁都知道，有关黄帝、炎帝、蚩尤的传说，决定了我们的身份；有关补天、填海、追日、奔月的传说，则决定了我们的气质。这两种传说，就文化而言，更重要的是后一种神话传说，因为它们为一个庞大的人种提供了鸿蒙的诗意。即便是离得最近的《诗经》，也在平实的麦香气中熔铸着伟大和奇丽。

⊙

漠然于空间也必然漠然于时间，这个关系，陶渊明在《桃花源记》里已经说清楚。那么，一个文明如果不能正视外部世界，也就一定不能正视自己的历史，尤其是历史上那种与蒙昧、野蛮搏斗时留下的狞厉。一味把自己打扮成纤尘无染的世界判官，反倒是抽去了强健的体质。李泽厚先生说，即便狞厉如饕餮也会积淀深沉的历史力量，保存巨大的美学魅力。一种文明如果失去了这种魅力该是多么可惜。

⊙

本来，人类是为了摆脱粗粝的自然而走向文明的，文明的对立面是荒昧和野蛮，那时的自然似乎与荒昧和野蛮紧紧相连。但是渐渐发现事情发生了倒转，拥挤的闹市可能更加荒昧，密集的人群可能更加野蛮。现代派艺术写尽了这种倒转，人们终于承认，宁肯接受荒昧和野蛮的自然，也要逃避荒昧化、野蛮化的所谓文明世界。如果愿意给文明以新的定位，那么它已经靠向自然一边。

⊙

文明的非人性化有多种表现。繁衍过度、消费过度、排放过度、竞争过度、占据空间过度、繁文缛节过度、知识炫示过度、雕虫小技过度、心理曲折过度、口舌是非过度、文字垃圾过度、无效构建过度…… 对这一切灾难的爆发式反抗，就是回归自然。

⊙

文明的延续是生命化的。有时乍一看只是无生命的木石遗存，但它们与一代代的生命都能建立呼应关系。如果一种文明的遗迹只能面对后代全然陌生的目光，那么它也就真正中断了，成了最深刻意义上的“废墟”。

⊙

我们正在庆幸中华文明延绵而未曾断绝，但也应看到，正是这个优势带来了更沉重的过度积累。因此新世纪中华文明的当务之急，是卸去重负，轻松地去面对自然，哪怕这些重负有历史的荣誉、文明的光泽。即便珍珠宝贝压得人透不过气来的时候也应该舍得卸下，因为当人力难以承受的时候，它已经是一种非人性的存在。

⊙

如果每宗学问的弘扬都要以生命的枯萎为代价，那么世间学问的最终目的又是什么呢？如果辉煌的知识文明总是给人们带来如此沉重的身心负担，那么再过千百年，人类不就要被自己创造的精神成果压得喘不过气来？如果精神和体魄总是矛盾，深邃和青春总是无缘，学识和游戏总是对立，那么何时才能问津人类自古至今一直苦苦企盼的自身健全？

⊙

请想一想长江三峡吧，那儿与黄河流域的差别实在太大了。那儿山险路窄，交通不便，很难构成庞大的集体行动和统一话语。

那儿树茂藤密、物产丰裕，任何角落都能满足一个人的生存需要，因此也就有可能让它独晤山水、静对心灵。那儿云谲波诡，似仙似幻，很有可能引发神话般的奇思妙想。那里花开花落，物物有神，很难不让人顾影自怜、借景骋怀、感物伤情。那里江流湍急，惊涛拍岸，又容易启示人们在柔顺的外表下志在千里、百折不回。

相比之下，雄浑、苍茫的黄河流域就没有那么多奇丽，那么多掩荫，那么多自足，那么多个性。因此，从黄河到长江，《诗经》式的平原小合唱也就变成了屈原式的悬崖独吟曲。

⊙

连我身上的文化，也有绵长的因缘。

妈妈抱着我在乡村中给人写信、教人识字，使我亲近了最初的笔墨，这算是最近的“因果报应”。妈妈又何以识字？几百年的乡塾书声传到她身上，中转过多少固执而贫困的书生？在文字几乎不敷实用的漫长年代，一间间风雪茅舍如何免于倒塌？一个个临终的塾师如何留下嘱咐？每一步都是在不可能中发生的奇迹。

因此，是无比遥远的因果，落到了我的笔尖。

⊙

科举实在累人。考生累、考官累，整个历史和民族都被它搞累。

作为一个中国人，我应该对它低头致敬。它以一千三百年的惊人坚持，在这么辽阔的土地上实现了一个梦幻般的政治学构思。那就是，通过文化考试在全国男子中选拔各级管理者，使中华文明越过无数次灭亡的危机而浩荡延续。正是这种延续，使我们有可能汲取千年前的伟大精神力量，知道什么是永恒的高贵，什么是不朽的美典。

作为一个文化人，我又要对它摇头长叹。它是为了朝廷统治的人才需求而设置的文化关口，看似重视文化，实质败坏了文化，尤其是败坏了整个民族的集体文化人格。在历代考生咿咿唔唔的文本诵读声中，中国文脉渐渐失去魂魄。

因此，由于它，中华文明一直保持着宏大存在，却又未能走向强健。

⊙

现代文明当然也有很多好处，但显然严重地吞噬了人们的自然天性。密集的教学、训导、观摩，大多是在狠命地把自然天性硬套到一个个既成模式中去。自然天性一旦进入既成模式，很少有活着出来的。只有极少数人在临近窒息之时找到一条小缝逃了出来，成了艺术上的稀世奇侠，或其他领域的神秘天才。当然，也可能在逃出来之后不知所措，终老于混混沌沌的自然状态。但即使这样，也活得真实，躲过了模式化的虚假。因此，现代文明不能过于自负。在人和自然的天性面前，再成熟的文明也只是匆忙的过场游戏，而且总是包含着大量自欺欺人的成分。

⊙

现代文明的推土机很难抵挡。推土机一过，一切都可想而知。因此，谁也不愿和它作对了，现在的很多文化艺术，都已经成了推土机的伴奏音响。

我对此稍有乐观。不是乐观于推土机的终将停止——这是不可能的——而是乐观于不少人的心底可能还有文化良知存活。这些存活的因素只是点点滴滴，却是人间真文化千年传承的活命小道。

⊙

科学像一个精致的闸口，本想汇聚散布各处的溪流，可是坡度挖得过于险峻，把一切水流都翻卷得浑浊了。而且，浑在心灵上，浊在操守上。

⊙

苏曼殊、章太炎他们都没有来过希腊，但在二十一世纪初，他们已知道，中华文明与希腊文明具有历史的可比性。同样的苍老，同样的伟大，同样的屈辱，同样的不甘。因此，他们在远远地哀悼希腊，其实在近近地感叹中国。这在当时的中国，是一种超越前人的眼光。

我们在世纪末来到这里，只是他们眼光的一种延续。所不同的是，我们今天已不会像拜伦、苏曼殊那样痛心疾首。希腊文明早已奉献给全人类，以狭隘的国家观念来呼唤，反而降低了它。

⊙

神话就是为后世记忆而产生的，它们作为“集体无意识”的审美形态，已经成为我们记忆的基础。但是，神话太缥缈了，缺少物态支撑，因此人类还是要靠历史学、考古学来唤醒文化记忆。

文化记忆的唤醒，往往由一种发现激活全盘，就像在欧洲，维纳斯、拉奥孔雕像的发现，庞贝古城的出土，激活了人们的遥远记忆。记忆不是一个严整的课本，而是一个地下室的豁口。记忆不是一种悠悠缅怀，而是一种突然刺激。

⊙

迈锡尼这座山头，活生生地垒出了一个早期文明的重大教训。

那就是：不管是多么强悍的君主，多么成功的征战，多么机智的谋杀，到头来都是自我毁灭。不可一世的迈锡尼留下的遗址，为什么远比其他文明遗址单调和干涩？原因就在这里。

唯一让迈锡尼留名于世的人，不是君主，不是将军，不是刺客，也不是学者，而是一位诗人，而且他已经失去视力。因此，它不属于任何一个形式上的胜利者，只属于荷马。历史的最终所有者，多半都是手无寸铁的艺术家。

⊙

当初，像希腊这样一个文明古国长期被土耳其统治，只要略有文明记忆的人一定会非常痛苦。因为文明早已成为一种生态习惯，怎么能够用一种低劣的方式彻底替代？

但是希腊明白，占领早已结束，我们已经有了选择记忆的权利。于是，他们选择了优雅的古代，而不选择痛苦。在他们看来，纳夫里亚海滨的这些城堡，现在既然狰狞不再，那就让它成为景观，不拆不修，不捧不贬，不惊不乍，也不借着它们说多少历史、道多少沧桑。大家只在城堡之下，钓鱼、闲坐、看海。干净的痛苦一定会沉淀，沉淀成悠闲。

我到希腊才明白，悠闲，首先是摆脱历史的重压。由此产生对比，我们中国人悠闲不起来，不是物质条件不够，而是脑子里课题太多、使命太重。

⊙

把智力健康和肢体健康集合在一起，才是他们有关人的完整理想。我不止一次看到出土的古希腊哲人、贤者的全身雕像，大多是须发茂密，肌肉发达，身上只披一幅布，以别针和腰带固定，上身有一半袒露，赤着脚，偶尔有鞋，除了忧郁深思的眼神，其他与运动员没有太大的差别。

别的文明多多少少也有这两方面的提倡，但做起来常常顾此失彼，或追慕盲目之勇，或沉迷萎衰之学，很少两相熔铸。因此，奥林匹亚是永恒的人类坐标。

相比之下，中华文明在实际发展过程中，把太多的精力投注在上下左右的人际关系上，既缺少个体健全的标志，也缺少这方面的赛场。只有一些孤独的个人，在林泉之间悄悄强健，又悄悄衰老。

⊙

再过一千年，我们今天的文明也会有人来如此瞻仰吗？除非遭遇巨大灾祸。

今天文明的最高原则是方便，使天下的一切变得易于把握和理解，这种方便原则与伟大原则处处相悖，人类不可能为了伟大而舍弃方便。因此，这些古迹的魅力，永远不会被新的东西替代。

但是正因为如此，人类和古迹会遇到双向的悲伤：人类因无所敬仰而浅薄，古迹则因身后空虚而孤单。

⊙

人们对文明史的认识，大多停留在文字记载上。这也难怪，因为人们认知各种复杂现象时总会有一种简单化、明确化的欲望，尤其在课堂和课本中更是这样。所以，取消弱势文明、异态文明、隐蔽文明，几乎成了一种普遍的社会心理习惯。这种心理习惯的恶果，就是用几个既定的概念，对古今文明现象定框画线、削足适履，伤害了文明生态的多元性和天然性。

为了追求有序而走向无序，为了规整文明而损伤文明，这是我们常见的恶果。更常见的是，很多人文科学一直在为这种恶果推波助澜。

佩特拉以它惊人的美丽，对此提出了否定。它说，人类有比常识更长的历史、更多的活法、更险恶的遭遇、更寂寞的辉煌。

⊙

古文明最坚挺的物质遗迹，莫过于埃及的金字塔了。金字塔隐藏着千千万万个令人费解的奥秘，却以最通俗、最简明的造型直逼后代的眼睛。这让我们领悟，一切简单都是艰深的；人类古文明，远比人们想象的复杂。埃及文明所依赖的，是那条被沙漠包围的尼罗河。被沙漠包围，看起来是坏事，却使它有了辽阔的“绝地屏障”，处境相对比较安全，保障了一个个王朝的政治连续性。

⊙

我想，世上研究人类文明史的学者，如果有一部分也像我一样，不满足于文本钻研而寄情于现场感悟，那么最好能在安全形势有了改善之后，争取到巴比伦故地走一走。那儿的文物古迹已经没有多少保存，但是，即便在那些丘壑草泽边站一站，看着凄艳的夕阳又一次在自己眼前沉入无言的沙漠，再在底格里斯河边想一想《一千零一夜》的故事，体会文明荣枯的玄机，也会有极大的收获。

⊙

如果文明的创造像一脉激流，那么秩序的管理就像河床和堤

白石山翁

坝。后者限制了前者的自由，却又使前者变成了长江大河，奔泻千里。

⊙

如果我们在世纪门槛前稍稍停步，大声询问两千多年前的中国哲人们对这个问题的意见，那么我相信，他们中的绝大多数不会有太大分歧。对于文明堆积过度而伤害自然生态的现象，都会反对。

孔子会说，我历来主张有节制的愉悦，与天和谐；墨子会说，我的主张比你更简单，反对任何无谓的耗费和无用的积累；荀子则说，人的自私会破坏世界的简单，因此一定要用严厉的惩罚把它扭转过来……

微笑不语的是老子和庄子，他们似乎早就预见一切，最后终于开口：把文明和自然一起放在面前，我们只选自然。世人都在熙熙攘攘地比赛什么？要讲文明之道，唯一的道就是自然。

这就是说，中国文化在最高层面上是一种做减法的文化，是一种向往简单和自然的文化。正是这个本质，使它避免了很多靡费，保存了生命。

⊙

西方有一些学者对中国早期发明的高度评价，常常会被我们误读。因此，我在牛津大学时曾借英国李约瑟先生的著述《中国古代科技史》来提醒同胞：但愿中国读者不要抽去他著作产生的环境，只从他那里寻找单向安慰，以为人类的进步全部笼罩在中国古代那几项发明之下。须知就在他写下这部书的同时，英国仍在不断地创造第一：第一瓶青霉素，第一个电子管，第一台雷达，第一台计算机，第一台电视机……即便在最近，他们还相继公布了第一例克隆羊和第一例试管婴儿的消息。英国人在这样的创造浪潮中居然把中国古代的发明创造整理得比中国人自己还要完整，实在是一种气派。我们如果因此而沾沾自喜，反倒小气。

⊙

文化在乱世会产生一种特殊的魅力。它不再纯净，而总是以黑暗为背景，以邪恶为邻居，以不安为表情。大多正邪相生、黑白相间，甚至像波德莱尔所说的，是“恶之花”。

⊙

可惜，群体性的文化人格在中国历史上日趋暗淡。春去秋来，梅凋鹤老，文化成了一种无目的的浪费，封闭式的道德完善导向了总体上的不道德。文明的突进，也因此被取消，剩下一堆梅瓣、鹤羽，像书签一样，夹在民族精神的史册上。

⊙

不能把志向实现于社会，便躲进一个自然小天地自娱自耗。他们消除了志向，渐渐又把这种消除当作了志向。安贫乐道的达观修养，成了中国文化人格结构中一个宽大的地窖，尽管有浓重的霉味，却是安全而宁静。

⊙

五四文化新人与传统文化有着先天性的牵连，当革新的大潮终于消退，行动的方位逐渐模糊的时候，他们人格结构中亲近传统的一面的重新强化是再容易不过的。像一个浑身湿透的弄潮儿又回到了一个宁静的港湾，像一个筋疲力尽的跋涉者走进了一座舒适的庭院，一切都显得那么自然。中国文化的帆船，永久载有这个港湾的梦；中国文人的脚步，始终沾有这个庭院的土。因此，再壮丽的航程，也隐藏着回归的路线。

⊙

西方现代的那些价值标准都很不错，但应该明白，在那些标准出现之前，中国人已经非常精彩地活了几千年。活出了诸子百家，活出了秦汉帝国，活出了盛唐大宋。如果说这些都是白活，你难道不像我一样生气？

⊙

每当我在世界各地看到文明陨灭的证据时，总是感到非常震撼。看到一次就震撼一次，看到十次就震撼十次。看得多了，也就慢慢形成一个结论，那就是：每一种文明的灭亡都是正常的，不灭亡才是偶然的。

灭亡有多种等级。土地的失去、庙宇的毁坏，还不是最高等级的灭亡。最高等级的灭亡是记忆的消失，而记忆消失的最直接原因，是文字的灭亡。

中华文明是特例中的特例。人类最早的四大古文明中只有它没有中断，不仅遗迹处处，而且构成了一个庞大的记忆系统，连很多琐碎的细节也在被后代长时间折腾。

⊙

凭我以前的阅读印象和实地探访，朦胧觉得欧洲文明应该有一具粗犷而强悍的生命原型，有一个贯穿数千年的历险情节，有一些少为人知的秘密角落，有一堆无法追究的羞耻和悔恨，有几句声调低沉的告诫和遗嘱。只有找到了这些，才能实实在在地安顿我们原先所熟悉的那些学说、大师和规程。

⊙

雅斯贝尔斯对“轴心时代”说过一句很重要的话，希望大家能记住。他说：“人类的精神基础同时或独立地在中国、印度、波斯、巴勒斯坦和古希腊开始奠定，而且直到今天，人类仍然附着在这种基础之上。

人类奠定精神基础，这件事，我们的祖先不仅没有缺席，而且是主角之一。

⊙

请大家品味一下“诗经”这两个字。在生产力极端低下的时候，我们的先人已经“以诗为经”。把诗当作族群精神的经典，这实在是一个了不起的文明开端。发展了几千年之后，我们现在重新向往一种诗化的生活，希望在繁杂忙碌的尘嚣中升起袅袅诗意，使精神不再苦涩，使生活不再窘迫。这也就是连现代西方人也十分迷醉的所谓“诗意地栖居”。

⊙

从马可·波罗到利玛窦，世界朦朦胧胧地看到了中国，中国也朦朦胧胧地看到了世界。但是，历史终于走向了悲剧性的拐点——两种文明产生了严重的军事冲突，而且中华文明一败再败。到这时，悠久的中华文明不得不放下架子，开始认真地面对强大的西方文明，但心态非常复杂。崩溃、沮丧、气恼、仇恨，包裹着更加变态的自大、保守、固执，使中国的集体精神一下子陷入污泥深潭。任何再辉煌的回忆，也只会加深失败的体验，结果，连秦、汉、唐、宋也一起失落，大家都处于一种“前不见古人，后不见来者，念天地之悠悠，独怆然而涕下”的心情之中。

⊙

真正的旷野是生命的负面，连一根小草都吝啬着自己的踪影。对人群来说它是一种陌生，但对地球来说却是一种巨大的真实。被人类垦殖的地盘实在只是一种微小的偶然，偶然之外的必然便是旷野。

这种漫无边际的旷野比之于茫茫大海只是小土一片，再把土地和大海加在一起，放到宇宙间立即又变成一粒尘埃。宇宙的无限空旷已经进入人们的想象，越想象越觉得即便是点滴生命也是最大的奇迹。点点滴滴的生命居然能发育成长得像模像样，真不知该如何来欢呼，如何来呵护，如何来珍爱。

⊙

相比之下，当初被秦始皇所坑的儒生，作为知识分子的个体，人格形象还比较模糊，而到了魏晋时期被杀的知识分子，无论在哪一个方面都不一样了。他们早已是真正的名人，姓氏、事迹、品格、声誉，都随着他们的鲜血，渗入中华大地，渗入文明史册。文化的惨痛，莫过于此；历史的恐怖，莫过于此。

⊙

中国文化中极其夺目的一个部位可称为“贬官文化”。随之而来，许多文化遗迹也就是贬官行迹。贬官失了宠，摔了跤，孤零零的，悲剧意识也就爬上了心头；贬到了外头，这里走走，那里看看，只好与山水亲热。这一来，文章有了，诗词也有了，而且往往写得不坏。过了一个时候，或过了一个朝代，事过境迁，连朝廷也觉得此人不错，恢复名誉。于是，人品和文品双全，传之史册，诵之后人。他们亲热过的山水亭阁，也便成了遗迹。地因人传，人因地传，两相帮衬，俱著声名。

⊙

世上的古城堡大多属于战争，但其中有百分之一能进入历史，有千分之一能成为景观，有万分之一能激发诗情。相比之下，诗情最高贵也最难得，因此迈锡尼的最佳归属，应该是荷马，然后经由荷马，归属于希腊文明。

⊙

泱泱大国给了我一种从容的心态，茫茫空间给了我一副放松的神经。中华民族灾难不少，但比之于犹太人，以千年目光一看，毕竟安逸得多了。我们没有哭墙，我们不哭。

⊙

我诅咒废墟，我又寄情废墟。

废墟吞没了我的企盼、我的记忆。片片瓦砾散落在荒草之间，断残的石柱在夕阳下站立，书中的记载，童年的幻想，全在废墟中陨灭。昔日的光荣成了嘲弄，创业的祖辈在寒风中声声咆哮。夜临了，什么都没有见过的明月苦笑一下，躲进云层，投给废墟一片阴影。

但是，代代层累并不是历史。废墟是毁灭，是葬送，是诀别，是选择。时间的力量，理应在大地上留下痕迹；岁月的巨轮，理应在车道间碾碎凹凸。没有废墟就无所谓昨天，没有昨天就无所谓今天和明天。废墟是课本，让我们把一门地理读成历史；废墟是过程，人生就是从旧的废墟出发，走向新的废墟。营造之初就想到它今后的凋零，因此废墟是归宿；更新的营造以废墟为基地，因此废墟是起点。废墟是进化的长链。

废墟表现出固执，活像一个残疾了的悲剧英雄。废墟昭示着沧桑，让人偷窥到民族步履的蹒跚。废墟是垂死老人发出的指令，使你不能不动容。

⊙

在中国人心中留下一些空隙吧！让古代留几个脚印在现代，让现代心平气和地逼视着古代。废墟不值得羞愧，废墟不必要遮盖，我们太擅长遮盖。

⊙

中国历史充满了悲剧，但中国人怕看真正的悲剧。最终都有一个大团圆，以博得情绪的安慰，心理的满足。唯有屈原不想大团圆，杜甫不想大团圆，曹雪芹不想大团圆，孔尚任不想大团圆，鲁迅不想大团圆，白先勇不想大团圆。他们保存了废墟，净化了悲剧，于是也就出现了一种真正深沉的文学。

⊙

文明可能产生于野蛮，却绝不喜欢野蛮。我们能熬过苦难，却绝不赞美苦难。我们不怕迫害，却绝不肯定迫害。

⊙

最大的悲剧，莫过于把并不存在的文明前提当作存在。文明的伤心处不在于与蒙昧和野蛮的搏斗中伤痕累累，而在于把蒙昧和野蛮错看成文明。

⊙

剥除文明的最后结果，就是容忍邪恶，无视暴虐，文明被撕成了碎片，任人搓捏和踩踏。人类历史上一切由人类自己造成的悲剧，大半由此而生。

⊙

最强大的哲人也无力宣称，他可以从整体上营造一种文明。人们能做的极致，也就是为社会和历史提供一些约定俗成的起码前提。这些前提是人性的公理、道义的基石、文化的共识、理性的入门，也就是世俗社会所谓的常情常理。没有这一切，社会无以构成，人类无以自存，因此，所有良知未泯的文化人都应该来参与构建文明前提的事业。

⊙

我们的文化年龄和一个文明古国的历史相依相融。称为文明古国，至少说明在我们国家文明和蒙昧、野蛮的交战由来已久。交战的双方倒下前最终都面对后代，因此我们身上密藏着它们的无数遗嘱。我们是一场漫长交战的遗留物，我们一生下来就不是孩子，真的。我们要推车，双手经络不畅；我们要爬山，两脚踉跄蹒跚，我们有权利在古战场的废墟上寻找和选择，却不能冒充一个天外来客般的无邪赤子，造出一种什么也不必承担的轻松和活泼。

⊙

蒙昧往往有朴实的外表，野蛮常常有勇敢的假象，从历史眼光来看，野蛮是人们逃开蒙昧的必由阶段，相对于蒙昧是一种进步；但是，野蛮又绝不愿意就范于文明，它会回过身去与蒙昧结盟，一起来对抗文明：外表朴实的对手和外表勇敢的对手，前者是无知到无可理喻，后者是强蛮到无可理喻。更麻烦的是，这些对手很可能与已有的文明成果混成一体，甚至还会悄悄地潜入人们的心底，使我们寻找它们的时候常常寻找到自己的父辈，自己的故乡，自己的历史。

⊙

中华文明在正常情况下一般不会抵拒其他文明，更多的是努力寻找其他文明与自身精神主轴之间的同化可能。中华文明在吸纳其他文明的时候，采取的是一种轻松的态度，不愿意看到像“原教旨主义”那般的分毫必究、斤斤计较。以佛教而论，到了中国的信众间就洗淡了走出家庭的色彩，或以艺术为魂，如敦煌、云冈、龙门，或与山水为邻，如五台、普陀、九华、峨眉，又有了禅宗那样的中国智慧介入，成为一个很难脆折和断裂的弹性结构。这种弹性结构，既是佛教文化的延伸，也是中华文明的延伸。

⊙

文明的力量就需要焕发一种人格道义和牺牲精神，知识分子的高贵之处主要也表现在这里。

⊙

任何文明的洞窟，不管藏有多少宝物，冠有多少美名，总有一个开启它的小小钥匙孔，叫“君子”。

⊙

由于秦始皇既统一了中国又统一了文字，此后两千多年，只要是中国文人，不管生长在如何偏僻的角落，一旦为文便是天下

兴亡、炎黄子孙；而且，不管面对着多么繁密的方言壁障，一旦落笔皆是汉字汉文、千里相通。总之，统一中国和统一文字，为中国文脉提供了不可比拟的空间力量和技术力量。秦代匆匆，无心文事，却为中华文明的格局进行了重大奠基。

⊙

稷下学宫随着秦始皇统一中国而终结，接下来是秦始皇焚书坑儒，为文化专制主义（亦即文化奴才主义）开了最恶劣的先例；一百年后汉武帝“罢黜百家，独尊儒术”，乍一看“百家争鸣”的局面已很难延续。但是，百家经由稷下学宫的陶冶，已经“罢黜”不了了。你看在以后漫长的历史上，中国的整体文化结构是儒道互补，而且还加进来一个佛家；中国的整体政治结构是表儒里法，而且还离不开一个兵家。这也就是说，在中国文化这所学宫里，永远无法由一家独霸，也永远不会出现真正“你死我活”的决斗。一切都是灵动起伏、中庸随和的，偶尔也会偏执和极端，但长不了，很快又走向中道。

⊙

稷下学者们独立于官场之外的文化立场虽然很难在不同的时代完整保持，而那种关切大政、一心弘道、忧国忧民、勇于进谏的品格却被广泛继承下来。反之，那种与稷下学宫格格不入的趋炎附势、无视多元、毁损他人、排斥异己的行为，则被永远鄙视。

⊙

从柳宗元开始，这里历来宁静。京都太嘈杂了，面壁十年的九州学子，都曾向往过这种嘈杂。结果，满腹经纶被车轮马蹄捣碎，脆亮的吆喝填满了疏朗的胸襟。唯有在这里，文采才华才从朝报奏折中抽出，重新凝入心灵，并蔚成方圆。它们突然变得清醒，浑然构成张力，生气勃勃，与殿阙对峙，与史官争辩，为普天皇土留下一脉异音。世代文人，由此而增添一成傲气，三分自信。华夏文明，才不致全然暗淡。朝廷万万未曾想到，正是这发配南荒的御批，点化了民族的精灵。

⊙

文人总未免孤独，愿意找个山水胜处躲避起来；但文化的本性是沟通和被理解，因此又企盼着高层次的文化知音能有一种聚会，哪怕是跨越时空也在所不惜。

⊙

中国文人的孤独不是一种脾性，而是一种无奈。即便是对于隐逸之圣陶渊明，中国文人也愿意他有两个在文化层次上比较接近的朋友交往交往，发出朗笑阵阵。

⊙

中国文化人总喜欢以政治来框范文化，让文化成为政治的衍生。他们不知道：一个吟者因冠冕而喑哑了歌声，才是真正值得惋叹的；一个诗人因功名而丢失了诗情，才是真正让人可惜的；一个天才因政务而陷入平庸，才是真正需要抱怨的。而如果连文学史也失去了文学坐标，那就需要把惋叹、可惜、抱怨加在一起了。

⊙

在我们中国，最容易接受的，是慷慨英雄型的文化人格。

这种文化人格，以金戈铁马为背景，以政治名义为号召，以万民观瞻为前提，以惊险故事为外形，总是特别具有可讲述性和可鼓动性。正因为这样，这种文化人格又最容易为民众的口味所改造，而民众的口味又总是偏向于夸张化和漫画化的。例如我们最熟悉的三国人物，刘、关、张的人格大抵被夸张了其间的道义色彩而接近于圣，曹操的人格大抵被夸张了其间的邪恶成分而接近于魔，诸葛亮的人格大抵被夸张了其间的智谋成分而接近于仙，然后变成一种易读易识的人格图谱，传之后世。

⊙

文化上真正的高峰是可能被云雾遮盖数百年之久的，这种云雾主要是朦胧在民众心间。大家只喜欢在一座座土坡前爬上爬下、狂呼乱喊，却完全没有注意那一抹与天相连的隐隐青褐色，很可能是一座惊世高峰。

陶渊明这座高峰，以自然为魂魄。陶渊明让哲理入境，让玄言具象，让概念模糊，因此大大地超越了魏晋名士。但是，魏晋名士对人生的高层次思考方位却被他保持住了，而且保持得那么平静、优雅。

⊙

大唐之所以成为大唐，正在于它的不纯净。

历来总有不少学者追求华夏文化的纯净，甚至包括语言文字在内。其实，过度纯净就成了玻璃器皿，天天擦拭得玲珑剔透，总也无法改变它的小、薄、脆。不知哪一天，在某次擦拭中可能因稍稍用力过度而裂成碎片，而碎片还会割手。

何况，玻璃也是化合物质，哪里说得上绝对纯净？

⊙

有不少人说，文化是一种地域性的命定，是一种在你出生前就已经布置好了的包围，无法选择。我认为，无法选择的是血统，必须选择的是文化。正因为血统无法选择，也就加重了文化选择的责任。正因为文化是自己选择的，当然也就比先天给予的血统更关及生命本质。

⊙

我早就发现，现代中国人对古代文化的继承，主要集中在明清两代。这件事一直让我很伤心。

这是因为，中华文化的格局和气度到了明清两代已经弱了、小了、散了、低了，难以收拾了。

这与社会气氛有关。气压总是那么低，湿度总是那么高，天光总是那么暗，世情总是那么悬，禁令总是那么多，冷眼总是那么密，连最美好的事物也总是以沉闷为背景，结果也都有点变态了。

造成这样的社会气氛，起点是朱元璋开始实施的文化专制主义。

⊙

我反复考察了鲜卑族入关后建立的北魏，发现它不仅保护了汉文化，而且让汉文化具有了马背上的雄风，与印度文化、希腊文化、波斯文化结合，气象大振，使中国终于走向了大唐；我还反复考察了清代康熙皇帝建立的热河行宫，发现它不仅年年让统治集团重温自己的起步时代，而且还让各种生态友善组合，避免冲突；我又考察了敢于穿越长城北漠、沟通千里商贸的晋商故地，明白了中国本来有可能通过空间突破而获得财富，提升生态……

⊙

唐伯虎是好是坏我们且不去论他，无论如何，他为中国增添了几页非官方文化。道德和才情的平衡木实在让人走得太累，他有权利躲在桃花丛中做一个真正的艺术家。中国这么大，历史这么长，金碧辉煌的色彩层层涂抹，够沉重了，涂几笔浅红淡绿，加几分俏皮洒泼，才有活气，才有活泼泼的中国文化。

⊙

现在中国很多地方有点做坏了，总是在古代文化中寻找自己这个地方可以傲视别的地方的点点滴滴理由，哪里出过一个状元或进士，有过几句行吟诗人留下的句子，便大张旗鼓地筑屋刻石。如果出了一个作家，则干脆把家乡的山水全都当作了他作品的插图。大家全然忘了，不管是状元、进士还是作家，他们作为文化人也只是故乡的儿子。在自然生态面前，他们与所有的乡亲一样谦卑和渺小。

⊙

侗族长期以来没有文字，因此也没有那些需要日夜攻读的诗文。他们的诗文全都变成了“不著一字”的歌唱。这初一看似乎很不文明，但是我们记得，连汉族最高水准的学者都承认，“不著一字”极有可能是至高境界。

不错，文字能够把人们引向一个辽阔而深刻的精神世界，但在这个过程中要承担非常繁重的训练、校正、纷争、一统的磨炼，而磨炼的结果也未必合乎人性。请看世间多少麻烦事，因文字而生？精熟文字的鲁迅叹一声“文章误我”便有此意。如果有一些地方，不稀罕那么辽阔和深刻，只愿意用简洁和直接的方式在小空间里浅浅地过日子，过得轻松而愉快，那又有何不可？

可以相信，汉族语文的顶级大师老子、庄子、陶渊明他们如果看到侗族村寨的生活，一定会称许有加，流连忘返。

⊙

文化的传染病比医学上的传染病更麻烦，因为它有堂皇的外表、充足的理由、合法的传播，而且又会让每一个得病者都神采飞扬、炯炯有神。

对于这样的疫情我已无能为力，只能站在一个能让很多人听得到、看得见的高台上呼喊几句：这是病。有不少文化人原先很不赞成我参加这样通俗的电视活动，发表文章说让一个资深学者出来评年轻人的文化素质是“杀鸡用牛刀”，可见他们都不在意疫情的严重和紧迫，因此也无法体会我急于寻找高台的苦心。

⊙

在寻访中华文化遗址的十年间，我也曾反复想过这些问题，还读过不少对比性的文献。但是，我只相信实地考察，只相信文化现场，只相信废墟遗址，只相信亲自到达。我已经染上了与卢梭同样的毛病：“我只能行走，不行走时就无法思考。”我知道这种“只能”太狭隘了，但已经无法摆脱。对于一起未经实地考察所得出的文化结论，本不应该全然排斥，但我却难以信任。

因此，我把自己推进了一个尴尬境地：要么今后只敢小声讲述中国文化，要么为了能够大声，不顾死活地走遍全世界一切重要的废墟。

⊙

在浩瀚的中华文化中，谁想寻找一种机制来阻止谣言和诽谤吗？没门。谁想寻找某种程序来惩罚诬陷和毁损吗？没门。

这是一种根深蒂固的传统，因此本身就是文化的一部分。

回想起来，至少从屈原、司马迁、嵇康开始，两千年间所有比较重要的文人几乎没有一个例外，全都挣扎在谣言和诽谤中无法脱身。他们只要走了一条没有走过的路，说了一些别人没有说过的话，获得了别人没有获得过的成就和名声，立即就成为群起围啄的目标，而且无人救援。于是，整部中华文化史，也就成了“整人”和“被整”的历史。

⊙

讨论清谈，不要过多地着眼于它的内容和目的。不在乎内容和目的，恰恰是它的一个重要特征。它不是学术争论，也不是主题研讨，更多的是一种智力游戏和社交活动。一有固定的内容和目的，魏晋名士们就觉得俗了。清谈在进行过程中，也不讲究寻常逻辑，只求惊世骇俗。它在无功利、无对象的世界中游荡，并获得快感，有点像西方现代派的“意识流”。但“意识流”主要集中在写作，而清谈却需要与他人一起进行，而且必须让潜行的意识外化为语言，而且语言必须漂亮。在这样的智力游戏中，一些模糊又飘逸的概念也有可能独立出来，获得智力论定，例如当时一直搞不清的“无”和“空”这两个概念的差别。清谈又建立了一个特定的社交圈子，就像后来法国的沙龙那样，构成了一群贵族知识分子的聚合。这在非常讲究实用的中国社会中，具有独立和逆反的色彩。但是，它们又洗去了政治色彩。

⊙

清谈的最大贡献，是大大提高了中华文化的“非实用智慧”，这对今后哲学的推进至关重要。当实用的羁绊被摆脱，思维就可以在抽象的天域里自由漫游了。中国传统思维为什么缺少自由漫游的广度和深度？当代研究者往往以为是受制于政治，但是在我看来，更受制于实用。

⊙

文化未必取决于经济，精神未必受控于环境，大鹏未必来自于高山，明月未必伴随着繁星。当年爱尔兰更加冷落，却走出了堂堂萧伯纳、王尔德和叶芝，后两位很有今日酒吧的波俏风情。更出格的是荒诞派喜剧创始人贝克特和《尤利西斯》的作者乔伊斯，石破天惊，山鸣谷应，一度使全世界的前卫文化，几乎弥漫着爱尔兰口音。

⊙

人世间的文化刺激强度：第一是视觉，即图像；第二是听觉，即音乐；第三才是抽象转换信号，即文本。只可惜，我们的文化研究常常颠倒了，习惯性地把文本放在第一。连一些散文家也试图用文字去描述绘画和音乐，真是笨。

人类的充分健全，表现在生理功能和心理功能的进一步释放，尤其是不借助转换信号的视觉功能和听觉功能的直接释放。学会凝视，学会聆听。在视觉功能上，我更主张抵达现场，去凝视那些大环境中的大图像，首先要学会田野考察。

⊙

世界上各个文化群落，都有不同的人格范型。荣格说，一切文化最终都沉淀为人格，一点不错。随便一数，就能举出创世人格、英雄人格、先知人格、使徒人格、苦寂人格、绅士人格、骑士人格、武士人格，以及中国人所追求的君子人格。拿破仑虽败犹荣，也与他所代表的个人范型有关，在我看来，是六分英雄人格，加上四分骑士人格。

⊙

从林怀民，到白先勇、余光中，我领略了一种以文化为第一生命的当代君子风范。

他们不背诵古文，不披挂唐装，不抖擞长髯，不玩弄概念，不展示深奥，不扮演精英，不高谈政见，不巴结官场，更不炫耀他们非常精通的英语。只是用慈善的眼神、平稳的语调、谦恭的动作告诉你，这就是文化。

而且，他们顺便也告诉大家：什么是一种古老文化的“现代形态”和“国际接受”。

⊙

为什么天下除了政治家、企业家、科学家之外还要艺术家？因为他们开辟了一个无疆无界的净土、自由自在的天域，让大家活得大不一样。

从那片净土、那个天域向下俯视，将军的兵马、官场的升沉、财富的多寡、学科的进退，确实没有那么重要了。根据从屈原到余光中的目光，连故土和乡愁，都可以交还给文化，交还给艺术。

不为官吏走天涯旧住
打鱼家 白石山翁并题

⊙

社会转型的终极目标是文化转型，但是，正当社会各部门纷纷向文化求援的时候，原来处于滞后状态的文化领域反过来充当起了老师。结果就产生了一系列反常现象，例如，最需要改革创新的时代却推崇起复古文化，最需要科学理性的时代却泛滥起民粹文化，最需要大爱救灾的时代却风行起谋术文化，最需要发掘人才的时代却重捡起咬人文化，等等。正是这些反常的文化现象，使国际上和我们的下一代对中华文化产生了更多的误读。

这种误读的后果是严重的。

我想用一个比喻来说明问题。现在的中国就像一个巨人突然出现在世界的闹市区，周围的人都知道他从远方走来，也看到了他惊人的体量和腰围，却不知道他的性格和脾气，于是大家恐慌了。阐释中国文化，就是阐释巨人的性格和脾气。如果我们自己的阐释是错乱的，怎么能够企望别人获得正见？

⊙

有一个对比，我每次想起都心情沉重。你看，德国发动过两次世界大战，本来国际形象很不好。但是，当贝多芬、巴赫、歌德等人的文化暖流不断感动世人，情况也就发生了变化。中国在世界上并没做过什么坏事，为什么反而一直被误读？

我想，至少有一半原因，在于文化的阻隔。

⊙

文化，是一种包含精神价值和生活方式的生态共同体。它通过积累和引导，创建集体人格。

按照我所拟定的文化定义，今天中国文化在理解上至少有以下五方面的偏差：

第一，太注意文化的部门职能，而不重视它的全民性质；

第二，太注意文化的外在方式，而不重视它的精神价值；

第三，太注意文化的积累层面，而不重视它的引导作用；

第四，太注意文化的作品组成，而不重视它的人格构成；

第五，太注意文化的片断享用，而不重视它的集体沉淀。

⊙

由于文化是一种精神价值、生活方式和集体人格，因此在任何一个经济社会里它都具有归结性的意义。十几年前，在纽约召开的“经济发展和文化转型”的国际学术研讨会上，各国学者达成了一系列共识。

“一个社会不管发达还是不发达，表面上看起来是经济形态，实际上都是文化形态”“经济活动的起点和终点，都是文化”“经济发展在本质上是一个文化过程”“经济行为只要延伸到较远的目标，就一定会碰到文化”“赚钱，是以货币的方式达到非货币的目的”“赚钱的最终目的不是得到衣食，而是为了荣誉、安全、自由、幸福，这些都是文化命题”。

说这些话的人，大多是经济学家，而不是文化学者。他们不深刻，却是明白人。

⊙

文化的终极目标，是在人间普及爱和善良。

⊙

按照独特性和实践性的标准，我把中国文化的特性概括为三个“道”——

其一，在社会模式上，建立了“礼仪之道”；

其二，在人格模式上，建立了“君子之道”；

其三，在行为模式上，建立了“中庸之道”。

⊙

中国文化体量大、寿命长，弊病当然很多。我为了与前面讲的三个“道”对应，也选出了三个“弱”。

中国文化的第一个弱项，是疏于公共空间。

中国文化的第二个弱项，是疏于实证意识。

中国文化的第三个弱项，是疏于法制观念。

⊙

中华文明的固土自守思维，也带来了自身的一系列严重缺点。例如，自宋代以来，虽然屡有边界战争，却对世界上其他文明的了解越来越少，已经很难见到从北魏到大唐的世界视野了。尤其是明代以后，更是保守封闭，朱元璋亲自下达了“片板不许入海”的禁令，不知道欧洲在“地理大发现”后，海洋已经开始被划分、被武装。结果，中国失去了原本可以拥有的海洋活力。中国在十九世纪所遇到的一次次沉重灾难，全都来自海上。

⊙

中华文明作为一个庞大种族在几千年间形成的精神惯性，早已把和平、非攻、拒绝远征等原则，变成不可动摇的“文化契约”，根植于千家万户每个人的心间。其实，对此存疑的外国人可以到中国乡间，随意询问任何一个地头老农。我保证，谁也不会对远方的土地产生不正常的兴趣。

如果离开了基本事实，离开了历史文化，离开了集体心理，伪造出“中国威胁论”，互拾余唾，不断起哄，那是学术的悲哀、良知的坟墓。

⊙

中华文化历时长，典籍多，容易挑花眼。我很想随手写出一个简单目录出来作为例证，说明对于非研究人员而言，至少应该浏览和记诵一些必要的文本。例如：

《诗经》七、八篇，《关雎》《桃夭》《静女》《氓》《黍离》《七月》，等等。

《论语》，应该多读一点。如要精读，可选《学而》《为政》《里仁》《雍也》《述而》《卫灵公》等篇中的关键段落，最好能背诵。

《老子》，即《道德经》，总共才五千多字，不妨借着现代译注通读一遍，然后画出重要句子，记住。

《孟子》，可选读《梁惠王上》《尽心上》等篇。

《庄子》，读《逍遥游》《齐物论》《大宗师》《至乐》等篇。

《离骚》，对照着今译，至少通读两遍。

《礼记》，读其中的《礼运》即可。“大道之行也，天下为公”那一段，要背诵。

《史记》，应读名篇甚多，如《项羽本纪》《游侠列传》《屈原贾生列传》《刺客列传》《李将军列传》《魏公子列传》《淮阴侯列传》《货殖列传》等篇，包括《太史公自序》。在《史记》之外，那篇《报任安书》也要读。司马迁是中国首席历史学家，又是中国叙事文学第一巨匠，读他的书，兼得历史、文学、人格，不嫌其多。

曹操诗，读《短歌行》《龟虽寿》《观沧海》。

陶渊明诗文，诵读《归去来兮辞》《归田园居》《饮酒》《读〈山海经〉》《桃花源记》《五柳先生传》。

唐诗，乃是中国人之为中国人的第一文化标志，因此一般人至少应该熟读五十首，背诵二十首。按重要排序为：第一等级李白、杜甫，第二等级王维、白居易，第三等级李商隐、杜牧，第四等级王之涣、刘禹锡、王昌龄、孟浩然。这四个等级的唐诗，具体篇目难以细列，可在各种选本中自行寻找，也是一种乐趣。

李煜，一个失败的政治人物，却是文学大家。可读《浪淘沙》《虞美人》。

宋词，是继唐诗之后中国人的另一文化标志，也应多读能诵。按重要排序为：苏东坡、辛弃疾、李清照。三人最重要的那几首词，应琅琅上口。陆游的诗，为宋诗第一，不输唐诗，也应选读。

明清小说，真正的顶峰杰作只有一部，是《红楼梦》，必读。第二等级为《西游记》《水浒传》。第三等级为《三国演义》《儒林外史》《聊斋志异》。

为什么选这些文本？这与中国文脉的消长荣衰有关。

完成以上阅读，一年时间即可。如果尚有余裕，可按个人需要旁及孙子、墨子，《中庸》，韩愈、柳宗元、朱熹、王阳明，《人间词话》。当然，这个目录中我没有把具有文学价值的宗教文本包括在内，如《心经》《六祖坛经》。

⊙

文化有很多台阶，每一级都安顿着不同的项目。那么，最后一级是什么呢？

当然，最后一级不是名校，不是博士，不是教授，不是学派，不是大奖，不是国粹，不是唐诗，不是卢浮宫，不是好莱坞……

很多很多“不是”。但是，它们每一项都有资格找到自己的文化台阶，拂衣整冠，自成气象。它们很可能把自己看成是最后目标，最高等级，但实际上都不是。而且，它们之间也互不承认。

文化的终极成果，是人格。

例如，中华文化的终极成果，是中国人的集体人格。复兴中华文化，也就是寻找和优化中国人的集体人格。

这也可以看作是文化的最后一级台阶。

⊙

中国传统文化立足于“家族传代伦理”，表面上虽然十分讲究孝道，但立即又跟上一个最重大的阐释：“不孝有三，无后为大。”这就是说，孝道的终点是传宗接代。家族与家族之间的比较、纷争、嫉妒、报复，都与子孙的状态有关。祖业的荣衰存废，也都投注给了青年。因此，赞美青年，也等于赞美整个家族、全部祖业。即便表面上还“训导严正”，实际上，千年传代气氛的核心，就是赞美中的期盼、赞美中的比赛、赞美中的赌押、赞美中的显摆。

⊙

行政思维和文化思维虽有部分重叠但本性不同。前者以统一而宏大的典仪抵达有序欢愉，后者以个性而诗化的密径抵达终极关怀。现在，前者太强势了，连很多自鸣清高的学者都在暗暗争夺行政级别，这更使很多行政官员对文化产生一种居高临下的傲慢和无知。长此以往，前者极有可能吞没后者。

⊙

现在的中国，就像一个巨人突然出现在闹市街口，不管是本城人还是外来人都感到了某种陌生和紧张。巨人作出一个个造型，佩上一条条绶带，用处都不大。原因是，大家都无法感知巨人的脾气和性格。

巨人的脾气性格，就是中国的文化。

就像当年英国的旗帜飘扬到世界各地的时候，至少让人以为，里边似乎包含着莎士比亚的影子；就像德国先后发动两次世界大战都失败后，经常会用贝多芬、巴赫和歌德让人对它另眼相看；就像美国纵横捭阖、盛气凌人的时候，总有好莱坞影片的诸多形象相伴随。遗憾的是，中国的文化好像做不来这些，一直忙着排场很大、格局很小的事情。结果，常常越"文化"，越让人感到陌生。

⊙

现在所说的"国学"，实际范围不大，好像主要指儒家文化，加一点道家文化和民俗文化。但是，中国的这个"国"字实在非同小可，地域广阔，气吞万汇，其间的文化更是森罗百态，藏龙卧虎。有不少地处边缘的文化曾经强劲地推动过中华文化的重构和新生，例如突厥文化、鲜卑文化、契丹文化、西域文化、蒙古文化、满族文化等，都非常重要。没有它们，中国之"国"就要退回到春秋战国时代的小"国"去了。

⊙

孔子早就不仅仅是学术文化界的现象，我们已经没有权力来设计他。历代皇帝祭孔，仪式宏大；普通民众朝圣，更喜欢热闹。

与孔子几乎同时代的佛祖释迦牟尼，哲思多么深奥，但世间庙堂出现的却是密集的叩拜和香火。圣人塑造社会几分，社会也塑造他几分。如果你不喜欢热闹，那么，你安静了，他也安静了。这就像你喜欢屈原，自可默默喜欢，不必嘲笑端午节赛龙舟的民众读不懂《离骚》。中国文人常常过于自命清高，我希望你们年轻人能够增加一点尼采描述过的酒神精神，在民众狂欢中醉步踉跄，融入人潮。

⊙

文化最无聊的事，是为了讲课和论文，把一个个有机生命切割出很多界限，再研究这些界限之间的关系。其实你只要低头看看自己，万物皆备，百学可通，哪有什么界限？歌德说得好："人类靠着聪明分割出很多疆界，最后又用爱把它们全部推倒。"

⊙

你看，中国那么多的朝代，那么多的皇帝，他们的民族不一，政见不一，血缘不一，共同尊重一个人，这个人不是皇帝，也不是神，而是一个文化人（孔子）。这种现象，不管怎么说也是人类文明的奇迹。他作为一个"统一符号"，保证了中华文化的千年传承。

⊙

从隋唐开始的一千三百多年的科举制度，考试的内容有不少变化，但越到后来越偏重于儒家学说。那些学生可能只是为了做官，并不是为了孔子，但是却用极大的精力去背诵儒家经典。表面上，好像是孔子滋养了他们，实际上，却是无数年轻的生命滋养了孔子，滋养了《论语》，滋养了儒家学说。那些人考上科举后拿了孔子的学说去做官，那么无论在文官选拔层面，还是官场实践层面上，孔子变成了一个“大孔子”，变成了一个横跨时空的惊人文化现象，这在人类历史上没有别人可比。

我们为这个“大孔子”高兴，但在心底还是喜欢那个一路被人拒绝、一路自我安慰、一路唱歌弹琴、一路颇为狼狈的孔子。

⊙

屈原与诸子百家也不一样。诸子百家中很多人都有一种“大道尽在我心”的导师形态、教主形态，像一尊尊雕塑一样矗立在门徒们面前，等待他们提问。屈原正好相反，他觉得自己有满腹的问题得不到解答，他完全不知道用什么去训导别人。他要呈现的，是自己内心的全部苦恼、哀怨、分裂。他没有雕塑般的坚硬，而有一种多愁善感的柔软。他不认为世间有多少通用的哲理，只担忧杜鹃叫得太早，群芳谢得太快。

我这么一说大家都听出来了，这么一个孤独人物的出现，是中华文化的一个重要里程碑。

⊙

如果仅仅凭着孔子、老子和诸子百家的思想精华，能不能直接造就盛唐的辉煌？有不少学者认为能够，我却认为不能。诸子百家虽然很好，但缺少一种马背上的雄风，缺少“天苍苍，野茫茫”的空间气象，同时，又缺少与世界上其他文明的交融。这一切，却由孝文帝和北魏王朝补足了。看似最没有文化底蕴的族群，完成了最宏伟的文化整合。

⊙

盛唐，是一种摆脱一元论精神贫乏后的心灵自由，是马背英

雪峯梅夢圖

雄带着三分醉意走到一起后的朗声高歌，是各行各业在至高审美水准上的堂皇聚会，更是世界多元文化的平等交融、安全保存。

⊙

大家对宋代文化的感觉是不是好多了？一个乱云密布又剑气浩荡的时代，极其反差地出现了典雅文化的大创造。在剑气和典雅之间，一群山岳般的文人巍然屹立，他们的激情和泪花全都变成了最美丽的作品，直到今天还在我们手上发烫。

⊙

中国文化，仁德为魂，却屡误传承。在高，误之于史；在低，误之于机。高低呼应，遂成大惑。一部华夏史，全似机谋相续。三国六朝，千窍百孔，处处陷阱，令人心惧。如此传承，既害学子之心，又污域外之名。而究其实，多为后世写手及当今名嘴自度自渲，强加古人。

⊙

文化在本质上是一个大题目。人们在兵荒马乱中企盼文化，在世俗实务中呼唤文化，在社会转型中寄意文化，都是因为它能给人们带来一种整体性的精神定位和精神路向。它会有许多细部，但任何细部都没有权利通过自我张扬来取代和模糊文化的整体力量。

一个民族，如果它的文化敏感带集中在思考层面和创造层面上，那它的复兴已有希望；反之，如果它的文化敏感带集中在匠艺层面和记忆层面上，那它的衰势已无可避免。

⊙

宋代文化氛围的形成，与文官政治有关，但实际成果又远远超越了政治。

文化氛围是一种渗透处处的精神契约。渗透到细处，可以使绘画灵秀、使书法雅致、使瓷器造极，甚至使市民娱乐也抖擞起来；渗透到高处，可以使东南西北一大群学者潜心钻研，友好论辩，形成一个个哲学派别，最终又众星托月般产生了集大成的理学大师朱熹。

⊙

我们的文化不鼓励人们思考真正的大问题，而是吸引人们关注一大堆实利琐事。上学、考试、就业、升迁、赚钱、结婚、贷款、抵押、买车、买房、装修……层层叠叠，一切都是为了活下去，而且总是企图按照世俗的标准活得像样一些，大家似乎已经很不习惯在这样的思维惯性中后退一步，审视一下自己，问：难道这就是我一生所需要的一切？

⊙

当人群失去了尊严，他们的文化也无法再有尊严。失去尊严的文化怎么可能给失去尊严的人群增添点什么？这是一种可怖的恶性循环。

⊙

一代又一代的兵荒马乱构成了中国人心中的历史，既然历史的最精轮廓由暴力来书写，那么暴力也就具有了最普及的合理性。中国文化在历史面前常常处于一种追随状态和被动状态，因此有很大一部分成了对暴力合理性的阐述和肯定。有些暴力确实具有惩恶扬善的正义起点，但很少有人警觉即使是正义的暴力也会失控于报复激情，沉醉于威慑惯性。在这种情况下，少数怀抱文明、固守冷静的文化人就显得特别孤独无助。

⊙

小人牵着大师。大师牵着历史。小人顺手把绳索重重一抖，于是大师和历史全都成了罪孽的化身。一部中国文化史，有很长时间一直把诸多文化大师捆押在被告席上，而法官和原告，大多是一群群挤眉弄眼的小人。

⊙

文化以沟通为胜业，文化以传播为命脉。世上那么多障碍，人间那么多隔阂，就靠文化来排解。

⊙

历史转型常常以权力和经济开道，但要让这个转型真正具有足够的高度和重量，不可以没有一大批文化大师的参与。

⊙

文化，在它的至高层次上绝不是江水洋洋，终年不息，而是石破天惊，又猛然收煞。最美的乐章不会拖泥带水，随着那神秘指挥的一个断然手势，键停弦静，万籁俱寂。

只有到了这时，人们才不再喧哗，开始回忆，开始追悔，开始纪念，开始期待。

人类，要到很多年之后，才会感受到一种文化上的山崩地裂，但那已经是余震。真正的坍塌发生时，街市寻常，行人匆匆，风轻云淡，春意阑珊。

⊙

文化的最重要部位，只能通过一代代的人格秘藏遗传下来，并不能通过文字完全传达。中国经过太长兵荒马乱的年月，尤其是经过“文革”，这种人格秘藏已经余留无多，因此必须细细寻访、轻轻拣拾，然后用自己的人格结构去静静磨合。

⊙

中华文化曾经有过至正至大的气魄，那时的文化人生存基座不大，却在努力地开拓空间：开拓未知空间，开拓创造空间，开拓接受空间，为此不惜一次次挑战极限。

⊙

我最不耐烦的，是对中国文化的几句简单概括。哪怕是它最堂皇的一脉，拿来统摄全盘总是霸道，总会把它丰富的生命节律抹杀。那些委屈了的部位也常常以牙还牙，举着自己的旗幡向大一统的霸座进发。其实，谁都是渺小的。无数渺小的组合，才成伟大的气象。

⊙

一切精神文化都是需要物态载体的。五四新文化运动就遇到过一场载体的转换，即以白话文代替文言文；这场转换还有一种更本源性的物质基础，即以“钢笔文化”代替“毛笔文化”。五四斗士们自己也使用毛笔，但他们是用毛笔在呼唤着钢笔文化。毛笔与钢笔之所以可以称为文化，是因为它们各自都牵连着一个完整的世界。

⊙

这就是可敬而可叹的中国文化。不能说完全没有独立人格，但传统的磁场紧紧地统摄着全盘，再强悍的文化个性也在前后牵连的网络中层层损减。本该健全而响亮的文化人格越来越趋向于群体性的互渗和耗散。互渗于空间便变成一种社会性的认同；互渗于时间便变成一种承传性定势。个体人格在这两种力量的拉扯中步履维艰。生命的发射多多少少屈从于群体惰性的熏染，刚直的灵魂被华丽的重担渐渐压弯。请看，仅仅是一支毛笔，就负载起了千年文人的如许无奈。

⊙

人的生命状态的构建和发射是极其复杂的。中国传统文人面壁十年，博览诸子，行迹万里，宦海沉浮，文化人格的吐纳几乎是一个混沌的秘仪，不可轻易窥探。即如秦桧、蔡京者流，他们的文化人格远比他们的政治人格暧昧，而当文化人格折射为书法形式时，又会增加几层别样的云霭。

⊙

语言方式毕竟只是语言方式，它从属于思维方式、人生方式。在这方面，我们应该学一学欧洲的文艺复兴。欧洲文艺复兴并没有人提出类似于“国学”的复古主张，却由达·芬奇、米开朗基罗、拉斐尔这些形象艺术家，用最感性的方式把古典、宗教中的人性因子激发出来，让任何人都能感受到其中的美丽和温度，于是，漫长的、充满经院论辩的中世纪立即黯然失色，新时代来到了。可惜，我们总是在用巨大的金钱和精力，构筑着中华文化复兴的反方向。

⊙

许多文化现象的发生与戏剧演出不一样，有多种方式。例如古代经典未必能被广大民众直接阅读，却因已经渗透在社会体制和生活方式中而成为一种宽阔的发生方式；又如原始岩画未必被很多人看到过却作为早期人类的审美验证而受到今人重视。但是，我们更应该百倍重视那些曾经长久风行的文化现象，因为长久风行使文化变成了一种群体生态，一种文明方式，实际上也使“文化”这个概念上升到了更宏观、更深刻的等级。

⊙

上海文化的光明面历来包藏着国际文化经典的充分养料，一切断断续续的小打小闹，不可能铸就上海文化的强力构架。

⊙

我这些年转悠各地，看到广受赞誉的新加坡领导人因发现市民家里很少有书架而深深痛心，看到台湾各界为“高消费、低素质”的普遍现象而忧虑重重，看到香港文化人为香港是否已经脱掉了“文化沙漠”的帽子而激烈争议，深感一座城市的文化形象真正要让自己和别人满意，真不容易。

⊙

我相信在这个世界上，各种还活着的文化一定能找到一两个与自己对应最密切的空间，在这些空间中，不管事情还在发生着或者已经发生过，都会以大量的感性因素从整体上让人体验那些文化的韵味和奥义，与文本记载互相补充，互相校正，这便是文化现场。作为一个文化人，在自己的脚力尚有裕余的时候，应该尽量多寻访一些这样的地方。

⊙

世界上不同文化群落之间的隔阂与沟通，也是以是否互相深入文化现场为契机。玄奘到印度取经，看似着眼于佛经文本，实际上更重要的是深入佛教发生地这么一个重要的文化现场，这使全部佛教文本都具备了充足的母体依据。在十八世纪，当中华文明和欧洲文明终于有规模地狭路相逢的时候，互相都不理解，但相比之下，欧洲对中国文化现场的深入，更为主动也更为提前，这只要读一读法国耶稣会传教士留下的通信和英国马嘎尔尼留下的日记就可明白，因此在后来两种文明的冲撞中他们也就有利得多，而中国方面，对欧洲的了解则长期处于“海客谈瀛洲”的状态，光凭着可笑的臆想和推断与对方交涉，自然处处被动，笑话连连。

⊙

寻找文化现场，就是寻找那盏能够照亮对方、照亮环境，于是也随之照亮自身态度的灯。多一点这种寻找，就少一点历史的盲目，少一点无谓的消耗。

间接现场是指事件已经过去、地点比较泛化的次现场。对于一个历史悠久的国度来说，许多重要的文化现象余绪犹存，但它们的重点爆发期已经告一段落，往昔爆发的现场残烟缭绕、陈迹斑斑。我们当然不可能赶上一切文化的爆发期，既然如此，何妨退而求其次，去寻访遗迹的现场。

⊙

历史并不仅仅是中学、大学里的一门课程，而是一种无法摆脱的背景，一种无法抗拒的遗传，文化人的使命是自觉地帮助自己和他人整理这种背景和遗传，力图使它们经过优化选择而达到良性组合。这一切，仅仅在今天发生的文化事实中寻找资料是远远不够的，必须回过身去踏访千年。千年何在？茫茫大地，可以用空间补时间。这种可以兑换为时间的空间，就是我们所说的间接现场即复杂现场。一个人的历史文化素养，在很大程度上就看他曾被多少这样的文化现场融化过。

⊙

不管是东方还是西方，哪一个真正的大文化人不是为了人类的和平、友好而东奔西走、四处游说的？世事荒乱，文化人的学园、讲坛一次次构建着有可能的和谐；人心浮动，文化人的著作、演说又努力抚平着社会躁动的神经，使之安定。文化人也有争论，争论的最终归向也无非是用何种方法才能更有效地使社会和谐和安定。直到二十一世纪，文化的至高层次都仍然是如此。记得第二次世界大战刚刚结束，在欧洲那些满目瓦砾、遍地废墟的城市里，音乐会已经开始，衣衫褴褛、伤痕累累、家破人亡的人们走进尚未整修的音乐厅，在神圣洁净的乐声中，精神立即获得修补，当他们走出音乐厅时，不再是一群疲惫的可怜人，很快，由于他们，欧洲也渐渐地恢复了元气。这件事让我一直难以忘怀，因为它使文化在战争的余烬中又一次展现了自己的原始使命。

⊙

文化，永久地寻求和祈祷着世间的无伤害，而一旦伤害形成，它又挺身而出进行治疗。治疗好了还要继续追访、善后，预防伤害的再次产生。

但是，众所周知，事情并不都是这样乐观。文化在很多时候并没有起到消除互相伤害的作用，有时反而加剧了互相伤害，这种情形，尤以二十一世纪为最。

⊙

我们这些人，身处两个时代的沟壑间，又因经历过太多的苦难而自作自受地承担了太多责任，因此只能压抑住自己心底许多圣洁的文化梦，横下一条心去起一种近似于桥梁的作用。

一时的桥梁，不得已的桥梁，无可奈何的桥梁，最后，一次次的自我安慰和自我论证，终于成了自得其乐的桥梁，自鸣得意的桥梁。

但是，桥梁终究是桥梁。它的全部构建是一种等待，等待通过，等待踩踏。

⊙

消耗得低，也就朽逝得慢。质朴，常常比豪华更有长时间的生命力。中国广大世俗观众对于低消耗的低熵文化有长时间的习惯，他们一直难以适应在一个黑暗的演出空间里正襟危坐几个小时那种沉重的审美方式。他们希望在欣赏过程中有遨游的自由，而不太乐意接受强力的精神蒸腾。

⊙

文化转型就像老屋拆迁，粗粗一看确实是一片混乱，顽童、乞丐、盗贼和那些看热闹的闲汉挤在一起，更是乱上添乱。但是这一切都会过去，因为人世间总还有一种更大的力量，形成新的

霞綺橫琴圖

秩序。人们不会因为拆迁而长久地栖存于瓦砾场中。

⊙

人文责任，是繁忙的日常生活中人们最需要又最容易失落的，它主动承担了以人性、人道为基础的人类共同的精神价值。

⊙

当文化、财富、权力三者结合在一起，伟大的社会变革也就成了事实。这中间，以美第奇家族为代表的佛罗伦萨财团已经被写入人类文明的进步史册。现在的中国，随着经济的快速发展，人文的需求出现了。这种需求，企业家本身最迫切，因为他们不知如何离开了人文目标来处置自己的巨额财富。无法处理，就会像肥胖的躯体，或营养过剩的湖泊，对人对己都造成不便和伤害。而人文目标则是一种坐标——足以使自己的财富进入伦理，获取尊严。

⊙

既然文化在至高精神价值上承认人类共通，那么在具体呈现形态上则要承认差异互赏。在这两方面，我们常常搞混了，甚至颠倒了，构成文化交流上的又一个重大障碍。我们一方面对可以共通的精神价值心存疑虑，一方面又对不可能趋同的文化形态进行着趋同式的误导。

⊙

文化在呈现形态上，以差异为第一特征，以差异间的互相欣赏为第二特征。

⊙

文化以差异并存为美，以消除差异为丑。文化上的差异，绝大多数构不成冲突。

⊙

在文化领域，自由是需要的，但不要侵犯别人的自由，更不要消解社会的基本尊严。当社会的基本尊严完全丧失，我们的精神生活和审美生活都会处于一种失重状态。如果长期失重，将是人类精神领域的不幸。

⊙

文化对苦难的感受更深。文化的价值还在于它能够帮助我们转化自身的苦难，把苦难转化成文学之美、艺术之美。

⊙

中国文化的跑道上，一直在进行着一场致命的追逐：做事的人在追逐事情，不做事的人在追逐着做事的人。

这中间最麻烦的是做事的人。在他们还没有追到事情的时候先被后边的人追到，使他们无法再去继续追逐事情，固然是一个悲剧；当他们追到了事情正在埋头打理的时候被后边的人追到，更是一个悲剧，因为到那时被损害的不仅是自己，而且还包括已做和未做的事情，真可谓“人事皆非”。

鉴于此，这些人终于订立了两条默契。第一条：放过眼前的事，拼力去追更远的事，使后面的人追不到，甚至望不到。这条默契，就叫“冲出射程之外”；然而，后面的人还会追来，只能指望他们也会累。因此，第二条默契是：“锻炼脚力，使得我们的速度足以使后面的追逐者累倒。”

⊙

人文坚持虽然不包含财富，却能带动那么多的财富；人文坚持虽然不包含权力，却能展现那么大的权力。

⊙

语言像山岳一样伟大，不管哪一种，堆垒到二十世纪，都成了山。华语无疑是高大幽深的巨岳之一了，延绵的历史那么长，用着它的人数那么多，特别有资格接受 E. Sapir（爱德华·萨丕尔）给予的“庞大”“广博”这类字眼。一度与它一起称雄于世的其他古代语言大多已经风化、干缩，唯有它，竟历久不衰，陪伴着这颗星球上最拥挤的人种，跌跌撞撞地存活到今天。就是这种声音，就是这种语汇，就是这种腔调，从原始巫觋口中唱出来，从孔子庄子那里说下来，从李白、杜甫、苏东坡嘴里哼出来，响起在塞北沙场，响起在江湖草泽，几千年改朝换代未曾改掉它，《二十五史》中的全部吆喝、呻吟、密谋、死誓、乞求都用着它，偌大一个版图间星星点点的茅舍棚寮里全是它，这么一座语言山，还不大吗？

⊙

但是，山一大又容易让人迷失在里边。苏东坡早就写好一首哲理诗放着呢：“横看成岭侧成峰，远近高低各不同。不识庐山真面目，只缘身在此山中。”终身沉埋在华语圈域中的人很难辨识华语真面目，要真正看清它，须走到它的边沿，进出一下山门。

我揣想最早进出山门的比较语言学家是丝绸之路上的客商。听到迎面而来的驼铃，首先要做的是语言上的判断。那时唐朝强盛，华语走红，种种交往中主要是异邦人学华语。这就像两种溶液相遇，低浓度的溶液只能乖乖地接受高浓度溶液的渗透。尽管当时作为国际都市的长安城大约有百分之五的人口是各国侨民、外籍居民及其后裔，华语反而因他们的存在而显得更骄傲。

语言优势与心理优势互为表里，使得唐代的中国人变得非常大度。

⊙

文化的魅力，就在于摆脱名位，摆脱实用，摆脱功利，走向仪式。

只有仪式，才能让人拔离世俗，上升到千山肃穆、万籁俱寂的高台。

⊙

文化是一种手手相递的炬火，未必耀眼，却温暖人心。

⊙

“长者”，不是指年龄，而是指风范。由于文化给了我们古今中外，给了我们大哲大美，给了我们极老极新，因此我们远比年龄成熟。身上的文化使我们的躯体变大，大得兼容并包、宽厚体谅，这便是长者风。

对一般民众而言，与一个有文化的人谈话，就是在触摸超越周围的时间和空间，触摸超越自己的历练和智慧，因此觉得可以依靠，可以信赖。这就给予文化人一种责任，那就是充分地提升可以被依赖、被信赖的感觉，不要让人失望。

长者风让人宽慰，让人舒心，让人开怀。除非，遇到了真正的善恶之分、是非之辨。

⊙

越是温和的长者，越有可能拍案而起。这是因为，文化虽然宽容，却也有严肃的边际，那就是必须与邪恶划清界限。

对于大是大非，文化有分辨能力。它可以从层层叠叠、远远近近的佐证中，判断最复杂的交错，寻找最隐蔽的暗线。它又能解析事情的根源、成因和背景，然后得出完整的结论。因此，一个身上有文化的人，除了保持宽厚的长者风，还须展现果敢的裁断力，让人眼睛一亮，身心一震。

裁断力是全社会的"公平秤"，它的刻度、秤砣和砝码，全都来自于文化。文化再无用，也能把万物衡量。

⊙

古人说，"腹有诗书气自华"。这里所说的"气"和"华"，没有具体内容，却能让大家发现。可见，它们与众人相关，真所谓"无缘大慈，同体大悲"。文化，就是要让这种终极性的慈爱生命化、人格化，变成风范。

现今的中国文化，作品如潮，风范还少。因此，构成了殷切的期盼。

在我看来，中华文化的复兴，不在于出了几部名作，得了几个大奖，而在于由"身外"返回"身上"，看人格，看风范。

⊙

孔子一生最看重的事，就是寻找周朝的礼仪，并力图恢复。我们现在企盼的集体礼仪，应该具有新的内容和形式。

正是礼仪，使文化变成行动，使无形变为有形，使精神可触可摸，使道德可依可循。教育，先教"做什么"，再说"为什么”。

人的一生，很多嘉言美行都是从仿效家长、老师的行为规范开始的，过了很久才慢慢领悟为何如此。有的人甚至一辈子就没有领悟，但依着做了，就成了一个“不自觉的实践者”，也很好。

⊙

文字，因刻刻画画而刻画出了一个民族永久的生命线。人类的诸多奇迹中，中国文字，独占鳌头。

中国文字在苦风凄雨的近代，曾受到远方列强的嘲笑。那些由字母拼接的西方语言，与枪炮、毒品和科技一起，包围住了汉字的大地，汉字一度不知回应。但是，就在大地即将沉沦的时刻，甲骨文突然出土，而且很快被读懂，告知天下，何谓文明的年轮，何谓历史的底气，何谓时间的尊严。

我一直很奇怪，为什么这个地球上人口最多的族群临近灭亡时最后抖擞出来的，不是深藏的财宝，不是隐伏的健勇，不是惊天的谋略，而只是一种古文字。终于，我有点懂了。

⊙

斯文浓郁的北宋和南宋，先后在眼泪和愤恨中湮灭了。岳飞、文天祥等壮士都没有能够抵挡住北方铁骑。在他们的预想中，一切已有的文化现场都将是枯木衰草，大漠荒荒。因此，说到底，他们的勇敢，是一种文化勇敢，他们的气节，是一种文化气节。

但是，事情的发展和他们预想的并不相同。中华文化并没有被北方铁骑踏碎，相反，倒是产生了某种愉快或不愉快的交融。宋代文化越来越浓的皇家气息、官场意识、兴亡观念被彻底突破，文化，从野地里，从石缝间，从巷陌中，找到了生命的新天地。

而且，另有一番朝廷文化所没有的健康力量。更重要的是，这种突破不仅仅是针对宋代文化，而且还针对着中华文化自古以来某些越来越规范的“超稳定结构”，包括不利于戏剧产生的一系列机制。

⊙

我一直动员我的学生和其他文化界朋友稍稍关心考古，乍一看是爬剔远古时代的破残印痕，其实与当代生气勃勃的文化创造密切有关。

十九世纪的德国考古学家谢里曼 (H.Schliemann) 和英国考古学家伊文斯 (A.Evans)，通过考古，印证了《荷马史诗》中的描写，使人们知道千古诗情与野外挖掘的密切关系。他们也使欧洲文化重见源头、重知根脉、重获初旨。中国现代考古学开始以后，不少充满诗人情怀的文化人成了考古学家，例如王国维、罗振玉、郭沫若、陈梦家，等等。由此可见，考古是现代人对自己邈远身世的大胆追寻，借以遥想祖先为什么要有文化。

⊙

人类很多大文明，都灭亡在思维的荒原之中。如果早一点有人找到了赖以生存的初始密码，重新抖擞起独特的生命力，也就有可能避免灭亡。因此，就特别尊重一切濒临灭亡时的思考者。

⊙

人类走出原始丛林，摆脱动物生态，有一系列关键步伐。例如，发明工具，开始种植，下树居住，学会用火，等等。但是，其中最重要的，是建立秩序。建立秩序的主要办法，是自我惩罚。

人类，因懂得了自我惩罚而走向了文明。法制，就是这种文明的必然果实。

⊙

现在我们已经不可能抹去或改写人类以前的文明史，但有权利总结教训。重要的教训是：人类不可以对同类太嚣张，更不可以对自然太嚣张。

这种嚣张也包括文明的创造在内，如果这种创造没有与自然保持和谐。

⊙

宗教会让一个文明在较短时间内走向伟大。但是，当宗教走向极端主义，又会让一个文明在较短时间内蒙上杀伐的阴云。中华文明未曾在整体上享用前一种伟大，也未曾在整体上蒙上后一种阴云。它既然失去了连接天国的森严的宗教精神结构，那么也就建立起了连接朝廷的森严的社会伦理结构。以儒家理性和法家权术为主导的有序管理，两千多年来一以贯之。这中间又奇迹般地找到了一千余年不间断地选拔大量管理人才的有效方法，那就是科举制度。由于科举考试总是以中华文明的精髓为核心，使得文化传承因为有无数书生的生命滋养而生生不息。因此，仅仅一个科举制度，就使社会管理的延续和文化体制的延续齐头并进。

⊙

自屈原开始，中国文人的内心基调改变了，有了更多的个人话语。虽然其中也涉及朝廷和君主，但全部话语的起点和结局都是自己。凭自己的心，说自己的话，说给自己听。被别人听到，并非本愿，因此也不可能与别人有丝毫争辩。

这种自我，非常强大又非常脆弱。强大到天地皆是自己，任凭纵横驰骋；脆弱到风露也成敌人，害怕时序更替，甚至无法承受鸟鸣花落，香草老去。

⊙

这样的自我一站立，中国文化不再是以前的中国文化。

帝王权谋可以伤害它，却不能控制它；儒家道家可以滋养它，却不能拯救它。一个多愁善感的孤独生命发出的声音似乎无力改易国计民生，却让每一个听到的人都会低头思考自己的生命。

因此，它仍然孤独却又不再孤独，它因唤醒了人们长久被共同话语掩埋的心灵秘窟而产生了强大的震撼效应。它让很多中国人把人生的疆场搬移到内心，渐渐领悟那里才有真正的诗和文学，因此，它也就从文化的边缘走到了中心。

⊙

屈原不像诸子百家那样总是表现出大道在心，平静从容，不惊不诧。相反，他有那么多的惊诧，那么多的无奈，那么多的不忍，因此又伴随着那么多的眼泪和叹息。他对幽兰变成萧艾非常奇怪，他更不理解为什么美人总是难见，明君总是不醒。他更惊叹众人为何那么喜欢谣言，又那么冷落贤良……总之，他有太多的疑问，太多的困惑。他曾写过著名的《天问》，其实心中埋藏着更多的《世问》和《人问》。他是一个询问者，而不是解答者，这也是他与诸子百家的重大区别。

⊙

我们这片土地，由于承载过太多战鼓马蹄、仁义道德的喤喤之声而十分自满，却终于为西天传来的一种轻柔而神秘的声音让出了空间。当初那些在荒凉沙漠里追着白骨步步前行的脚印没有白费，因为他们所追寻来的那种声音成了热闹山河的必然需要。但是，热闹山河经常会对自己的必然需要产生麻木，因此也就出现了文化应该担负的庄严使命，那就是一次次重新唤醒那些因自大而堵塞了性灵的人群。

⊙

从魏晋南北朝开始，中国的智者已经习惯于抬头谛听，发现那儿有一些完全不同于身旁各种响亮声浪的声音，真正牵连着大家的生命内层。正是这种谛听，渐渐引出了心境平和、气韵高华的大唐文明。

那么，让我们继续谛听。

⊙

拜伦的祖国不是希腊，但他愿意把希腊看成自己的文化祖国。因此，自己也就成了接过希腊琴弦的流浪者。

文化祖国，这个概念与地域祖国、血缘祖国、政治祖国不同，是一个成熟的人对自己的精神故乡的主动选择。相比之下，地域祖国、血缘祖国、政治祖国往往是一种先天的被动接受。主动选择自己的文化祖国，选择的对象并不多，只能集中在一些德高望重而又神秘莫测的古文明之中。拜伦选择希腊是慎重的，我知道他经历了漫长的“认祖仪式”，因此深信他一定会到海神殿来参拜，并留下自己的名字。

⊙

巴以冲突牵涉很广。政治家敏感于主权归属，文化人敏感于历史伦理，老百姓敏感于生态差异。其中，最根本的是生态差异，包括生命节奏、教育背景、风俗特点、卫生习惯、心理走向都不一样。在这一切的背后，又都潜藏着世代的自尊和委屈，因而必然产生麻烦。

即使只是生活习惯上的互相鄙视，甚至只鄙视在眼神里，其实也是一种文化冲突。政治冲突、军事冲突都是文化冲突的故意夸张，看起来激烈，实际上反而比文化冲突更容易解决。我们现在都看到了，世界上很多曾经尖锐冲突的地方，现在都已经纷纷和解，原因是它们之间的文化生态能够沟通。但是巴以冲突至今没有看出和解的希望，再过多少年也不乐观。原因也恰恰是文化生态上的不可调和。

⊙

杰里科历来被称为“神的花园”，我也曾经在一些想当然的现代书籍中读到过对它出神入化的描绘。今天我站在它面前，说不出一句话。处在生态对抗和精神对抗的第一线，再悠久的历史也只能枯萎。这里现在很少有其他美丽，只有几丛从“神的花园”里遗落的花，在飞扬的尘土间，一年年花开花落，鲜艳了一万年。

⊙

我只能说，学术，这是一群奇怪的人所做的奇怪的事，做得专注、沉闷、漫长。远离身边实利，远离流行热点，远离通俗话语，既缺少表情，又缺少色彩，更缺少社会关注。但他们相信，自己是在寻找种种事物的来龙去脉、前因后果、高低美丑。如果找出，就有可能贯通时空，推进文明，教育后代。

⊙

我认为，学术研究的最大意义，是研究者本人的自身建设。学术，只有学术，才有可能使我们的人生更理性、更宏观、更周密、更深入、更清晰。

不管周边的世界多么诱人，自己的生命多么强劲，都应该静下心来接触一点学术，哪怕是一段时间也好。否则，我们很可能在潇洒喜乐间失去重量，失去根基，失去制衡。

学术，是人生长途中的“必要枯燥”。

⊙

学术研究就像爬山，一旦起步就停不下了，而且，山那么高，又那么多。

值得攀爬的山，总是离闹市很远。对闹市而言，爬山者等于失踪者。偶尔，失踪者回来了，但很快，又不见了。

山，实在太有吸引力了。因为它的高，因为它的远，因为它的险，因为它的静。

⊙

所谓文化气节和学术操守应该从大处着眼，应该着眼于人类的权利、生命的尊严，而不应该降格为对某种具体观点的固守。

⊙

为学术文化甘于寂寞是一种高贵，为学术文化力求沟通也可能是一种高贵。

只有个中人才知道，要把深奥的学理写得轻逸随和，极为困难。这不仅需要把这个学理完全钻透，不留生涩部位，而且还需要把自己的心灵与它紧紧相融，只有这样，才能说学理如叙家常。这就像我们对一个人，如果知之不深，我们只能罗列他的学历档案，枯燥无味，如果相交多年，知之甚深，那就可以轻松地随口谈论了。因此，轻松，每每隐藏着最深的体察；而艰深，则常常掩盖着未能圆熟的陌生。

⊙

教学，说到底，是人类的精神和生命在一种文明层面上的代代递交。

⊙

教育是一种世代性的积累，改变民族素质是一种历时久远的磨砺，但这种积累和磨砺是否都是往前走的呢？如果不是，那么漫长的岁月不就组接成了一种让人痛心疾首的悲哀？

人类历史上，许多燥热的过程、顽强的奋斗最终仍会组接成一种整体性的无奈和悲凉。教育事业本想靠着自身特殊的温度带领人们设法摆脱这个怪圈，结果它本身也陷于这个怪圈之中。对于一个真正的教育家来说，自己受苦受难不算什么，他们在接受这个职业的同时就接受了苦难；最使他们感到难过的也许是他们为之献身和苦苦企盼的“千年教化之功”，成效远不如人意。

⊙

越是杰出的创造者，越是与自己早年所受的教育关系不大，因为他们必须在叛逆和突破中才能迈出创造的步伐。

⊙

人间总有智能上的干枯季节，而这里却水源充沛。

大地总有文化上的荒蛮领域，而这里却土坡常绿。

文明不可满足于自娱自享，而应该招呼高坡，提醒四方。

中国文化的很大一个部分，本是与山水原野不可分离。书斋风光，本是末尾。

宁静的院落，气吞山河。

不大的门庭，俯瞰古今。

教育再斯文，也是一个堂皇的存在。

教育再热闹，也是一个清雅的存在。

⊙

对于孩子，父母的打骂是一种剥夺，剥夺了他本来就很脆弱的尊严。当尊严已经失去，被打骂所匡正的行为又有什么价值？没有尊严的“正确”又是什么？

当然，宠爱过度也是一种剥夺，剥夺了孩子们在莽原长风间独自屹立的权利。随之，他们也就无法建立完整的人格，再也无法真正屹立了。

我的父母，既没有实施这种剥夺，又没有实施那种剥夺，到底是怎么掌握分寸的呢？

除了感谢，还是感谢。

⊙

感谢我的长辈，没有在我的童年时代和少年时代骂我一句、打我一下。于是，我在应该建立人格的时候建立了人格，应该拥有尊严的时代拥有了尊严。我正是带着这两笔财富走进灾难的，事实证明，灾难能吞没一切，却无法吞没这样一个青年。

没有挨过打骂的青年反而并不畏惧打骂，因为这个时间顺序提供了一个人格自立的机会。如果把顺序颠倒，让小小的生命经历一个没有尊严的童年，那么我也许只能沉入灾难而无法穿越。

⊙

对范钦来说，藏书是他的生平主业，做官则是业余。

甚至可以说，历史要当时的中国出一个杰出的藏书家，于是把他放在一个颠覆九州的官位上来成全他。

范钦给了我们一个启示：一生都在忙碌的所谓公务和事业，很可能不是你对这个世界最主要的贡献；请密切留意你自己也觉得是不务正业却又很感兴趣的那些小事。

⊙

守岁，总像是在等待什么。等待着上天把一段年月交割？交割给谁呢？交割时有什么嘱咐？这一切一定都在发生，因此我们不能安睡。深夜读书的情景也与此相类，除了两个对话者，总觉得冥冥中还有更宏大的东西在浮动，因此对话时既专心又有点分心，时不时抬起头来看看窗外。窗外，是黑黝黝的一片。

⊙

中国文化有着强硬的前后承袭关系，但由于个体精神的稀薄，个性化的文化承传常常随着生命的终止而终止。一个学者，为了构建自我，需要吐纳多少前人的知识，需要耗费多少精力和时间。苦苦汇聚，死死钻研，筛选爬剔，孜孜矻矻。这个过程，与买书、读书、藏书的艰辛经历密切对应。书房的形成，其实是一种双向占有：让你占领世间已有的精神成果，又让这些精神成果占领你。当你渐渐在书房里感到舒心惬意了。也就意味着你在前人和他人面前开始取得了个体自由。越是成熟，书房的精神结构越带有个性，越对社会历史文化具有选择性。再宏大的百科全书、图书集成也代替不了一个成熟学者的书房，原因就在这里。但是，越是如此，这个书房也就越是与学者的生命带有不可离异性。书房的完满构建总在学者的晚年，因此，书房的生命十分短暂。

⊙

创作也有艰苦性，但这是一种在文思阻塞时长久期待的艰辛，是平时陶冶性情、积贮感受、磨砺才华时必须付出的艰辛，而不是“写不出硬写”式的拼搏。在创作的实际过程中，永远需要松快灵便、进退自如、左右逢源、纵横捭阖的心态。不要执持太甚，不要胶着太久，不要钻之过深，不要爬剔过细。总而言之，要从容不迫地把握住自己心灵的音量，调停有度地发挥好自己的创造力。

要如此，就必须减轻心灵的外部负载；能做到如此，就自然会产生真切、天籁、浑然、澄澈的佳作。

⊙

哪怕写了一辈子，写到最后一篇文章，也不要企望读者的信任惯性，写坏最后一篇文章是极有可能的事，到时候只能再一次领悟：我与读者未曾签约。

写作人自己也是读者，总该从自己的阅读心理上领悟：不存在永远忠实的读者，不存在那个想象中的契约。

⊙

医生检查病人需要做心电图，我们在写作和修改的时候也等于在做心电图，既是文章的心电图，又是读者的心电图。心电图一旦出现平直线，就有死亡信息在觊觎，必须立即采取措施，把生命重新激活。我在修改文章时也常常把自己转换成一个医生，用尽量苛刻的目光检查每一个段落的“心电图”，看看有哪些平直线出现了，有哪些令读者厌倦的硬块需要剔除。可惜等到发表时，仍然会发现不少硬块还是从我眼皮底下逃过去了，真对不起读者。

⊙

所谓境界，是高出于现实苦涩的一种精神观照。你好像猛然升腾起来了，在天空中鸟瞰着茫茫大地。由此，文章不再显得平面，因出现了另一个向度而成为立体。

要升腾，必须挣脱世俗功利得失的坐标，从而使世间的难题不再具有绝对性。它们都是一种自然存在，因此具备在更高坐标上获得协调共存的可能。

⊙

世上有一些问题永远找不到结论却永远盘旋于人们心间，牵动着历代人们的感情。祖先找过，我们再找，后代还要继续找下去，这就成了贯通古今的大问题。文学艺术的永恒魅力，也正是出现在这种永恒的感受和寻找中。

⊙

文学写作的基座是个体生命。

⊙

在我的文章中，自认为那些不错的句子都是一字一句认真苦磨出来的，但奇怪的是其中最令我满意的文笔却并非如此。往往是，熬了很久，苦了很久，头脑已经有些迷糊，心志已经有些木然，杯中的茶水又凉又淡，清晰的逻辑已飘忽窗外，突然，笔下来了一些句子，毫无自信又不能阻止，字迹潦草地任其流泻，写完也不会细加琢磨，想去改动又没有了心绪，谁知第二天醒来一看，上上下下都不如这一段精彩。

⊙

夜雨款款地剥夺了人的活力，因此夜雨中的想象又格外敏感和畏怯。这种畏怯又与某种安全感拌和在一起，凝聚成对小天地中一脉温情的自享和企盼。在夜雨中与家人围炉闲谈，几乎都不会拌嘴；在夜雨中专心攻读，身心会超常地熨帖；在夜雨中思念友人，会思念到立即寻笔写信；在夜雨中挑灯作文，文字也会变得滋润蕴藉。

⊙

自己写过的东西一旦发表就成为身外之物，它们在社会上流浪当然会有多种遭遇。作者如果有兴趣，可以偶尔远远地看一眼它们的历险，但也可能因为忙而不看，让它们凭着自己的生命力去经受一切。

⊙

我的写作，就像我向拥挤的人群递过去一个笑容。

接受我笑容的只有几个路人，引起反应的更少，但他们因我的笑容而增添了一点喜悦，也给别人露出了笑容。

笑容传递下去了，其中个别人养成了向路人微笑的习惯。

当然，笑容的比喻过于单纯，还可增加一些表情。例如，传递给世间的是一份端庄，一份从容，一份忧虑，一份急切……

总之，传递出人之为人的正常表情，使世间的不良表情感到寂寞。

⊙

书海茫茫。像真的海一样，我们既赞美它，又害怕它。远远地看，大海澄碧湛蓝，云蒸霞蔚，但一旦跳入其间，你立即成为芥末，沉浮于汹涌混沌之中，如何泅得出来？

⊙

一些真正把书读通了的人总是反对“开卷有益”的说法，主张由学者们给社会开出一些大大小小的书目，以防在阅读领域里价值系统的迷乱。但这种做法带有常规启蒙性质，主要适合正在求学的年轻人。对于中年人来说，生命已经自立，阅读也就成了自身与阅读对象的一种“能量交换”，选择的重任主要是靠自己来完成了。因此，自设禁区，其实是成熟的表现。

⊙

感觉极好的文章少读，感觉不对的文章不读，这是我的基本原则。

感觉极好，为什么要少读呢？因为感觉极好是很不容易的事，一旦找到，就要细细体会，反复咀嚼，不容自我干扰。

⊙

大气不是一种提笔之后的风格选择，而是一种沉潜久远的内心冲动，因内心冲动而成为思维习惯，因思维习惯而成为生命本能。

⊙

读书是要分层次的，层次的确定和选择，是阅读有效性的关键。我们见过许多这样的读书人：他们勤奋地借书、买书、藏书、啃书，但是如果你问他们，这么多年读下来最喜欢哪几本书，最敬畏哪几本书，对自己的人格学问影响最大的是哪几位作家，还有哪些书是一直想精研细读而至今未能如愿的，他们往往答不出来。倘使把读书比作交友，这样的读书人近似交际场中那类四处点头握手、广撒名片的人物，他们没有知己、没有深交、没有诤友和畏友。读书的无效和无聊，莫过于此。

要相信，茫茫书海中，只有那么一小块，才与你的生命素质有亲切的对应关系。要凭着自己的人生信号去寻找这一部位，然后才可能由此及彼，扩大成果。完全脱离了个人的文化心理结构而任意冲撞，读书就会因失去了自身生命的濡养而变得毫无乐趣可言。

⊙

应该着力寻找高于自己的“畏友”，使阅读成为一种既亲切又须花费不少脑力的进取性活动。尽量减少与自己已有水平基本相同的阅读层面，乐于接受好书对自己的塑造。我们的书架里可能有各种不同等级的书，适于选作精读对象的，不应是那些我们可以俯视、平视的书，而应该是我们需要仰视的书。这样，阅读才能促使我们向大师们逼近，我们的生命内涵也才能因此而获得提升。

⊙

时代的前进，使得今天每一个真正的专家都不能不是博学家，而每一个博学家也都经常因深感无知而焦灼。因此，必须推进阅读的速度与广度，加快更换精读对象的频率。我们的行箧中，如果长久只有那一两本书，那么，我们的人生旅程很快就会枯窘。在这一点上，我们比前辈学者们既幸运得多，也艰难得多。

⊙

完全不考虑吸引力而自鸣清高，也是一种人生态度，有时候还是一种值得仰望的人生态度。抱有这种人生态度的人可以做很多事情，就是不适合写文章。

⊙

所谓激情，是你生命的一种诚恳投入，所谓热量也是你生命的热量。冰冷的文章是谈不上张力的，只不过在某些高手笔下，热量蕴藏在冰冷的外表下，那反倒因为冷热反差而别具张力。

⊙

有时，不读书也能构建深远的情怀，甚至比读书还更能构建。这是因为，我们在失去文字参照的时候也摆脱了思维羁绊，容易在茫然间获得大气。

⊙

写作人处置情感的基本要诀正是收敛和从容。因为我们所需要的是读者感情的自愿投入，收敛给了读者以空间，从容给了读者以信任。挖好了沟渠，读者的感情洪流迟早会流泻过来，如果一味是自己滚滚滔滔，哪里还有读者流泻的余地？

⊙

现代派作家看似故意背离常情，但这种背离仍然以常情作坐标。越是背离，越是从侧面证明常情的所在。这正像一个异乡人，心头总存着家乡的概念，否则，何谓异乡？

放弃了常情，往往也就放弃了文学。

⊙

世界上最优秀的作家，总是最能用常人的目光和情怀来叙述一个个精彩的故事，因此他们的作品具有全人类的价值，他们的读者遍布世界各地。这真是平凡和伟大的相辅相成。

⊙

有所保守，才能有所创新。最值得我们保守的，不是观念，不是形式，不是文体，而是常情。只有把持住了它，才能给创新以最大的许诺。

⊙

只有书籍，才能让这么悠远的历史连成缆索，才能让这么庞大的人种产生凝聚，才能让这么广阔的土地生存文明的火种。

⊙

写什么并不重要，重要的是怎么写。

故事可以被别人剽窃，但神情剽窃不去；话题可以被别人重复，但韵味重复不了。可见，不是故事和话题，而是神情和韵味决定了谁是谁。

⊙

记住那些曾经使别人和自己眼睛一亮的火花，细细琢磨，慢慢扩展，那要不了多久，自己的整体品位就能凸现出来。

⊙

灵感是生命的突然喷发，生命大于理智，因此在喷发的当口上，理智已退在一边。

我的人格结构，我的生命方式，我的知识储备，我的情感流向，理智都是知道的，它把这一切都体现在对某项写作计划的决断之中了。这就为我的生命和文章的亲切遇合提供了一条通道。只要沿着这条通道往前走，总会走到两情相悦、不分彼此的境地。

⊙

写文章的人什么事都可以做，却不能把人类本没有解决的问题伪装成已在自己手上解决。在我看来，最大的浅薄莫过于此。

不奢望神话、童话和寓言的光华立即临照于我，只希望自己笔下的文章因偶尔的超逸而稍稍亮丽一下。

⊙

有的书太轻薄，无视于中华文明的长寿；有的书很厚重，得力于中华文明的长寿；有的书最神秘，保证了中华文明的长寿。真有第三种吗？有，《周易》《老子》《论语》。

⊙

智者对于知识应保持以下三种态度：一、需要时懂得到哪里去找；二、对各种知识做出严格的评估、选择；三、明白任何知识都不等同于真理，而我们热爱的，只是真理。

⊙

今人炫耀自己的博学，每每搬出古人，但古人之所以可以在学问上傲视我们，有一个重要的秘密，那就是：他们心头没有那么多文化垃圾。

⊙

写作是一件非常孤独的事情，要安安静静面对自己的生命，面对自己灵魂，面对自然。争取面对上天，以感悟上天来表达内心。

⊙

一个人能把人类历史上那些最高尚、最智慧的灵魂都灌注在自己身上，一切的一切都不一样了。因此，读书只是为了获得坐标，真正的目的是读人生，读世界。

⊙

只有真诚的个人化写作，才能深刻地找回自己；只有喁喁私语、踽踽独步，才能一步步发现自我、修复自我。所以，这些杰出的政治家在拯救了整个民族之后，开始拯救自己。可惜，很多政治家在拯救民族之后却未能拯救自己。

⊙

我们的生命，很可能一直处于卑微状态之中，互相骚扰、共同降低。要提升生命的质量，首先必须超拔自己的环境，开拓生命的空间。超拔和开拓的途径就在我们身上，一是用眼睛，二是用脚步。用老话来说，就是“读万卷书，行万里路”；但还要补充一句新话，那就是：在书和路的中间，为了找到生命的真实而苦苦思索。

⊙

记得我上初中时在书店里看到老舍先生写给青年作家的一封信，他说，写文章有两个秘诀：一是尽量不用成语，二是尽量少用形容词。我当时一看如醍醐灌顶，因为这种说法与我们老师的说法截然相反。那天回家的路上，我心里一直在两个‘老’字间挣扎：听“老师”的，还是听“老舍”的？最后我作了正确的选择，听老舍的。

⊙

在写作中如果不小心突然想出了几句对仗的句子，有两句就是两句，不要凑成四句，如果凑成了四句，那也千万不要让它们押韵。世间文字，过巧即伪。

⊙

书卷气已经不是书卷本身，而是被书卷熏陶出来的一种气质。大致表现为衣貌整洁，声音温厚，用语干净，逻辑清晰。偶尔在合适的时机引用文化知识和名人名言，反倒是匆匆带过，就像是自家门口的小溪，自然流出。若是引用古语，必须大体能懂，再作一些解释，绝不以硬块示人，以学问炫人。

书卷气一浓，也可能失去自己。因此，要在“必要贮存”中寻找自己的最爱，不讳避偏好。对于自己的语言习惯，也不妨构建几个常用的典雅组合，让别人能在书卷气中识别你的存在。

⊙

我所满意的是书房里那种以书为壁的庄严气氛。书架直达壁顶，一架架连过去、围起来，造成了一种逼人身心的文化重压。走进书房，就像走进了漫长的历史，鸟瞰着辽阔的世界，游弋于无数闪闪烁烁的智能星座之间。我突然变得渺小，又突然变得宏大，书房成了一个典仪，操持着生命的盈亏缩胀。

⊙

任何作家都需要为自己筑造一个心理的单间。书房，正与这个心理单间相对应。一个文人的其他生活环境、日用器物，都比不上书房能传达他的心理风貌。书房，是精神的巢穴，生命的禅床。屋外的情景时时变换，而我则依然故我，因为有这些书的围绕。有时，窗外朔风呼啸，暴雨如注，我便拉上窗帘，坐拥书城，享受人生的大安详。是的，有时我确实想到了古代的隐士和老僧，在石窟和禅房中吞吐着一个精神道场。

⊙

本人对文章的要求极高，动笔是一件隆重的事。但是，隆重并不是艰深。文章之道恰如哲学之道，至低很可能就是至高，终点必定潜伏于起点。如果谈普洱茶谈得半文半白、故弄玄虚、云遮雾罩，那就坏了，禅宗大师就会朗声劝阻，说出那句只有三个字的经典老话：“吃茶去。”这就是让半途迷失的人回到起点。

美的安慰总是收敛在形式中
让人一见就不再挣扎

三·翰墨

秋林縱鴿圖
鈴聲翼影
落天嬌十五年
前記手揺柯
幸排徊林下
路萬株紅
樹似前朝

⊙

人世间，仕途的等级由官阶来定，财富的等级由金额来定，医生的等级由疗效来定，明星的等级由传播来定，而文学的等级则完全不同。文学的等级，与官阶、财富、实效、传播等因素完全无关，只由一种没有明显标志的东西来定，这个东西叫品位。

其他行业也讲品位，但那只是附加，而不像文学，是唯一。

⊙

如果不分高低，只让每个时间和空间的民众自由取用、集体“海选”，那么，中国文学能选得到那位流浪草泽、即将投水的屈原吗？能选得到那位受过酷刑、耻而握笔的司马迁吗？能选得到那位僻居荒村、艰苦躬耕的陶渊明吗？他们后来为民众知道，并非民众自己的行为。而且，知道了，也并不能体会他们的内涵。因此我敢断言，任何民粹主义的自由海选，即便再有人数、再有资金，也基本与优秀文学无关。

这不是文学的悲哀，而是文学的高贵。

⊙

我主张，在目前必然寂寞的文化良知领域，应该重启文脉之思，重开严选之风，重立古今坐标，重建普世范本。为此，应努力拨去浮华热闹，远离滔滔口水，进入深度探讨。选择自可不同，目标却是同归，那就是清理地基，搬开芜杂，集得高墙巨砖，寻获大柱石础，让出疏朗空间，洗净众人耳目，呼唤亘古伟步，期待天才再临。由此，中华文化的复兴才有可能。

⊙

在人生的行旅中，夜雨的魅力也深可寻探。

我相信，一次又一次，夜雨曾浇熄过突起的野心，夜雨曾平抚过狂躁的胸襟，夜雨曾阻止过一触即发的争斗，夜雨曾破灭过凶险的阴谋。当然，夜雨也斫折过壮阔的宏图、勇敢的进发、火烫的情怀。

不知道历史学家有没有查过，有多少乌云密布的雨夜，悄悄地改变了中国历史的步伐。将军舒眉了，谋士自悔了，君王息怒了，英豪冷静了，侠客止步了，战鼓停息了，骏马回槽了，刀刃入鞘了，奏章中断了，敕令收回了，船楫下锚了，酒气消退了，狂欢消解了，呼吸匀停了，心律平缓了。

⊙

《诗经》使中国文学从一开始就充满了稻麦香和虫鸟声。这种香气和声音，将散布久远，至今还闻到听到。

⊙

《诗经》中，有祭祀，有抱怨，有牢骚，但最主要、最拿手的，是在世俗生活中的抒情。其中抒得最出色的，是爱情。这种爱情那么“无邪”，既大胆又羞怯，既温柔又敦厚，足以陶冶风尚。在艺术上，那些充满力度又不失典雅的四字句，一句句排下来，成了中国文学起跑点的砖砌路基。那些叠章反复，让人立即想到，这不仅仅是文学，还是音乐，还是舞蹈。一切动作感涨满其间，却又毫不鲁莽，优雅地引发乡间村乐，咏之于江边白露，舞之于月下乔木。终于由时间定格，凝为经典。

没有巴比伦的残忍，没有卢克索的神威，没有恒河畔的玄幻。《诗经》展示了黄河流域的平和、安详、寻常、世俗，以及有节制的谴责和愉悦。

⊙

我对先秦诸子的文学品相分为三个等级——

第一等级：庄子、孟子；

第二等级：老子、孔子；

第三等级：韩非子、墨子。

在这三个等级中，处于第一等级的庄子和孟子已经是文学家，而庄子则是一位大文学家。

把老子和孔子放在第二等级，实在有点委屈这两位精神巨匠了。我想他们本人都无心于自身的文学建树，但是，虽无心却有大建树。这便是天才，这便是伟大。

说完第二等级，我顺便说一下第三等级。韩非子和墨子，都不在乎文学，有时甚至明确排斥。但是，他们的论述也具有了文学素质，主要是那些干净而雄辩的逻辑所造成的简洁明快，让人产生了一种阅读上的愉悦。当然，他们两人实干家的形象，也会帮助我们产生文字之外的动人想象。

⊙

孔子开创了中国语录式的散文体裁，使散文成为一种有可能承载厚重责任、端庄思维的文体。孔子的厚重和端庄并不堵眼堵心，而是仍然保持着一个健康君子的斯文潇洒。更重要的是，由于他的思想后来成了千年正统，因此他的文风也就成了永久的楷模。他的文风给予中国历史的，是一种朴实的正气，这就直接成了中国文脉的一种基调。中国文脉，蜿蜒曲折，支流繁多，但是那种朴实的正气却颠扑不灭。因此，孔子于文，功劳赫赫。

⊙

老子另辟奇境，别创独例。以极少之语，蕴极深之义，使每个汉字重似千钧，不容外借。在老子面前，语言已成为无可辩驳的天道，甚至无需任何解释、过渡、调和、沟通。这让中国语文进入了一个几乎空前绝后的圣哲高台。

我听不止一位西方哲学家说："仅从语言方式，老子就是最高哲学。孔子不如老子果断，因此在外人看来，他更像一个教育家、社会评论家。"

外国人即使不懂中文，也能从译文感知"最高哲学"的所在，可见老子的表达有一种"骨子里"的高度。有一段时间，德国人曾骄傲地说："全世界的哲学都是用德文写的。"这当然是故意的自我夸耀，但平心而论，回顾以前几百年，也确实有说这种"大话"的底气。然而，当他们读到老子时就开始不说这种话了。据统计，现在几乎每个德国家庭都有一本老子的书，其普及度远远超过老子的家乡中国。

⊙

孟子是孔子的继承者，比孔子晚了一百八十年。在人生格调上，他与孔子很不一样，显然有点骄傲自恃，甚至盛气凌人。这在人际关系上好像是缺点，但在文学上就不一样了。他的文辞，大气磅礴，浪卷潮涌，畅然无遮，情感浓烈，具有难以阻挡的感染力。他让中国语文摆脱了左顾右盼的过度礼让，联结成一种马奔车驰的畅朗通道。文脉到他，气血健旺，精神抖擞，注入了一种"大丈夫"的生命格调。

⊙

庄子从社会底层审察万物，把什么都看穿了，既看穿了礼法制度，也看穿了试图改革的宏谋远虑，因此对孟子这样的浩荡语气也投之以怀疑。岂止对孟子，他对人生都很怀疑。真假的区分在何处？生死的界线在哪里？他陷入了困惑，又继之以嘲讽。这就使他从礼义辩论中撤退，回到对生存意义的探寻，完成了由思想家到文学家的大步跃升。

⊙

庄子的人生调子，远远低于孟子，甚至也低于孔子、墨子、荀子或其他“子”。但是这种低，使他有了孩子般的目光，从世界和人生底部窥探，问出一串串最重要的“傻”问题。

他最杰出之处，是用极富想象力的寓言，讲述了一个又一个令人难忘的故事，而在这些寓言故事中，都有一系列鲜明的艺术形象。这一下，他就成了那个思想巨人时代的异类，一个充满哲思的文学家。《逍遥游》《秋水》《人间世》《德充符》《齐物论》《养生主》《大宗师》……这些篇章，就成了中国哲学史，也是中国文学史的第一流佳作。

⊙

司马迁在历史学上的至高地位，我们在这里暂且不说，只说他的文学贡献。是他第一次，通过对一个个重要人物的生动刻画，写出了中国历史的魂魄。因此也可以说，他将中国历史拟人化、生命化了。更惊人的是，他在汉赋的包围中，居然不用整齐的形容、排比、对仗，更不用词藻的铺陈，而只以从容真切的朴素笔触、错落有致的自然文句，做到了这一切。于是，他也就告诉人们：能把千钧历史撬动起来浸润到万民心中的，只有最本色的文学力量。

⊙

诸葛亮在文学上表达的是君臣之道，曹操在文学上表达的是天地之命。

⊙

唐诗具有全民性。唐诗让中国语文具有了普遍的附着力、诱惑力、渗透力，并让它们笼罩九州、镌刻山河、朗朗上口。有过了唐诗，中国大地已经不大有耐心来仔细倾听别的诗句了。

⊙

唐诗确实是一种大美，不管在什么情况下一读，都能把心灵提升到清醇而又高迈的境界。回头一想，这种清醇、高迈本来就属于自己，或属于祖先秘传，只不过平时被大量琐事掩埋着。唐诗如玉杵叩扉，叮叮当当，嗡嗡喤喤，一下子把心扉打开了，让我们看到一个非常美好的自己。

这个自己，看似稀松平常，居然也能按照遥远的文字指引，完成最豪放的想象，最幽深的思念，最入微的观察，最精细的倾听，最仁爱的同情，最洒脱的超越。

这个自己，看似俗务缠身，居然也能与高山共俯仰，与白云同翻卷，与沧海齐阴晴。

这个自己，看似学历不高，居然也能跟上那么优雅的节奏，那么铿锵的音韵，那么华贵的文辞。

这样一个自己，不管在任何地方都会是稀有的，但由于唐诗，在中国却成了非常普及的常态存在。

正是这个原因，我才说，怎么也舍不得离开产生唐诗的土地，甚至愿意下辈子还投生中国。

⊙

人闲桂花落，夜静春山空。

月出惊山鸟，时鸣春涧中。

一个“惊”字，把深夜静山全部激活了。在我看来，这是作为音乐家的王维用一声突然的琵琶高弦，在挑逗作为画家的王维所布置好的月下山水，最后交付给作为诗人的王维，用最省俭的笔墨勾画出来。

⊙

王维像陶渊明一样，使世间一切华丽、嘈杂的文字无地自容。他们像明月一样安静，不想惊动谁，却实实在在地惊动了方圆一大片，这真可谓“月出惊山鸟”了。

与陶渊明的安静相比，王维的安静更有一点贵族气息，更有一点精致设计。他的高明，在于贵族得比平民还平民，设计得比自然还自然。

⊙

在安史之乱爆发的十七年后，一个未来的诗人诞生，那就是白居易。烽烟已散，浊浪已平，这个没有经历过那场灾难的孩子，将以自己的目光来写这场灾难，而且写得比谁都好，那就是《长恨歌》。那场灾难曾经疏而不漏地“俘虏”了几位前辈大诗人，而白居易却以诗“俘虏”那场灾难，几经调理，以一种个体化、人性化的情感逻辑，让它也完整地进入了审美领域。

⊙

韩愈的散文，气魄很大，从句式到词汇都充满了新鲜活力。但是相比之下，柳宗元的文章写得更清雅、更诚恳、更隽永。韩愈在崇尚古文时，也崇尚古文里所包含的“道”，这使他的文章难免有一些说教气。柳宗元就没有这种毛病，他被贬柳州、永州时，离文坛很远，只让文章在偏僻而美丽的山水间一笔笔写得更加情感化、寓言化、哲理化，因此也达到了更高的文学等级。

⊙

宋代出了一个那么有体温、有表情的苏东坡，构成了一系列对比。不管是久远的历史、辽阔的天宇、个人的苦恼，到他笔下都有了一种美好的诚实，让读到的每个人都能产生感应。他不仅可爱，而且可亲，成了人人心中的兄长、老友。这种情况，在中国文学史上几乎绝无仅有。因此，苏东坡是珍罕的奇迹。

⊙

一位友人对我说：感冒无药可治，因此世上感冒药最多；同样，中国近、现代文学成果寥落，因此研究队伍最大。研究队伍一大就必然出现夸张、伪饰、围啄、把玩的风尚，结果只能在社会上大幅度贬损文学的形象。一般正常的读者，已经不愿意光顾这个喧闹不已的小树林了。

⊙

每个试图把中国文脉接通到自己身上的年轻人，首先都要从当代文化圈的吵嚷和装扮中逃出，滤净心胸，腾空而起，静静地遨游于从神话到《诗经》、屈原、司马迁、陶渊明、李白、杜甫、苏东坡、关汉卿、曹雪芹，以及其他文学星座的苍穹之中。然后，你就有可能成为这些星座的受光者、寄托者、企盼者。

⊙

每次吟诵《诗经》，总会联想到一个梦境：在朦胧的夜色中，一群人马返回山寨要唱几句约定的秘曲，才得开门。《诗经》便是中华民族在夜色中回家的秘曲，一呼一应，就知道是自己人。

⊙

我心中的唐诗，是一种整体存在。存在于“羌笛孤城”里，存在于“黄河白云”间，存在于“空山新雨”后，存在于“浔阳秋瑟”中。只要粗通文墨的中国人一见相关的环境，就会立即释放出潜藏在心中的意象，把眼前的一切卷入诗境。

于是，唐诗对中国人而言，是一种全方位的美学唤醒：唤醒内心，唤醒山河，唤醒文化传代，唤醒生存本性。

而且，这种唤醒全然不是出于抽象概念，而是出于感性形象，出于具体细节。这种形象和细节经过时间的筛选，已成为一个庞大民族的集体敏感、通用话语。

⊙

唐代诗坛有一股空前的大丈夫之风，连忧伤都是浩荡的，连曲折都是透彻的，连私情都是干爽的，连隐语都是靓丽的。这种气象，在唐之后再也没有完整出现，因此又是绝后的。

更重要的是，这种气象被几位真正伟大的诗人承接并发挥了，成为一种人格，向历史散发着绵绵不绝的温热。

⊙

李白、杜甫的诗能裹卷我们，但是李商隐、杜牧的诗却没有这种裹卷力。读他们的诗，我们似乎在偷窥远窗的身影，影影绰绰、扑朔迷离又风姿无限。有的诗句也能让我们产生自身联想，但那只是联想，而不是整体共鸣。

⊙

晚唐的诗，不要求共鸣。这一点显然冲破了文艺学里的好几个教条。晚唐的诗，只让我们用惊奇的目光虚虚地看、片断地看、碎碎地看，并由此获得另类审美。这有点像欧洲二十世纪美学中那种阻断型、陌生化的审美方式，别具魅力。

产生这种创作风尚的原因，与时代有关。豪迈或哀愁的诗情已被那么多大诗人释放完了，如果再释放，显得重复，也不真切。为什么会不真切？因为整个社会已失去盛唐气象。因此，尽管很多二流诗人还会模仿前辈，而一流诗人则必然转向自我，转向独特，转向那个与社会共同话语脱离的神秘领域。这里，文学建立了一种新的自信：即使不涉及社会共同话语，也可能创造一种独立的美。现在我们知道了，这种独立的美，反倒纯。

⊙

从初唐、盛唐到晚唐的诗歌发展模式，我把它看成是在任何时代、任何地方都有可能出现的轮回规程。从气象初开到宏伟史诗，再到悲剧体验，再到个人自问——这个模式，反复地出现在世界各地成熟文学的每一个发展段落中。

⊙

李煜的经历告诉我们，杰出的艺术常常是人格分裂的结果，甚至是政治荒地上的野花。一切都志得意满的人，很难在艺术上成功。

李煜的经历还告诉我们，艺术家只是艺术家，让他们从政很可能导致彻底混乱。我们不能把艺术上的好感和恶感，推衍到其他领域。诗人很浪漫、很自信，以为自己什么都能做，其实他们真正能做的事业，也就是写诗。

这不是贬低他们。诗人一旦拿起诗笔，就有可能成为世间的精神星座。即便是再成功的政治家，也会虔诚地吟诵他们的诗句。

⊙

“大宋”之“大”，一半来自宋词里的气象。如果说古诗词容易束缚现代人的思想，那么，这个毛病在宋词里是找不到的。我更鼓励年轻人多背诵一点宋词，甚至超过唐诗。原因是，宋词的长短句式更能体现中华语文的音乐节奏，收纵张弛，别有千秋。

⊙

宋代那么多作品加在一起，呈现出一种无与伦比的典雅。典雅两个字放在很多地方都合适，但要把它作为一个时代的概括并趋于极致，只能是宋代文化。

但是，就像所有的典雅都带有脆弱性一样，宋代的典雅也是脆弱的。边关吃紧，政权危殆，文官党争，民心浮动……但我想，在脆弱的大环境中保持典雅，才是典雅这个词语的深刻内涵所在。

⊙

即使从最宏观的历史视角来看，我也不能不重视中国二十世纪八十年代。那个时候的中国文学艺术更是气象大开，粗犷有力，直逼大地人心，重寻苍凉诗情，总体成就早已远超五四。我很少结交文人，但在当代小说家中却拥有贾平凹、余华、张炜等好友，与年长一代的张贤亮、王蒙、冯骥才也有交情。与高行健、莫言、刘震云、马原、唐浩明、张欣、池莉都是朋友。结识的诗人有舒婷、杨炼、麦城、于坚。散文界的好友是周涛，我实在欣赏他牵着马缰、背靠大漠的男子汉情调。在港、台，金庸、白先勇、余光中都是我的好友。本来龙应台也是，曾与贾平凹一起结成“风格迥异三文友”，但她现在做了高官，那就很难继续成为好友了。对文学而言，太高的职位，是友情之墙。

⊙

当文学坐标一旦出现，就有它独立的价值标准，而不应该成为政治坐标的衍生品。以宋代为例，岳飞、文天祥大义凛然，让人尊敬，他们也都写诗，却不能因此认为，他们的文学成就高于陆游和辛弃疾。即便在文学家内部，也不能一端而概括全盘，例如鲁迅影响那么大，但他写古诗就比不上郁达夫。

总之，在世间千千万万个坐标中，文学坐标有它独立存在的价值。

⊙

曹操在他的文学作品中所表现出来的生命格调，实在很高。有人说，他可能是在作伪，其实这不可能。曹操是那种做了坏事也不想掩饰的人，他心中没有“舆论”概念，更不必说当时写诗也没有地方“发表”，他只唱给自己的内心听。

另外，在诗歌技巧上他也非同寻常。句式、节奏、用词，全都朴茂而雄浑，简洁而大气。一种深沉的男低音，足以让文坛为之一振。他的诗中有一些句子，已经成为中华文化的“熟语”，例如：“老骥伏枥，志在千里，烈士暮年，壮心不已”“对酒当歌，人生几何”“山不厌高，海不厌深”，等等。这说明，他参与了中华文化主干话语的创造。

⊙

李清照，则把东方女性在晚风细雨中的高雅憔悴写到了极致，而且已成为中国文脉中一种特殊格调，无人能敌。因她，中国文学有了一种贵族女性的气息。以前蔡琰曾写出过让人动容的女性呼号，但李清照不是呼号，只是气息，因此更有普遍价值。

李清照的气息，又具有让中国女性文学扬眉吐气的厚度。在民族灾难的前沿，她写下了“生当作人杰，死亦为鬼雄”的诗句，就其金石般的坚硬度而言，我还没有在其他文明的女诗人中找到可以比肩者。这说明，她既是中国文脉中的一种特殊格调，又没有离开基本格调。她离屈原，并不太远。

⊙

历史本身就是一篇大散文。它有情节但不完整，有诗意但不押韵，有感叹但无结论——这还不是散文吗？

而且，最好的散文总是朴素的，司马迁的文笔，像历史本身一样朴素。

当时他身边充斥的是辞赋之风。辞赋也有一些不差的篇章，但总的来说有铺张、浮华之弊。空洞的辞章如河水泛滥，又在音节、对偶、排比上严重雷同。正是针对这种文字气氛，司马迁用朴素无华、灵活自如、摇曳生姿的正常语言写作，像一场浩荡的清风席卷文坛。

雄岩飛瀑圖
造化可奇理難說何處奇源到石巔疑是
銀河通碧海鼎湖山頂瀉飛泉

但是，铺张、浮华的文风有一种代代再生的能力。直到唐代，韩愈、柳宗元重新呼唤朴素文风，才成气候。在他们之后，这种呼唤还不得不一再响起，因为那个老毛病像一种间歇症一样一次次复辟。

直到今天，请听听上下左右那么多发言、报告、陈述，其中拥挤着多少套话、空话、大话，而且都那么朗朗上口、抑扬顿挫。更麻烦的是，由于传染和诱导，越来越多的人觉得那才美，那才叫文学性。

⊙

浪漫主义色彩较浓的作家，常常在自己主人公的身上更明显地打上自己的烙印，更直接地体现自己的意念，而并不像古典主义、现实主义作家那样注重形象本身的合理性和真实性。当然，浪漫主义作家也会要求合理和真实，但那是就根本意义而言的。

⊙

不管是积极浪漫主义还是消极浪漫主义，都会或多或少地表现出与现实世界的分裂和对峙。

⊙

科学和哲学把感觉提升抽象到各自的高度，而文学则通过淘洗把感觉还给人间。

⊙

文学的魅力超越时空，只有连事件发生地之外的人也能够感受，甚至连异代的人也能够进入，才算真正的佳作。

文学是怕风干，最怕提炼成化学物质。

文学园地就是人类在精神领域的一块绿色基地。

⊙

当我们发现并凝视身边的这些具体问题时，不能不一次次为人类的整体性尴尬而震颤，为人性的脆弱无助而叹息，为世界图像的怪异而惊诧，同时，又为人们能诚实地面对而感动。人的渺小和伟大，全在这些问题中吐纳。

当我遇到那些已经解决的难题，就把它交付给课堂；当我遇到那些可以解决的难题，就把它交付给学术；当我遇到那些我无法解决的难题，也不再避开，因为有一个称之为散文的箩筐等着它。

⊙

文学的历史怀情，是作家以自身生命与历史对晤。他要寻找自己与浩瀚历史长河的关系，因此不得不在历史中寻找合乎自身生命结构的底蕴，寻找那些与自己有缘的灵魂。这种寻找可以是精细的，也可以是鲁莽的，却都带有情感。一旦寻找到，还需要长久地逼视、追索，并与之默默对话，最后就产生一种责任和关爱，情感愈来愈深，襟怀愈来愈阔，一旦有机会诉诸文字，则必然将历史和生命混同一体。他因历史而博大，历史因他而鲜活，反映在文学上，古希腊时所划分的抒情体和史诗的界限渐渐软化，个体抒情和整体史诗很难划分。

⊙

没有必要在文学中那么严肃，更没有可能在历史中那么放肆，只是想用一种特殊的文体让自己的生命与历史有较深较长的对晤，只是想用一种真挚的情怀让遥远的故事与今天的众生有或多或少的互补。

回想起来，我们每天总是那样慌乱。就像一潭水，老是在搅动，水质无法清纯，水底无以沉淀，只能是一片浑浊。要结束这种浑浊，唯一的办法就是宁静，诚如《老子》十五章所说：“孰能浊以止？静之徐清。”

⊙

唯有在这里，文采华章才从朝报奏折中抽出，重新凝入心灵，并蔚成方圆。它们突然变得清醒，浑然构成张力，生气勃勃，与殿阙对峙，与史官争辩，为普天下皇土留下一脉异音。世代文人，由此而增添一成傲气，三分自信。华夏文明才不至于全然黯暗。朝廷万万未曾想到，正是发配南荒的御批，点化了民族的精灵。

⊙

文学会以美的形式把人们带入一种品味人生奥秘的境界，一种超越物质实利和庸常得失的境界。在这一点上，它与宗教有相通之处。

⊙

人们普遍认为，正确的主题思想加上合适的艺术形式，就有可能成为一个好作品。这种说法勉强也能成立，只不过那是指常规的好作品，而不是指真正的杰作，更不是指伟大的作品。

⊙

伟大的艺术作品，没有清晰的主题思想，也没有简明的结论。现在我们似乎说得出几句它们的主题思想和结论，那是后人强加给它们的。后人为了讲解它们、分析它们、以它们谋生，就找了几条普通人都能理解的拐杖，其实那些拐杖都不属于伟大作品本身。例如，人们常常会说《离骚》的主题思想是“怀才不遇的爱国主义”，说《红楼梦》的主题思想是“歌颂封建家庭叛逆者的爱情”，其实都是不对的。

⊙

在西方艺术中，《荷马史诗》，希腊悲剧，莎士比亚几部最好的悲剧，米开朗基罗、达·芬奇、罗丹、凡·高、毕加索的绘画和雕塑，贝多芬、巴赫、莫扎特的音乐，也都不存在明确的主题和结论。讲得越清楚，就离它们越远。

这并不是说，杰出的艺术家在没有把事情想清楚之前就可以胡乱投入创作。更不是说，人们可以容忍艺术作品最后呈现出一团混乱和迷糊。恰恰相反，伟大作品不清晰、不简明的意涵，正是艺术家想得最多却怎么也想不出答案的所在。

⊙

在南北各地的古代造像中，唐人造像一看便可识认，形体那么健美，目光那么平静，神采那么自信。在欧洲看蒙娜丽莎的微笑，你立即就能感受，这种恬然的自信只属于那些真正从中世纪的梦魇中苏醒、对前途挺有把握的艺术家。唐人造像中的微笑，只会更沉着、更安详。在欧洲，这些艺术家翻天覆地地闹腾了好一阵子，固执地要把微笑输送进历史的魂魄。谁都能计算，他们的事情发生在唐代之后多少年。而唐代，却没有把它的属于艺术家的自信延续久远。阳关的风雪，竟愈见凄迷。

⊙

王维诗画皆称一绝，莱辛等西方哲人反复讨论过的诗与画的界限，在他是可以随脚出入的。但是，长安的宫殿只为艺术家们开了一个狭小的边门，允许他们以卑怯侍从的身份躬身而入，去制造一点娱乐。历史老人凛然肃然，扭过头去，颤巍巍地重又迈向三皇五帝的宗谱。这里，不需要艺术闹出太大的局面，不需要对美有太深的寄托。

于是，九州的画风随之黯然。阳关，再也难于享用温醇的诗句。西出阳关的文人还是有的，只是大多成了谪官逐臣。

即便是土墩、是石城，也受不住这么多叹息的吹拂，阳关坍弛了，坍弛在一个民族的精神疆域中。它终成废墟，终成荒原。身后，沙坟如潮，身前，寒峰如浪。谁也不能想象，这儿，一千多年之前，曾经验证过人生的壮美，艺术情怀的弘广。

这儿应该有几声胡笳和羌笛的，音色极美，与自然浑和，夺人心魄。可惜它们后来都成了兵士们心头的哀音。既然一个民族都不忍听闻，它们也就消失在朔风之中。

⊙

莫高窟确实有着层次丰富的景深（depth of field），让不同的游客摄取。听故事，学艺术，探历史，寻文化，都未尝不可。一切伟大的艺术，都不会只是呈现自己单方面的生命。它们为观看者存在，它们期待着仰望的人群。一堵壁画，加上壁画前的唏嘘和叹息，才是这堵壁画的立体生命。游客们在观看壁画，也在观看自己。于是，我眼前出现了两个长廊：艺术的长廊和观看者的心灵长廊；也出现了两个景深：历史的景深和民族心理的景深。

它是一种聚会，一种感召。它把人性神化，付诸造型，又用造型引发人性，于是，它成了民族心底一种彩色的梦幻，一种圣洁的沉淀，一种永久的向往。

它是一种狂欢，一种释放。在它的怀抱里神人交融、时空飞腾，于是，它让人走进神话，走进寓言，走进宇宙意识的霓虹。在这里，狂欢是天然秩序，释放是天赋人格，艺术的天国是自由的殿堂。

⊙

云冈石窟，首先是气魄惊人。我去过多次，每一次都会重新震撼。它体量巨大，与山相依，让人感到佛教的顶天立地、俯视山河。其次是雕刻精美，一眼看去便知道是大师之作，却又密密层层地排列在一起，产生了一种延绵不绝的艺术力量。除此之外，你还会产生一种特殊的异样感：为什么齐山的石柱具有古希腊的风范？为什么很多佛像都是高鼻梁、深眼窝，一派西方的神貌？这种特殊的异样感，直通一种世界性目光，眼前的一切更觉伟大了。

⊙

在一个历史悠久而又渴望现代化的国度里，拥抱传统和反叛传统这两种完全对立的欲望各自都能找到一系列理由，因此我们周围一再地出现情绪性的对峙：或者把传统文化和古典艺术看成是永恒的瑰宝，主张弘扬和振兴；或者把它们看成是旧时代的遗形，反对沉溺与把玩。后来这种对峙中间又出现了不少中介形态和暧昧形态，琳琅满目，然而遗憾的是，一直难于看到有人去做这样一项艰苦而重要的工作：为古典艺术提供切实的现代阐释。

⊙

现代阐释是一种生命对生命的远距离贴近，是现代人对古典艺术家提供一种诚恳的理解，一种严格的取舍，一种小心翼翼的艰难谈判，一种高屋建瓴的文化判断，结果使古典艺术有可能真正楔入现代，也使现代有可能不再晃荡，而是从那些经得住时间冲刷的远年风姿中，领悟自身的渊源和未来。

⊙

人到中年，越来越明白的不是自己想做什么，而是自己已经不能做什么。但是，我们也可以把自己想做又没有能力做的事情告诉别人，看看有谁能做。依我看，在中国，那么久远的传统要获得现代生命，不能依靠学术讨论，而要等待作品。我国在学术讨论上的习惯、功力、怪圈，以及人们对学术讨论的成见，使得一切重要事情都要以避免讨论开头，而都会以一些切实的成果了结。什么时候，能让我们看到几部包含着中国文化的真正精髓，而又能深深感动世界上其他文化族群的佳作呢？我想，现代阐释就是在那里完成的。

⊙

中国古代的很多绘画和雕塑，往往出现在丧葬场所和宗教洞窟中。面对这些作品，我们常常感叹真正的大艺术家混迹在工匠的队伍里没有留下名字。商周青铜器的设计者是谁？良渚玉琮的磨琢者是谁？昭陵六骏的雕刻者是谁？敦煌石窟的绘画者是谁？宋代官窑和元代青花的烧制者是谁？……这样的问题还可以没完没了地问下去。这些问题让我们产生了一种精神解脱：原来天地间无数大美是不署名的。这正像汉语的发明者并不署名。凡是署名的，已经小了好几个等级。老子所说的“名可名，非常名”，也有这个意思。

⊙

人们在厌弃喋喋不休的道德说教之后，曾经热情地呼吁过真实性，以为艺术的要旨就是真实；当真实所展示的画面过于狞厉露骨、冷酷阴森，人们回过头来又呼吁过道德的光亮，以为抑恶扬善才是艺术的目的。其实，这两方面的理解都太局限。杰出的艺术，必须超越对真实的追索（让科学沉浸在那里吧），也必须超越对善恶的裁定（让伦理学和法学去完成这个任务吧），而达到足以鸟瞰和包容两者的高度。在这个高度上，中心命题就是人生的况味。

⊙

中国古代绘画中无论是萧瑟的荒江、丛山中的苦旅，还是春光中的飞鸟、危崖上的雏鹰，只要是传世佳品，都会包藏着深厚的人生意识。贝多芬的交响曲，都是人生交响曲。

⊙

真正的艺术家之间可以互不服气，可以心存芥蒂，但一到作品之前，大多能尽释前嫌。这并不仅仅是艺术功力的征服，而是一种被提炼成审美形式的高贵生命内质，构建了互相确认。

⊙

自然与人生的一体化，很容易带来诱人的神秘色彩。人类原始艺术的神秘感，大多也出自这种自然与人生的初次遭遇。时代的发展使这种神秘感大为减损，但是，只要让自然与人生真切相对，这种神秘感又会出现。自然的奥秘穷尽不了，人生与自然的复杂关系也穷尽不了，因此，神秘感也荡涤不了。

⊙

很多现代人身处艺术之林却并不真正懂得艺术，审美感知稀薄、疲顿、保守、平庸。他们的艺术欣赏，大多采取逢场作戏、走马观花的态度；他们的艺术判断，大多采取实用主义、潮流主义的标准。

⊙

与艺术有关的知识思维和技术思维，并不是艺术思维，更不是艺术感觉。

⊙

艺术思维保留未知和两难，不追求结论。结论，是理性思维和知性思维的目标，却不是艺术思维所要求的。

⊙

在艺术中勾画逻辑、扣挖结论，都是对艺术的损害。因此，所谓“艺术修养”，一定不表现为在艺术作品前条分缕析、滔滔不绝，而往往表现为静默以对、徘徊往复。

⊙

一旦把伟大的作品“锁定”在历史过程和政治事件上，它就成了一种已逝的陈迹，而且是一种“寄生的陈迹”，这就被抽去了那种穿越时间的生命力。不仅如此，历史过程和政治事件迟早可以由后人作出结论，从而体现后人居高临下的骄傲。因此，如果把伟大的作品曲解为历史和政治的寄生物，后人对它们也可以倾泻居高临下的骄傲了。读这样的教科书和学术著作，产生的心理效果是王国维先生所说的“隔”。也就是说，把作品与读者、观众隔开，让读者、观众取得一种浅薄的“安全”。

其实，在真正伟大的作品前，一切读者、观众都是无法“安全”的，因为它们与所有的人相关，又永远也解决不了。

⊙

记住了，朋友们，伟大作品的一个重大秘诀，在于它的不封闭。不封闭于某段历史、某些典型，而是直通一切人；也不封闭于各种“伪解决状态”，而是让巨大的两难直通今天和未来。一般说来，不封闭程度越高，也就越伟大。再遥远的作品，例如古希腊悲剧，《离骚》《浮士德》，至今仍处于一种没有答案、无法解决的不封闭状态，而且把我们每个人都裹卷在里边。这就是伟大。

⊙

《离骚》中对故国的情感，是留恋还是抱怨？是不舍还是别离？是徘徊于芳草间体味无悔，还是腾飞于九天间沉迷神话？难于痛下决心。看起来最需要痛下决心的地方，恰恰是最为逡巡。这种徘徊和逡巡，便构成《离骚》的基本魅力。

至于《红楼梦》，由于篇幅巨大、人物众多，简直成了两难结构叠床架屋的大汇聚。尤其是书中稍稍重要的人物，没有一个是单向的，没有一个可以“一言以蔽之”；至于那些稍稍重要的情节，又没有一个可以简单划分是非，没有一个不是“二律背反”。就男女主角贾宝玉和林黛玉而言，谁能怀疑他们的爱情？但谁又能设想他们的婚姻？那么，人世间的至爱到底是什么？没有结果的至爱应该放弃吗？……这种种问题，可以没完没了地问下去。正是在这种没完没了的无解中，《红楼梦》问鼎了伟大。

⊙

在艺术创作中，最怕“洞察一切”“看透一切”的“宣教方位”。即便是好作品，一有宣教便降下三个等级。《三国演义》开宗明义，从“滚滚长江东逝水”到“古今多少事，都付笑谈中”，把书中的故事全都高屋建瓴地看透了，当然也不错，但一比《红楼梦》的“满纸荒唐言，一把辛酸泪，都云作者痴，谁解其中味”，高下立见。表面上，一个是俯视历史，把酒笑谈；一个是连自己也觉得荒唐、辛酸、痴傻。但在艺术创作中，前者之“高”即是低，后者之“低”即是高。

⊙

伟大作品的深刻追求，未必让多数读者和观众看“懂”。但对此我必须立即说明，艺术的伟大不同于哲学的伟大，在于即使不“懂”，也要尽可能地吸引人们的注意力。很多伟大艺术的覆盖面，远远大于能够真正欣赏它们的群落，就因为它们都具有一种正面的“泛化误读功能”。

⊙

世界的大部分是未知的，人生的大部分是未知的。但是，人类出于群体生存的惯性，不愿承认这一点，因此就用科学、教育、传媒、网络来掩饰，装扮成对世界和人生的充分“已知”，并把这种装扮打造成一副副坚硬的胄甲。实际上，大科学家会告诉我们，事情不是这样的；宗教也会告诉我们，事情不是这样的；各种突如其来的自然灾害也会告诉我们，事情不是这样的。装扮“已知”，使人类自以为是，颐指气使，并由此产生没完没了的争斗；承认未知，却能使人类回归诚实和诚恳。即使在发现太多的未知后人们会受到惊吓，变得疯疯癫癫，我们也不能否认这个领域的存在，更不能无视在这个领域中有着人性最慌张、最自省、最终极的部位。说到底，这就是伟大艺术的关键领域，也就是人类天天想掩盖又在内心不想掩盖的那方秘土。艺术的秘土也就是人性的秘土，它比科学更贴近真实。亚里士多德在《诗学》中一上来就说诗比历史更真实，也是这个意思。

⊙

我们经常可以看到，不少民众喜爱欧洲古典主义音乐，只觉得好听，而完全没有领会其中的宗教精神。同样，他们也会把凡·高的油画当作一种色彩亮丽的装饰画，而完全没有领会其中的生命挣扎。这种现象常常受到某些具有“伪贵族”气息的文化人嘲笑，而我却觉得很正常。这就像，即便文化层次很低的人也会觉得晚霞很美，尽管他们完全不知道光学原理和气象构成。在美的领域，“泛化感受”的天地很大，其中也包括“泛化误解”。而且，越是伟大，越容易泛化。

⊙

政治与众人有关，但从眼光而论，真正专业的政治眼光永远只属于少数职业政治家，而且也只应属于他们。在艺术眼光看来，“泛政治化”的眼光是最短浅的眼光。那只是一种出自政治概念的假定，一种来自宣传需要的伪饰，一种不经过个人头脑的呼喊。用“泛政治化”的眼光来从事艺术创造，不仅是对艺术和创造的双重玷污，而且，还玷污了有可能清明的政治，因为任何清明的政治不可能为了自己而剥夺艺术。

⊙

艺术眼光也不是道德眼光。道德有新旧之分，旧道德中那些割股疗亲、夫死尽节之类行为固然因为刺痛了艺术眼光对具体生命状态的敏感而早已与艺术无缘，新道德否定这一切，却也因为成了一种笼而统之的新概念而离开了具体生命，同样与艺术眼光擦肩而过。艺术眼光并不关心道德本身，而是关心在各种道德规范下蠕动的生灵。它因生灵，才返观道德。

这也是艺术学既不成为历史学、政治学奴仆，也不成为伦理学奴仆的立场。

⊙

伟大的作者总是在通俗层面和潜藏层面之间挖出一系列通道，树起一块块路碑，作出一次次暗示。从通俗层面看来，这也是一条条门缝，一道道豁口，一孔孔光洞，让一些有灵性的观众产生疑惑，急于窥探。当然，对多数通俗观众来说，这是一些情节之外的角落，难于理解的部件，也就不去注意了。这类艺术，照顾的是多数通俗观众，关注的是少数灵性观众。这些灵性观众，是伟大作者的精神知音，也是人类艺术的真正觉者。

⊙

即便是不直接呈现过程的造型艺术，也总是以瞬间来展示向往、憧憬和回忆，总是包蕴着时间上的趋向感，总是融解着人生意识。即以达·芬奇的《蒙娜丽莎》来说，人们当然可以静态地解析她的比例、肤色、丰韵、衣衫、发式、姿态、背景，但是，她更为吸引人的魅力，在于她神秘的微笑的由来和趋向。大而言之，她的魅力，在于她正处在自己重要的人生过程和历史过程之

白石山翁製

中。同样，中国古代绘画中无论是萧瑟的荒江、丛山中的行旅，还是春光中的飞鸟、危崖上的雄鹰，只要是传世佳品，都会包藏着深厚的人生意识。

⊙

现代不少艺术家已开始从热衷于描写性格及由性格派生的行动，转变为喜欢描写行为。行动常常是特定性格的必然结果，而行为则不同，可以有性格的因素，但更决定于人物的社会角色、年龄层次、地域风貌、现实境遇，因而，它对性格的反铸力大于性格对它的制约力。

⊙

再高大的艺术家，当他们在投入创作的时候必须放低自我的方位，呈现出自己最弱、最软、最无助的部分。即使在表面上呈现刚强，也是一种在乌云密布、别无选择的情势下不得不采取的行为，可称之为“令人同情的英雄主义”“让人惋惜的奋不顾身”。从技巧上说，则是“以硬写软”的反衬方式。海明威《老人与海》中主人翁那么硬汉，算是硬到顶了吧？但他每一步都是孤独、无奈、被动的。在最软的境遇下略有坚持，坚持到最后还躲不过失败，这居然是最硬的硬汉。其实，他找不到任何答案，也无法告诉别人一句话。

⊙

艺术创作之所要，就是曹雪芹所说那种“痴”的其中深味，那种不仅自己不能“解”，连别人也不能“解”的状态，这就是我所说的未知结构。《三国演义》有“解”，因此是优秀作品而不是伟大作品，《红楼梦》无“解”，因此不仅是优秀作品而且是伟大作品。我们很多“红学家”试图给《红楼梦》提供各种各样的“解”，如果提供得非常非常好，那也就是把伟大作品降格为优秀作品。可怕的是，他们提供的“解”常常不好，那就不知道把它折腾成什么作品了。

⊙

艺术眼光，是一种在关注人类生态的大前提下，不在乎各种权力结构，不在乎各种行业规程，不在乎各种流行是非，也不在乎各种学术逻辑，只敏感于具体生命状态，并为这种生命状态寻找直觉形式的视角。

这种直觉形式，小而言之，是艺术方式，大而言之，是艺术中的人生方式。所有长篇幅的情节性作品只有通过“人生”这个载体，才能找到与广大素昧平生的读者的共鸣处，同时找到艺术作品通过“人生”与“人类生态”直接接通的途径。这也是上一章所说的与天相生、与民相亲之路。

⊙

论述人生很容易沦为庸常。这是艺术创造论最大的担忧。其实，无论是人类生态还是人生方式，都气度高远，只要找到一个合适的直觉形式，便是大匠之门，不容易沦落了。

⊙

一切恶性对抗并非来自某些人本性的好斗，而是来自于某些人的自我黏滞、自我限制、自我固守。过去有不少论者总是强调现代艺术的反叛性和对抗性，把一切现代艺术家看成是金刚怒目式的狂悖者，实在是一种误会。实际上，倒是那些极端保守而又貌似斯文的圈子黏滞过甚，最后成为恶性对抗的策源地。

⊙

我们的艺术显然长久地误会了大气磅礴，以为巨大的篇幅、堂皇的排场就是，以为漫长的历史、壮观的场面就是，以为山顶的远眺、海边的沉思就是。其实，艺术的真正大气产生于绝境。这种绝境倒未必是饥寒交迫、生老病死，而是生命中更为整体的荒漠体验和峭壁体验。放逐、撕裂、灭绝、重生，这才有彻心彻骨的灼热和冰冷，这才会知道人世间最后一滴甘泉是什么，最难越过的障碍在哪里。

于是，开始有了生命的气势。

⊙

国际上很多杰出的艺术作品，都与监狱有关，并在这一题材上呈现了独特的精神高度和美学高度。相比之下，我们的作品一涉及监狱，总是着眼于惩罚和谴责，这就浅薄了，也可惜了。

希望有更多的大艺术家把锐利而温和的目光投向监狱。艺术家的眼光与法学家不同，在他们看来，那并不仅仅是罪和非罪的界线所在，而是人性的敏感地带、边缘地带、极端地带，也是人性的珍稀地带、集聚地带、淬炼地带。

君子未必是艺术家，却迟早能领略艺术家的目光。

⊙

显而易见，把艺术仅仅看成是社会上少部分人谋生的职业是不对的，看成是让千百万观众偶尔轻松愉悦一下的机遇也是不对的。艺术，是人之为人的一种素质，是人与人在误会与烦躁中进行美好沟通的一种可能，是人类为使自身免于陷入浅薄功利而发出的一次次永久性的响亮提醒。在远古，艺术使祖先在骇人苦难中进入游戏，游戏中融入群体、融入造型、融入宗教；在现代，艺术使我们从熙攘纷扰中超拔出来，领略宇宙、开掘生命、回归本真。艺术是贯通人类始终的缆索，是维系人类不在黑暗和邪恶中迷失的缰绳。

⊙

从本性而言，艺术不应该被肢解为畛域森严的技术性职业。艺术是人类殷切企盼健全的梦，它以不断战胜狭隘性作为自己存在的基点。艺术的灵魂，首先体现为一种充分释放、自由创造、积极赋型的人格素质。这种素质或多或少在每个人心底潜藏，因而每个正常人都有机会成为各种艺术深浅不同的授受者和共鸣者；照理大家也有可能成为兴致广泛的创造者，但终于遇到了约束和分割，艺术创造的职能只集中到了一批称之为艺术家的特殊人物身上……

⊙

艺术的创造当然会受到不同人种、地域、文化传统和社会思潮的制约，但就其终极性的意义而言，却是人类的共同事业。

⊙

堪称创造者的艺术家，总是欣喜而急切地把自己刚刚获得的某种心理适应公之于世，吸引广大接受者也来获得这种心理适应。他要在自己的读者群中创建一种适应，他在创建自身之后创建着他人。

⊙

艺术，固然不能与世隔绝，但它的立身之本却是超功利的。

大量的社会历史内容一旦进入艺术，便受到美的提纯和蒸馏，凝聚成审美的语言来呼唤人的精神世界。

⊙

艺术是自由的象征，是理想人生的先期直观，是人的精神优势的感性吐露，是世俗情感的审美净化。艺术对人生的塑造，都以此为目标。

⊙

我们喜欢生活在这样一个世界上：人人各具特色，因此人人都能直觉别人、又被别人直觉。

⊙

“构思过度”对艺术创作是一种危害，营养过度对健康是一种摧残，而江河湖泊水质中的营养过度，实际上是一种污染。智能也是一样，过分地运用在不恰当的地方，就会导向灾难。

⊙

艺术史上任何一种范型都不可能永恒不衰，“范型”这一命题的提出就是以承认诸种范型间的代代更替、新陈代谢为前提的。昆曲无可挽回地衰落了，这是不必惋叹的历史必然，人们也不必凭着某种使命感和激动去做振兴的美梦。它曾经有过的辉煌无法阻止它的衰落，而它的衰落也无法否定它的辉煌。一切辉煌都会有神秘的遗传，而遗传的长度和广度却会倒过来洗刷掉辉煌时代所不可避免地迸发出来的偶然性因素，验证造成辉煌的质朴本原，中国人审美定式的本原。

⊙

一种艺术范型的真正价值，主要不是看它在今天有多少表面留存，而应该看它对后代的艺术产生了多少素质性渗透。

⊙

人对真实的崇拜，出于对人生实在性的追求。没有真实，人生就失去了依托和参照。只有双脚踏在真实大地上的人，才会建立起对自己、对同类、对生活的基本信念。腾空高翔，入海深潜，也以真实的大地作为行动参照点。因此，漠视真实，无异于漠视世界、漠视人生。对真实的皈附，是人的重要本性，是人的理性复苏的主要标志。于是，与人生密不可分的艺术，天然地把追求真实作为自己的千古命题。求真的内驱力，历来是人们审美意识和审美热的重要动因。

⊙

艺术欣赏中的思考，不是读哲学论文式的思考，不是智力游戏式的思考。它不是一种强制性的领会，也不是一种对预定答案的索解，而是一种启发式的思考，其结果，是意会，是神交，是顿悟，是心有所感而不必道之的那种境界。

⊙

大艺术家，即便错，也会错出魅力来。

⊙

艺术的地方特色不是僵死的，更不是主要由地理环境决定的。当画山绣水也都被一片厮杀声所载，再风雅的士子也会迸发出粗直的吼叫。

⊙

复杂的文化现象和美学现象，从艺术上说，体现了艺术构件对于艺术构架的独立性，艺术途径对于艺术目的的独立性；从思想上说，则体现了气节、意志、人生风貌对于政治目的的独立性。

⊙

艺术文化人才的出现往往带有偶然性和奇迹性，因此他们的失去往往也留下难以弥补的空缺。这与科技领域梯队递进结构是有很大不同的。既然艺术文化最终晕化为一种感觉系统，这种感觉系统又与特定个人的生命构架紧紧相联，那么，要追慕效仿是极其困难的。

⊙

艺术家与常人的一个重要区别是，在于他们很早就在世相市器中发现了一种神秘的潜藏，一种怪异的组合，一种弥散处处而又抓不着摸不到的韵致。说是发现，实际上是惊鸿一瞥、春光乍泄而立即不知踪影，因此需要永久性地追索和寻求。一个城市艺术家就是街市间的追寻者，在司空见惯、习以为常中追寻一种缥缈的回忆和向往。

⊙

艺术家是社会的精神塑像、人格造型，或者说，是社会上人与人互相理解的中枢。素不相识的各色人等，就是通过艺术家和艺术作品的共同理解来进行沟通的。当艺术家无法被社会理解时，这种沟通就会中断，由此对社会造成的损失，远远大于对艺术家本身。试想，如果一个社会不理解贝多芬，是贝多芬的损失大还是社会的损失大？

⊙

从人类发展的总体而论，军事、政治、经济等再重要，也带有手段性、局部性，唯独艺术，贯通着人类的起始和终极，也疏通着每一个个体生命的童年与老境、天赋与经验、敏感与深思、内涵与外化，在蕴藉风流中回荡着无可替代的属于人本体的伟力。

⊙

一个富于艺术修养的人，尽管他的外在境遇未必良好，他的内在精神一定会比别的人丰盈而充满活力。他永远不会真正地寂寞，但丁、莎士比亚、歌德、雨果、卡夫卡、屈原、李白、曹雪芹永远与他为伴。他永远不会枯窘，他会用贝多芬的耳朵、毕加索的眼睛去谛听和审视，于是，大千世界变得那么富丽，他自己也变得那么富有。一般人过得再得意、再安逸也是一个一般的人生，而他，全部人生节奏都被古往今来的艺术大师们充实过、协调过了，因此，他是汇聚着人类的全部尊严和骄傲活着。他的一个小小的感受，很可能是穿越千年历史而来，而且还将穿越漫长的未来岁月。他往往童真未泯，真诚地用自己的身心为越来越精明老滑的人类社会维系住一个永恒的童话世界。

⊙

当代诗人沃兹涅先斯基在咏芭蕾舞演员普利谢茨卡娅的那首诗中写道：

人的精神之路，
是新的感觉器官的培养和形成。
这叫作艺术。

这几句诗，是极为精辟的艺术见解。音乐的最终目的，不能仅止于听众的精神陶冶，而仍应归结于造就更为健全的听觉器官。艺术对人的精神塑造，历来是、永远是与感官的塑造同步的。

⊙

正因为艺术的历史是一个层层累积型的动态过程，所以，一切有价值的创造都是传统的延承，都是对传统的再创造。

传统，不是已逝的梦影，不是风干的遗产。传统是一种有能力向前流淌，而且正在流淌、将要继续流淌的跨时间的文化流程。

对于任何一部具体的作品来说，它只会体现传统，而不会凝结传统。凝结了的“传统”，不能传之后世，不能统贯历史，因此也就不是严格意义上的传统。

⊙

传统和现代并不严格对峙，寻根意识和当代意识并不你死我活。一条在丛山间蜿蜒曲折而终于流到了开阔平原的江流，仍然是这条江流；一个接纳、承载了这条江流的开阔平原，仍然也还是开阔平原。我们看到的是在平原上流淌的江流，和流淌着江流的平原，这里并不存在“要么江流、要么平原”这种非此即彼式的选择。在我们有些理论家心目中，江流只能被平原湮灭，或者，平原只能被江流淹没。

⊙

寻根，是当代艺术家自觉的文化认同。但是寻根不应构成对文化渊源的静态迷恋，不应把渊源的态势奉为标尺，来度量流程中的一切阶段。根只是根，渊源只是渊源。以后的发展对于它们，既有遗传性又有变异性，而变异则是一种广义的遗传。

⊙

历史上，一切最出色地创造了传统的艺术家，却都不会着力地论证和呼吁传统，而只是依凭着自己的天性素质自由流泻。一个能够自由流泻自己天性的艺术家是不可能没有传统意识的，因为他要寻找自由就必须先要寻找到自己，要寻找到自己就必须寻找到自己的时空立足点，他比周围所有的人都更懂得脚下的大地。一个能够自由流泻自己天性而又能引起广泛社会感应的艺术家更不可能没有传统意识，因为他的厚重广纳，他的备受欢迎，都是心理层面的结果。从这个意义上说，激扬艺术自由，扶持艺术天才，其实也就自然而然地激扬和培植了传统。

⊙

艺术的未来，只可依稀推测，无法预先设计。艺术创造是人类精神劳动中随意性和自由度最大的一种劳动。作家写出这一句，画家画出那一笔，都没有什么必然性。只有在写出来、画出来之后，才成为事实。在整个艺术领域里，哪个艺术家与哪种题材、哪种方法发生了偶然的冲撞，既不可预知，也无法追索。哪个艺术家什么时候产生了什么灵感，更是神不知鬼不觉的千古秘事。

艺术的道路只出现在艺术走过之后。走别人铺设的轨道的艺术家，不是真正的艺术家。

⊙

破除大一统，关键在于要容纳“异端”，鼓励艺术家有所执持，甚至有所偏激。每个艺术家，每个艺术团体，都应以完全不同旁人的形态出现在艺术界，而不是永远在左顾右盼，不自信地寻求典范和规程。

⊙

艺术文化史像一把巨大的弓，它的起点和远景遥相对应，其间拉出一条强有力的弦，把艺术史上的响箭一支支发出。在许多问题上，对艺术发生学的研究，也可汇入对艺术理想的思考。这是人类童年梦想的苏醒，是以一个成年人的脚步对故土故家的皈依，是童话和神话对成长全过程的控制，总之，在发掘着民族灵魂深层的一个黯然而又重要的角落。

⊙

艺术思维保留未知和两难，不追求结论。结论，是理性思维和知性思维的目标，却不是艺术思维所要求的。艺术思维只沉湎于那些“永远重要却永远没有结论的人生课题”。

⊙

艺术是以审美形式达到人性自由的阶梯，一切违背这个方向的障碍物不管多么堂皇而合理，都应该排除。

⊙

中国现代文学史有一个共同的遗憾，那就是，很多长寿的作家并没有把自己的重量延续到中年之后，他们的光亮仅仅集中在青年时代。尤其在二十世纪中期的一场社会大变革之后，他们中有的人卷入地位很高却又徒有虚名的行政事务中，有的人则因为找不到自己与时代的对话方式而选择了沉默。

⊙

从宣讲到提问，从解答到无解，这就是诸子与屈原的区别。说大了，也是学者和诗人的区别、教师和诗人的区别、谋士与诗

甘吉藏書圖

人的区别。划出了这么多区别，也就有了诗人。

从此，中国文脉出现了重大变化。不再合唱，不再聚众，不再宣讲。在主脉的地位，出现了行吟在江风草泽边那个衣饰奇特的身影，孤傲而天真，凄楚而高贵，离群而悯人。他不太像执掌文脉的人，但他执掌了；他被官场放逐，却被文学请回；他似乎无处可去，却终于无处不在。

⊙

我们的祖先远比我们更亲近诗。

这并不是指李白、杜甫的时代，而是还要早得多。至少，诸子百家在黄河流域奔忙的时候，就已经一路被诗歌笼罩。

他们不管是坐牛车、马车，还是步行，心中经常会回荡起“诗三百篇”，也就是《诗经》中的那些句子。这不是出于他们对诗歌的特殊爱好，而是出于当时整个上层社会的普遍风尚。而且，这个风尚已经延续了很久很久。

由此可知，我们远祖的精神起点很高。在极低的生产力还没有来得及一一推进的时候，就已经“以诗为经”了。这真是了不起，试想，当我们在各个领域已经狠狠地发展了几千年之后，不是越来越渴望哪一天能够由物质追求而走向诗意居息，重新企盼“以诗为经”的境界吗？

那么，“以诗为经”，既是我们的起点，又是我们的目标。“诗经”这两个字，实在可以提挈中华文明的首尾了。

⊙

山水、花鸟本是人物画的背景和陪衬，当它们独立出来之后一直比较成功地表现了“诗中有画，画中有诗”的美学意境，而在这种意境中又大多溶解着一种隐逸观念，那就触及了我所关心的人生意识。这种以隐逸观念为主调的人生意识虽然有浓有淡，有枯有荣，而基本走向却比较稳定，长期以来没有太多新的伸发，因此，久而久之，这种意识也就泛化为一种定式，画家们更多的是在笔墨趣味上倾注心力了。

⊙

文学的亮点在于沉淀着文化感受的灵气闪耀，这与学术和学者并不一定有必然联系。作家有点学问当然是好事，可以强化文化感受，但未必非要成为学者不可。我倒是觉得，在中国历史上，艺术文化常常受到学术知识的吞食，艺术人格被挤压得萎靡不振，端方整肃的饱学之士长久地蔑视着狂放不羁、灵气勃发的艺术天才。直到今天，许多搞艺术理论和艺术文化史的学者常常缺乏基本的艺术感受，广征博引的艺术论文背后藏着一个非艺术的内核。因此，人们同样有理由批评这些艺术学者的“非艺术化”倾向。

⊙

艺术修养是一种在审美范畴内感悟生命的能力。历代艺术家汇聚着自己时代的人们的生命信息，通过一代又一代有艺术修养的接受，构成了生命的强力传递。……因此，人们对艺术表式的直觉，实际上也是对生命形式的惊喜。在这个意义上，艺术修养与生命意识、人生感悟直接有关。

⊙

再重要的艺术，也无法抵拒生命的起承转合。不死的生命不叫生命，不枯的花草不是花草。中国戏剧可以晚来一千多年，一旦来了却也明白生命的规则。该勃发时勃发，该慈祥时慈祥，该苍老时苍老，该谢世时谢世。这反而证明，真的活过了。

⊙

人类戏剧史上的任何一个奇迹，表面上全然出于艺人，其实应更多地归功于观众。如果没有波涌浪卷的观众集合，那么，再好的艺术家也只能是寂寞的岸边怪石，形不成浩荡的景观。据记载，当时杭州一个戏班的昆曲演出，曾出现过“万余人齐声呐喊”的场面，而苏州的某些昆曲演出，几乎到了“通国若狂”的地步。

⊙

对于中国戏剧，我最愿意讲解的是元杂剧。原因是，这座峭然耸立的高峰实在是太巍峨、太险峻了，永远看不厌、谈不完。

像人一样，一种艺术的结束状态决定它的高下尊卑。元杂剧的结束状态是值得尊敬的，我在《中国文脉》一书中曾经充满感情地描述过它“轰然倒地的壮美声响”。

⊙

昆曲以在文学剧本上不同于西方戏剧的一些特征，来证明它的东方美学格局标本。

一、昆曲在意境上的高度诗化。不仅要求作者具有诗人气息，而且连男女主角也需要诗人气质，唱的都是诗句，成为一种“东方剧诗”。

二、昆曲在结构上的松散连缀。连绵延伸成一个“长廊结构”，而又可以随意拆卸、自由组装，结果以“折子戏”的方式广泛流传。

三、昆曲在呈现上的游戏性质。不苛求幻觉环境而与实际生活驳杂交融，因此可以参与各种家族仪式、宴请仪式、节庆仪式、宗教仪式。

⊙

昆曲整整热闹了二百三十年。说得更完整点，是三个世纪。这样一个时间跨度，再加上其间人们的痴迷程度，已使它在世界戏剧史上独占鳌头，无可匹敌。

我看到不少人喜欢用极端化的甜腻词汇来定义昆曲，并把这种甜腻当作昆曲长寿的原因。这显然是不对的，就像一个老太太的长寿，并不是由于她曾经有过的美丽。

⊙

我历来反对矫饰文化和历史。因为真正的文化和历史总是布满了瘢疤和皱纹。我只承认，长寿的昆曲已成为中华文化发展史中极为重要的一部分。而且，由于这个部分那么独特，那么无可替代，它又成了我们读解中华文化最玄奥成分的一个窗口、一条门径、一把钥匙。

⊙

悲剧美和喜剧美，对应着人类对社会物象的仰视需要和俯视需要。

悲剧营造英雄，而悲剧英雄就是人们仰视的对象。在艺术中，仰视与地位、财富、学识无关，主要决定于他是否遭遇悲剧，以及在悲剧中的表现。其他物象的崇高感，也都与不可抵达有关，甚至与牺牲有关。仰视，是人类的一种基本心理需要，而悲剧美的仰视，则是这种心理需要的最高实现方式。

喜剧美正好相反，对应着人们的俯视心理。在喜剧美中，主要人物大多被故意塑造得低于观众，让观众能够快速地发现他们的滑稽、悖时、荒诞、愚昧、自以为是、适得其反。这使观众产生一种自我优越感的确认，并且越确认越放松。笑声，正是从这种优越感和放松态中产生的。观众在喜剧美中的俯视，也是人类一种基本心理需要的最高实现方式。

⊙

《窦娥冤》的力度人所共知。这出戏的力学结构，是狂暴的外力对一种柔弱之力的反复威压。柔弱之力没有处于主动地位，没有采取积极行动，但是，当狂暴之力的威压一次次降临时，柔弱变成了柔韧，显示出了撞击的力量，并在撞击中迸发出悲剧美的火花。

⊙

另一种力学结构与之相反，不是强暴的外力反复侵凌柔弱之力，而是强暴的外力遭到了刚毅之力的主动进攻。《赵氏孤儿》便是一例。尽管血流成河、尸横遍地、家家破亡，如果强暴的外力未遇撞击，在戏中仍然显不出力度。于是，我们看到，强暴之力长高一寸，刚毅之力也长高一寸，强暴到了极点，刚毅也到了极点。两方面都拼将自己的全力来进行最高等级的撞击，因此响声特别震耳，火花特别耀眼。

⊙

《桃花扇》中正、邪、内、外两种冲撞力量都非常深厚而典型。让一个复社名士既代表正义，又带出了一个上层社会；让一个秦淮名妓既代表美好，又带出了一个更广的社会面。又让他们恋爱相与，把美好和正义之力集合到了一起，同时也把冷漠和邪恶之力集合到了一起。总之，孔尚任把两种牵连硕重的大力拉到了撞击的最近点上，成了大规模历史冲撞的象征和具体化。正义美好之力一时不及石地坚硬，于是伤残流血——这正是悲剧性的力学结构的典型体现。

⊙

如果有兴趣替上述这些戏剧画出力学结构的图谱，那么，也许会出现这样一些线条：《窦娥冤》以好几条粗硬的外力线冲击着一条细软而有韧性的主力线；《赵氏孤儿》的主力线和外力线都是直线，主力线的箭头昂然指向外力线；而《桃花扇》，则是两个上尖下阔、包含深厚箭头的宁静对峙。

⊙

剧本的成功远不是戏剧生命的最终实现，还必须考察以演员为中心的舞台体现；舞台体现也不是戏剧生命的最终实现，还必须考察舞台前观众的接受状态；观众接受仍不是戏剧生命的最终实现，还必须追踪观众离开剧场后对演出进行自发传播的社会广度；一时的社会传播面还不够，还必须进一步考察它在历史过程中延续的长度……总之，戏剧是一种以剧本为起点的系统行为，它必须以社会性的共同心理体验为依归。这样一个思维构架也就包容了戏剧学的研究范畴。

⊙

昆曲，是世俗艺术中吸纳上层文化最多的一个门类。

上层文化人排除了自己与昆曲之间的心理障碍，不仅理直气壮地观赏、创作，甚至有的人还亲自扮演，粉墨登场，久而久之，昆曲就成为他们直抒胸臆的最佳方式，他们的生命与昆曲之间沟通得十分畅达，因此他们就有意无意地把自身的文化感悟传递给了昆曲。

⊙

高层文化人在给昆曲输入精神浓度的同时也给它带来了相应的审美格调，众所周知，昆曲从文词的典雅生动、意境的营造到心理气氛的渲染都获得了令人瞩目的成就，有不少唱词段落在文学价值上完全可以与历代著名的诗词并驾齐驱。

⊙

在昆曲艺术衰落之后，这一切并不仅仅作为一种远年往事留在人们的记忆里，它们转化成一种含而不露的美学格局和美学风范，对后代的各种戏曲进行了多方面的渗透。

⊙

由于昆曲清唱活动的长期发达，词曲唱段对于全剧来说也具有分离性。这种与西方戏剧的严谨结构判然有别的松散性结构，也是中国戏曲有趣的生命状态。

⊙

昆曲艺术在其繁荣期的演出方式与我们日常习见的话剧、歌剧演出方式有本质的区别，它并不刻意制造舞台上的幻觉幻境，而是以参与某种仪式的方式与实际生活驳杂交融。在家庭昆班演出时它是家族仪式、宴请仪式的参与者，在职业昆班演出时它是社会民众的节庆仪式、宗教仪式的参与者，与此同时它本身也成了一种必须吸引人们自由参与的仪式，在观赏上随意而轻松，不必像话剧观众那样在黑暗中正襟危坐、不言不动、忘却自己，只相信舞台上的幻觉幻境。

⊙

一个民族的艺术精神常常深潜密藏在一种集体无意识之中，通向这个神秘的地下世界需要一些井口。昆曲，就是我心目中的一个井口。你们即便不喜欢它，也无法否认它是井口。

⊙

汤显祖的奇险情节成了通向光辉的思想峰巅和艺术峰巅的必由之路；而阮大铖只剩下了奇巧情节和他那尚可一读的曲文，若要与思想内容联系起来看，连它们也遭污染。道德人品，就是如此无可阻挡地呈现在艺术作品之中。

⊙

中国戏剧文化中不少大气磅礴的忠烈之所以对历史的前进没有起到应有的推动作用，在很大程度上就是因为它们强烈的反抗力度出自于产生黑暗势力的同一思想源泉。

在这里我们分明看到了另一种黑暗，一种延绵于心灵领域千百年的可怕黑暗。正是这种黑暗，使得封建上层官僚间的财物争夺祸及一个下层贫民，使他自愿做出牺牲。

⊙

到了李渔的时代，封建道学想管辖住伦理世风，结果淫靡的世风又能在僵硬的道学中找到自己的依据和维系力。到清代，这两者的交融沟通已不仅具备可能，且已成为事实。信奉道学者可以不避恶俗，沉溺色情者也不妨宣教说法。李渔用剧作记录了这种重要的社会信息。无论如何，这是道学已经在逐渐失去自身依据的一种标志，而任何逐渐失去自身依据的对象，都会不由自主地显现出滑稽。这是一种在深刻的历史文化意义上的滑稽，而不是在艺术表现上的滑稽。

⊙

艺术，特别是像戏剧这样的复杂艺术，不会仅仅以一个简单的目的性面对观众的，它们总是以一个复杂的整体面向世界。对于不同观众，他们多层次的思想内容大抵具有剥离性，以适应各有取舍的要求。

⊙

艺术现象是雄辩的。孔尚任的《桃花扇》也紧跟着带来了苍茫的暮色和沁骨的凉意。

一把纤巧的“桃花扇”，把纷纭复杂的南朝人事绾连起来了，把大江南北的政治风烟收纳起来了。用桃花扇绾连，实际上也就是以李、侯爱情线绾连，有些本身缺少审美价值的历史现象，大量散乱不堪的人物和场景，因有这条线的串络而构成了一个紧凑的艺术整体。

⊙

恪守真实，当然不会只是为对“信史”的忠诚——这种忠诚在文艺领域未必永远是美德；放手虚构也不会只是为了艺术处理上的方便——这种方便很容易导致轻巧和浅薄。孔尚任的种种裁断和处置，都是为了实现一种意向：渲染出一种真实而又浓重的历史气氛，借以体现一种江河日下的历史必然。

⊙

高水平的悲剧，并不是一定要观众面对着一对情人的尸体而涕泪交流，而是要观众在一种无可逆拗的历史必然性面前震惊和

仲珊使帥命画 布衣齊璜

思索。美好的姻缘、崇高的意愿，不是由于偶然闯来的恶势力的侵凌而遭到毁损，这是《桃花扇》的特殊理性魅力。

⊙

孔尚任强有力地刻画了的必然性破败，或许还应包括：对现实世界的失望，对儿女柔情的挥弃，对封建政治理想的淡漠，对儒家道学观念的动摇，以及对于国家民族急速下沉趋势的无可奈何、无可挽回的叹息。简言之，对于末世的预感。

⊙

《桃花扇》如此生动、如此形象地展开了一幅特定时代的社会画卷和人生画卷，如此精妙地谱下了历史灾难和社会动乱带来的悲怆音符。

《桃花扇》把很难把握的动乱性场面处理得井然有序、收纵得体，把很难加入的自我感受融合得既自然又明确。它在境与情、真与善、史实与虚构、黏着与超逸、纷杂与单纯、丰富与明确等关系的处理上，都显示了非凡的功力。

⊙

《桃花扇》错综复杂的历史过程，众多而各别的人物形象，吞吐万汇的大容量结构，深沉而苍茫的历史感叹，组合成了一种惊人的恢弘气概。恢弘中笼罩着悲凉，恰似薄暮时分群山间沉重鸣响的古钟，嗡嗡喤喤。

⊙

最重要的戏剧现象，最杰出的戏剧作品，都无法离开热闹街市中各色人等的聚合；即便是在乡间阡陌间孕育的曲调和故事，即便是在远村贫舍中写出的剧本和唱词，也需要在人头济济的城市显身，才有可能成为一种人头济济的社会存在，留之于历史。

⊙

流浪戏班并不拒绝向风靡都市的一代名剧学习，又以自己独特的办法维系着广大的农村观众，到一定的时候，它们的作品就向城市进发了。

在为时不短的传奇时代，城市演剧和乡村演剧都是比较兴盛的。城市演出大多出现在上层社会的宴会上，更多地服从于戏剧类的权威和时尚，乡村演出大多出现在节日性的庙台上，更多地服从于地方性的审美传统和习惯。

⊙

世界上没有一种艺术的繁荣可以无限制地延续下去，人们看到，就连那些光照百世的某种艺术的黄金时代，往往也只是轰轰烈烈地行进了几十年。昆腔传奇通过一大批杰出戏剧家的发挥，已把自由的优势尽情展示。作为一种沉积的文化遗产，它具永久性的价值；但作为一种文化发展过程中的戏剧现象，它已进入疲惫的岁月。当观众已经习惯了它的优势，当文化心理结构已经积贮了它的优势，那么它的优势也不再成为优势了，相反，它的局限性却会越来越引起人们的不耐烦。

⊙

昆腔传奇的作者队伍主要是文人，而受到影响是高水平的文人，这个圈子本来不大，文人求名，在汤显祖、洪昇、孔尚任之后要以崭新的传奇创作成名，几乎是一件不可实现的难事了。

⊙

花部，戏剧领域中的纷杂之部，扎根在广阔而丰腴的土地上，一时还没有衰老之虞，它既不成熟又不精巧，因而不怕变形、摔打、颠簸，它放得下架子，敢于就地谋生，敢于伸手求援，也愿意与没有什么文化修养的戏剧家和观众为伍。这样，它显得粗糙而强健，散乱而灵动，卑下而有实力，可以与昆腔传奇相抗衡，甚至渐呈取代之势了。

⊙

京剧，实际上是在特殊历史时期出现的一种艺术大融会。民间精神和宫廷趣味，南方风情和北方神韵，在京剧中合为一体、相得益彰。

⊙

京剧把看似无法共处的对立面兼容并包，互相陶铸，使它足以贯通不同的社会等级，穿络广阔的地域范围，形成了一个具有很强生命力的艺术实体。多层次的融会必然导致质的升华，京剧艺术的一系列美学特征，如形神兼备、虚实结合、声情并茂、武戏文唱、时空自由之类，都与这种大融会有关。

⊙

京剧，使本来的地方戏曲在表现功能上从一种擅长趋于全能，在表现风格上从质朴粗陋转成精雅，在感应范围上从一地一隅扩至遐迩。

⊙

包括京剧在内的中国戏剧文化，在很长的历史时期内主要成了一种观赏性、消遣性的比重太大的审美对象。

⊙

在中国封建社会的黄昏时代，当时有可能写高水平剧作的文人一时还认识不了、寻找不到一种新的社会意志来一壮剧坛声色。

在清代地方戏广阔的领域里，毕竟还有不少优秀剧目在闪光。没有登高一呼的个体，却有松散分布的群体；没有强大而完整的精神支柱，却可在历史遗产和生活传闻的库存中寻求宣泄和共鸣。

⊙

白娘子的战斗，包含着多方面的意义：作为一个妻子，她的战斗把中国人民追求正常爱情的连续努力推到了一个新阶段，她所摆出的战场比崔莺莺、杜丽娘宽阔得多，险峻得多；作为一个异端的“妖邪”，她的战斗意味着广大人民对已处末世的封建正统秩序正进行着一种主动挑战的势态。

⊙

在封建文化统治很严的那个时代和社会环境中，地方戏出自比较自由放达的民间文化领域，因此处处可以看到一种活泼之态、生动之致，广阔的土地、万众的心灵扶助着它们，它们也就不能不在整体上流荡着一种蓬勃的生命力。

⊙

所谓民间，本来是一个容纳着各种人物、各种兴趣、各种心理状态的空间，怎能要求以一个模式来规范这一切呢？但是，历史是公正的，通过一代又一代观众的心理过滤而保留到今天的剧目，大多是无愧于我们民族尊严的，或者说，人们通过这些保留剧目是可以更全面、更深入地了解民族精神世界的。

⊙

昆曲艺术不仅文词是诗化的，而且音乐唱腔和舞蹈动作也都获得了诗情画意的陶冶，成为一种优美的有机组合。这种高度诗化的风范推动了中国戏曲在整体品质上的诗化。

⊙

中国戏剧文化从原始演剧开始，尽管也不回避死亡、鲜血、凶残、恐惧、震慑，却尽力让它们及时消失，不追求浓重的心理积累。既有无数的间离因素，又逐渐引到结局完满的终点，本着中国传统的人生哲学和美学风格，把可能引起的心理狂潮平伏了许多、超逸了许多。

⊙

中国书法史的前几页，以铜铸为笔，以炉火为墨，保持着洪荒之雄、太初之质。

⊙

行书中，草、楷的比例又不同。近草，谓之行草；近楷，谓之行楷。不管什么比例，两者一旦结合，便产生了奇迹。在流丽明快、游丝引带的笔墨间，仿佛有一系列自然风景出现了——

那是清泉穿岩，那是流云出岙，那是鹤舞雁鸣，那是竹摇藤飘，那是雨叩江帆，那是风动岸草……

惊人的是，看完了这么多风景，再定睛，眼前还只是一些纯黑色的流动线条。

能从行书里看出那么多风景，一定是进入了中国文化的最深处。

⊙

在王羲之去世二百五十七年后建立的唐朝是多么意气风发，但对王家的书法却一点儿也不敢“再创新”。就连唐太宗，这么一个睥睨百世的伟大君主，也只得用小人的欺骗手段赚得《兰亭序》，最后殉葬昭陵。他知道，万里江山可以易主，文化经典不可再造。

⊙

欧阳询的字，后人美誉甚多，我觉得宋代朱长文在《续书断》里所评的八个字较为确切：“纤浓得体，刚劲不挠。”在人世间做任何事，往往因刚劲而失度，因温敛而失品，欧阳询的楷书奇迹般地做到了两全其美。

唐代楷书，大将林立，但我一直认为欧阳询位列第一。

⊙

伟大的唐代，首先需要的是法度。因此，楷书必然是唐代的第一书体。皇朝的最高统治者与绝大多数楷书大师如欧阳询、虞世南、褚遂良、柳公权等都建立过密切的关系。这种情形在其他文学门类中并没有出现过，而在其他民族中更不可想象。上上下下，都希望在社会各个层面建立一个方正、端庄、儒雅的“楷书时代”。这时“楷书”已成了一个象征。

⊙

伟大必遭凶险，凶险的程度与伟大成正比。这显然出乎朝野意外，于是有了安史之乱的时代大裂谷，有了颜真卿感动天地的行书。颜真卿用自己的血泪之笔，对那个由李渊、李世民、李治他们一心想打造的“楷书时代”作了必要补充。有了这个补充，唐代更真实、更深刻、更厚重了。

⊙

把方正、悲壮加在一起，还不是人们认知的大唐。至少，缺了奔放，缺了酣畅，缺了飞动，缺了癫狂，缺了醉步如舞，缺了云烟迷茫。这些在大唐精神里不仅存在，而且地位重要。于是，必然产生了审美对应体，那就是草书。

想想李白，想想舞剑的公孙大娘，想想敦煌壁画里那满天的衣带，想想灞桥、阳关路边的那么多酒杯，我们就能肯定，唐代也是一个“草书时代”。

⊙

狂草与今草的外在区别，在于字与字之间连不连。与孙过庭的今草相比，张旭把满篇文字连动起来了。这不难做到，难的是，必须为这种满篇连动找到充分的内在理由。

这一点，也是狂草成败的最终关键。从明、清乃至当今，都能看到有些草书字字相连，却找不到相连的内在理由，变成了为连而连，如冬日枯藤，如小禽绊草，反觉碍眼。张旭为字字连动创造了最佳理由，那就是发掘人格深处的生命力量，并释放出来。

这种释放出来的力量，孤独而强大，循范又破范，醉意加诗意，近似尼采描写的酒神精神。凭着这种酒神精神，张旭把毛笔当作了踉跄醉步，摇摇晃晃，手舞足蹈，体态潇洒，精力充沛地让所有的动作一气呵成，然后掷杯而笑，酣然入梦。

张旭不知道，他的这种醉步也正是大唐文化的脚步。他让那个时代的酒神精神用笔墨画了出来，于是，立即引起强烈共鸣。

⊙

我还是高度评价《寒食帖》，因为它表现了一种倔强中的丰腴、大气中的天真。笔墨随着心绪而偏正自如、错落有致，看得出，这是在一种十分随意的状态下快速完成的。正因为随意而快速，我们也就真实地看到了一种小手卷中的大笔墨、大人格。因此，说它“天下行书第三”，我也不反对。

然而，我却不认为苏东坡在书法上建立了一种完整的“苏体”。《寒食帖》中的笔触、结构，全是才气流泻所致，如果一个字一个字地分拆开来，会因气失而形单。所以，苏字离气不立。历来学苏字之人，如不得气，鲜有成就。其实，即使苏东坡自己，他的《治平帖》《洞庭春色赋中山松醪赋合卷》《与谢民师论文帖》，也都显得比较一般。

这就是文化大才与专业书家的区别了。专业书家不管何时何地，下笔比较均衡，起落不大；而文化大家则凭才气驰骋，高低险夷，任由天机。

⊙

与董其昌构成南北对照，王铎创造了一种虎奔熊跃的奇崛风格，让萎靡的明代精神一振。

我曾多次自问，如果生在明代，会结交董其昌还是王铎？答案历来固定：王铎。王铎的笔墨让我重温阔别已久的男子汉精神，即用一种铁铸漆浇的笔画，来宣示人格未溃、浩气犹存。更喜欢《忆游中条语轴》《临豹奴帖轴》《杜甫诗卷》的险峻盘纡结构，以一种连绵不绝的精力曲线，把整个古典品貌都超越了，实在是痛快淋漓。

我认为，这是全部中国书法史的最后一道铁门。

在这一道铁门外面，是一个不大的院落了。那里还有几位清代书家带着纸墨在栖息。让我眼睛稍稍一亮的，是邓石如的篆隶、伊秉绶的隶书、何绍基的行草、吴昌硕的篆书。

除此之外，清代书法多走偏路。或承台阁之俗，或取市井之怪，即便有技、有奇、有味，也局囿一隅，难成大器。

⊙

人的生命状态的构建和发射是极其复杂的。中国传统文人面壁十年，博览诸子，行迹万里，宦海沉浮，文化人格的吐纳几乎是一个混沌的秘仪，不可轻易窥探。即如秦桧、蔡京者流，他们的文化人格远比他们的政治人格暧昧，而当文化人格折射为书法形式时，又会增加几层别样的云霭。

被傅青主瞧不起的赵孟頫，他的书法确有甜媚之弊，但甜媚之中却又嶙嶙峋峋地有着许多前人风范的沉淀。

⊙

毛笔文化既然作为一个完整的世界存在过数千年，它的美色早已锻铸得极其灿烂。只要认识中国字，会写中国字，即便是现代人，也会为其中温煦的风景所吸引。吸引得深了，还会一步步登堂入室，成为它文化圈中的新成员。

⊙

从地底下喷射而出的岩浆熠熠光华，岂是几碟子丹青之色所能描摹的。

⊙

对于曾经长久散落在山野间的魏碑，我常常产生一些遐想。

牵着一匹瘦马，走在山间古道上，黄昏已近，西风正紧。我突然发现了一方魏碑。先细细看完，再慢慢抚摸，然后决定，就在碑下栖宿。瘦马蹲下，趴在我的身边。我看了一下西天，然后借着最后一些余光，再看一遍那碑帖……

当然，这只是遐想。那些我最喜爱的魏碑，大多已经收藏在各地博物馆里了。这让我放心，却又遗憾没有了抚摸，没有了西风，没有了古道，没有了属于我个人的诗意亲近。

⊙

我平日只要看到王羲之父子的六本法帖，就会产生愉悦，扫除纷扰。但是，人生也会遇到极端险峻、极端危难的时刻，根本容不下王羲之。那当口，泪已吞，声已噤，恨不得拼死一搏，玉石俱焚。而且，打量四周，也无法求助于真相、公义、舆论、法庭、友人。最后企盼的，只是一种美学支撑。就像冰海沉船彻底无救，抬头看一眼乌云奔卷的图景：就像乱刀之下断无生路，低头看一眼鲜血喷洒的印纹。

美学支撑，是最后的支撑。

那么，颜真卿《祭侄稿》的那番笔墨，对我而言，就是乌云奔卷的图景，就是鲜血喷洒的印纹。

⊙

康德说，美是对功利的删除。但是，删除功利难免痛苦，因此要寻求美的安慰。美的安慰总是收敛在形式中，让人一见就不再挣扎。《祭侄稿》的笔墨把颜真卿的哭声和喊声收敛成了形式，因此也就有能力消除我的哭声和喊声，消解在一千二百五十年之后。删除了，安慰了，收敛了，消解了，也还是美，那就是天下大美。

⊙

两年后，颜真卿自己用文章来祭祀牺牲的家人，其中最震撼的，是那份祭祀侄子颜季明的《祭侄稿》。由于后来成了中国书法史上的经典法帖，又称为《祭侄帖》。世界上很少有这么一个艺术作品，即使不了解它产生的背景，一上眼就为它淋漓的墨迹、痛苦的线条、倔强的笔触所感动。满篇的汉字，都在长叹和哭泣，而在长叹和哭泣中，傲然筋骨又毕现无遗，足以顶天立地。这是中国文化史上唯一用生命符号勾勒最伟大人格的一幅作品。这种最伟大的人格，刻画了一个英雄的时代、英雄的家庭、英雄的文人。幸好有它，让盛唐即使破碎也铿锵有声。

人生的滋味，在于品尝季节的诗意

——从自然的季节到生命的季节

四·此生

芙蓉城裏滿城花傳說人間事可誇滿地紅雲
繞樓閣此中緣只住僊家
希齡鄉先生雅正齊璜白石山翁製于舊京

⊙

罗素说，生命是一条江，发源于远处，蜿蜒于大地，上游是青年时代，中游是中年时代，下游是老年时代。上游狭窄而湍急，下游宽阔而平静。什么是死亡？死亡就是江河入大海，大海接纳了江河，又结束了江河。

真是说得不错，让人心旷神怡。

⊙

堂皇转眼凋零，喧腾是短命的别名。想来想去，没有比江南小镇更足以成为一种淡泊而安定的生活表征了。中国文人中很有一批人在入世受挫之后逃于佛、道，但真正投身寺庙道观的并不太多，而结庐荒山、独钓寒江毕竟会带来基本生活上的一系列麻烦。“大隐隐于市”，最佳的隐潜方式莫过于躲在江南小镇之中。与显赫对峙的是常态，与官场对峙的是平民，比山林间的衰草茂树更有隐蔽力的是消失在某个小镇的平民百姓的常态生活中。山林间的隐蔽还保留和标榜着一种孤傲，而孤傲的隐蔽终究是不诚恳的；小镇街市间的隐蔽不仅不必故意地折磨和摧残生命，反而可以把日子过得十分舒适，让生命熨帖在既清静又方便的角落，几乎能够把自身由外到里溶化掉，因此也就成了隐蔽的最高形态。说隐蔽也许过于狭隘了，反正在我心目中，小桥流水人家，莼鲈之思，都是一种终极性的人生哲学的生态意象。

⊙

古往今来，任何一个社会，都不可能长时间地容纳一群不做建树的否定者，一群不再读书的读书人，一群不要老师的伪学生。当他们终于醒过来的时候，一切都已太晚了，列车开出去太远了，最终被轰逐的竟然就是这帮横七竖八地睡着的年轻人。

⊙

稀世天才是很难遇到另一位稀世天才的，他们平日遇到的总是追随者、崇拜者、嫉妒者、诽谤者。这些人不管多么热烈或歹毒，都无法左右自己的思想。只有真正遇到同样品级的对话者，最好是对手，才会产生着了魔一般的精神淬砺。淬砺的结果，很可能改变自己，但更有可能是强化自己。这不是固执，而是因为获得了最高层次的反证而达到新的自觉。这就像长天和秋水蓦然相映，长天更明白了自己是长天，秋水也更明白了自己是秋水。

⊙

我们这一代，年轻时吞咽的全是“乱世哲学”，这篇文章开头所说的夜雨泥泞，几乎陷没了我们的全部青春。我们被告知，古代社会和外部世界一片恐怖，我们正在享受着一尘不染的幸福。偶尔忍不住幻想一下古代，却还不敢幻想国外。正是这个刻骨铭心的经历，使我们在大醒之后很难再陷入封闭的泥淖。

前些年我一直困惑，为什么我的每一届学生几乎都不如我开放。后来我知道了，那是因为他们没有那种从灾难中带来的财富。

于是我越来越有信心了，年长者确实未必比年幼者落伍，就像唐代不会比明清落伍。

⊙

人们有时也许会傻想，像苏东坡这样让中国人共享千年的大文豪，应该是他所处时代的无上骄傲，他周围的人一定会小心地珍惜他，虔诚地仰望他，总不愿意去找他的麻烦吧？

事实恰恰相反，越是超时代的文化名人，往往越不能相容于他所处的具体时代。中国世俗社会的机制非常奇特，它一方面愿意播扬和哄传一位文化名人的声誉，利用他、榨取他、引诱他，另一方面从本质上却把他视为异类，迟早会排拒他、糟践他、毁坏他。起哄式的传扬，转化为起哄式的贬损，两种起哄都起源于自卑而狡黠的觊觎心态，两种起哄都与健康的文化氛围南辕北辙。

⊙

中国古代，一为文人，便无足观。文官之显赫，在官而不在文，他们作为文人的一面，在官场也是无足观的。但是事情又很怪异，当峨冠博带早已零落成泥之后，一杆竹管笔偶尔涂画的诗文，竟能镌刻山河，雕镂人心，永不漫漶。

⊙

人间的全部美好，都来自于人格的中转。因此，要捍卫美好，就必须捍卫人格。在人格不受尊重的年代，一切所谓的美好，都只是空洞的欺骗。

⊙

一段树木靠着瘿瘤取悦于人，一块石头靠着晕纹取悦于人，其实能拿来取悦于人的地方，恰恰正是它们的毛病所在，它们的正当用途绝不在这里。我苏东坡三十余年来想博得别人叫好的地方也大多是我的弱项所在。例如，从小为考科举学写政论、策论，后来更是津津乐道于考论历史是非、直言陈谏曲直。做了官以为自己真的很懂得这一套了，扬扬自得地炫耀，其实我又何尝懂呢？直到一下子面临死亡才知道，我是在炫耀无知。三十多年来最大的弊病就在这里。现在终于明白了，到黄州的我是觉悟了的我，与以前的苏东坡是两个人。

他渐渐回归于清纯和空灵。在这一过程中，佛教帮了他大忙，使他习惯于淡泊和静定。艰苦的物质生活，又使他不得不亲自垦荒种地，体味着自然和生命的原始意味。

这一切，使苏东坡经历了一次整体意义上的脱胎换骨，也使他的艺术才情获得了一次蒸馏和升华。他，真正地成熟了——与古往今来许多大家一样，成熟于一场灾难之后，成熟于灭寂后的再生，成熟于穷乡僻壤，成熟于几乎没有人在他身边的时刻。

⊙

种瓜得瓜，种豆得豆，这只是最后一个环节。

瓜豆的种子来自何方？又是什么因缘使它们进化成今天的瓜今天的豆？如能细细追索，必是一部有关人生生存的浩繁史诗。

人的生命更其珍罕，不知由多少奇迹聚合而成。说自己偶尔来到世间，是一种忘恩负义的罪过。

为了报答世间恩义，唯一的道路是时时行善，点滴不捐，维护人类生命的正常延续。

因自己的投入，加固人们的正面因果。

⊙

灾难，对常人来说也就是灾难而已，但对知识分子来说就不一样了。当灾难初临之时，他们比一般人更紧张、更痛苦、更缺少应付的能耐；但是当这一个关口渡过之后，他们中部分人的文化意识会重新苏醒，开始与灾难周旋，在灾难中洗刷掉那些只有走运时才会追慕的虚浮层面，去寻求生命的底蕴。

⊙

部分文人之所以能在流放的苦难中显现人性、创建文明，本源于他们内心的高贵。他们的外部身份和遭遇可以一变再变，但内心的高贵却未曾全然消蚀，这正像不管有的人如何追赶潮流或身居高位却总也掩盖不住内心的卑贱一样。

⊙

不要把自己假装成闻过则喜、见恶微笑、听骂点头的伪君子，因为这种假装十分自私。

必须拒绝一切谩骂和侮辱，这种拒绝是阻止邪恶对美好的侵犯，并不仅仅为了自己。自己在这当口上正好站在第一线，第一线的失守必然会导致全线崩溃。因此，自尊、自爱、自恋，都比以谦虚的名义临阵脱逃强过万倍。

⊙

在尊严的问题上，自己和他人处于相同的方位。

看重自己的尊严，一定看重他人的尊严，反之亦然。尊严，在互尊中映现。我郑重地整理自己的衣襟，是为了向对面的人表示恭敬；我向对面的人轻轻鞠躬，也正是在证明自己是世界的贵客。

这种互尊，如镜内镜外。

⊙

当尊严释放成一种活泼的生态，美也走向诗化。

诗化的尊严是动态的天真，自由的率性。一切都充满着好奇，处处洋溢着幻想。这样的天地呈现出一种无邪，看似浑不设防，却完全无法侵犯。

诗人比美人更加自我，他们用诗情筑造了又一堵尊严的城墙。

⊙

中国文人长期处于一种多方依附状态，依附权势，依附教条，依附未经自身选择的观念，依附自欺欺人的造型，结果，最难保持尊严。

有的文人为了摆脱依附而远逃山泽，在无所谓尊严的冷僻角落寻找尊严，在意想不到的物质困境中失去尊严，结果，只在寂寞的诗文间呼唤着尊严。

可笑的是，比之于全世界，最缺少尊严的中国文人最喜欢摆弄尊严。到今天，想做官而不得，想成名而无方，想进入公众视线而无门，也成了他们故意固守清寒的“尊严”。

因此，“尊严”二字，在中国文化中的含义需要改写。

⊙

我的文章和我的名字都不想传世。

我只想我的某些文句滋润某些人的心田，而这些人因此所产生的点滴情思，淡淡地影响了周围。周围，又有丝丝缕缕的传递，既不强大又不纯粹，却留下了不断的印痕，延绵远方。

没有人记得，这些印痕与谁的文章和谁的名字有关。

⊙

宏观的因果是看不见的，却是最重要的。

恶人不看因果，好人想看因果。结果，恶人总是侥幸，好人总是失望。

应该告诉好人：我们的生命来得遥远，因此任何行为不求当世回报。真正的善良不求感谢，因为我们要感谢千百年来的善良带给今天的人类尊严，还忙不过来。

⊙

一次次地上山，又一次次地下山，山又高，路又窄，气力似乎又已经耗尽，后来完全是麻木地抬腿放腿、抬腿放腿。山峰无穷无尽地一个个排列过去，内心已无数次地产生了对此行的后悔，终于连后悔的力气也没有了，只得在默不作声中磕磕绊绊地行进。就在这种情况下，我们突然与古代文人产生了深切的认同。是的，凡是他们之中的杰出人物，总不会以轻慢浮滑的态度来面对天地造化，他们不相信人类已经可以盛气凌人地来君临山水，因此总是以极度的虔诚、极度的劳累把自己的生命与山水熔铸在一起。

⊙

除了少数逃罪人员和受骗人员，正常意义上的远行者总是人世间比较优秀的群落。他们如果没有特别健康的情志和体魄，何以脱离早已调适了的生命温室去领受漫长而陌生的时空折磨？天天都可能遭遇意外，时时都需要面对未知，许多难题超越精神贮备，大量考验关乎生死安危，如果没有一个比较健全的人格，只能半途而返。

⊙

我们遇到恶，大多与我们的行为无关，更与我们的命运无关。

恶的出现，也是宏观因果的产物。多少年前的某个阴谋，给世间增添了一份仇恨；千百里外的一次争吵，为文坛留存了一堆脏话；几十年前的一场灾难，为民族加注了几分兽性……

也许，一种过于突然的成功，激发了他人心中的嫉妒；一种过于激烈的实验，导致了社会心态的失衡；一种过于广阔的占领，剥夺了某些同行的机会……

似乎能找到近期的原因，其实全是远期的原因。

我们对远处生成的恶，能产生多大的仇恨？

唯一能做的事是：它来了，正巧来到我跟前，这是一个机会，可以通过我把宏观因果的负面积累改写成正面。

⊙

人们有兴趣把一个名声很好的人一点点搞脏，名声越大越有兴趣，却没有兴趣去对付一个名声不好的人。这就像一块白布太干净、太晃眼了，大家总要争着投污，即使后来风雨把它冲洗干净了，大家也要接着投。

⊙

最美丽的月色，总是出自荒芜的山谷。

最厚重的文物，总是出自无字的旷野。

最可笑的假话，总是振振有词。

最可耻的诬陷，总是彬彬有礼。

最不洁的目光，总在监察道德。

最不通的文人，总在咬文嚼字。

最勇猛的将士，总是柔声细语。

最无聊的书籍，总是艰涩难读。

最兴奋的相晤，总是昔日敌手。

最愤恨的切割，总是早年好友。

最动听的讲述，总是出自小人之口。

最纯粹的孤独，总是属于大师之门。

最低俗的交情被日夜的酒水浸泡着，越泡越大。

最典雅的友谊被矜持的水笔描画着，越描越淡。

⊙

浑身瘢疤的人，老是企图脱下别人的衣衫。

已经枯萎的树，立即就能成为打人的棍棒。

没有筋骨的藤，最想遮没自己依赖的高墙。

突然暴发的水，最想背叛自己凭借的河床。

何惧交手，唯惧对峙之人突然倒地。

不怕围猎，只怕举弓之手竟是狼爪。

何惧天坍，唯惧最后一刻还在寻恨。

不怕地裂，只怕临终呼喊仍是谣言。

太多的荒诞终于使天地失语。

无数的不测早已让山河冷颜。

失语的天地尚须留一字曰善。

冷颜的山河仍藏得一符曰爱。

⊙

极权主义下的平均、中庸、共贫、互贬，养成了一般民众对杰出物象的超常关注和超常警惕。这种心理习惯在二十一世纪经历了长久的"大一统""大锅饭"之后更成为一种天然公理，因此也必然地延伸到了新时期。几乎每一个改革探索者都遇到过嫉妒的侵扰，更不要说其中的成功者了。人们很容易对高出自己视线的一切存在投去不信任，在别人快速成功的背后寻找投机取巧的秘密。

⊙

现代科学已经能够勉强说明一个生命的来源。但是，这只是一种片断性的状态描述。

我们的生命来自于父母，那么，父母的生命呢？

也许在北宋末年，长江岸边，几个渔民救起了一个落水的行人，这是你的先祖。然后，清代，一群将军阻止了一场即将毁灭整个村庄的战乱，而这个村庄正生息着你的前辈……

以此类推，千百年间早就被彻底遗忘的一件寒衣、一碗稀粥、一剂汤药、一块跳板、一根手杖，都可能与你的生命有关。

世上全部善良的点点滴滴，粘连了时时有可能中断的游丝一线。

⊙

千古至谊虽不可得，我们却不缺少友谊。在日常生活中，天天有一些熟悉的名字，亲切的面容，具体的帮助，轻松的诉说。这就是日常之谊，故称之为“常谊”。

常谊的好处，是实用。随叫随到，随取随放；不必恭请，不必重谢，大事小事，都在身旁。相比之下，前面所说的至情至谊、高山流水，远在天边，呼叫不到。一旦呼叫来了，也未必管用。

即便是非常特殊的人物，他们九成的生活，也由常态构成。因此人间友谊，以常谊为主体。

⊙

一个人在日常生活中不难拥有很多朋友。只要有心，就能轻松地建立友谊。一旦建立，不必辛勤浇灌，也能自然生长。这是人类向善、求群的本性决定的，非常自然。相比之下，反倒是孤寂傲世、寡友少谊的状态很不自然。

⊙

友谊的滋味，恰恰也在于阻碍和落差。历史上那么多传之广远的优秀诗文，都是在描述人间情感的各种“失衡状态”，例如，思念、怨恨、忧郁、嫉妒、期待、苦守、追悔、自责，几乎每一项都与友谊或爱恋的落差有关。要是没有这种落差，人类的诗情就会减去大半。

如果永远是等量交换、同量往返，生活还有意思吗？这就像到了无坡无沟、无壑无丘、无荫无掩的一块平地，旅行还有乐趣吗？

因此，如果我们发出去的友谊信号没有等到同样的回音，千万不要灰心，也不必寻找原因。我们没有那么小气，小气到放声一唱，就要从山崖间捡拾每一缕回声。只管放松地走，只管纵情地唱，只管一路上播撒友谊信号，这才是真正的人生。

⊙

运用大智慧救苦救难的，谁也不认；摆弄小聪明争执不休的，人人皆知。

⊙

真正的孤独是在互不关爱的拥挤热闹之中。

⊙

领悟了自己还应该提醒别人。奥林匹克精神照耀下的各民族健儿的极限性拼搏是一种提醒，而始终无视生死鸿沟的探险壮士更是一种提醒：作为一个人，能达到何等样的强健。强健到超尘脱俗，强健到无牵无挂，强健到无愧于缈缈祖先、茫茫山川。

⊙

我们对这个世界，知道得还实在太少。无数的未知包围着我们，才使人生保留迸发的乐趣。当哪一天，世界上的一切都能明确解释了，这个世界也就变得十分无聊。人生，就会成为一种简单的轨迹，一种沉闷的重复。

⊙

一个人可能掩饰自己的行为动机，却无法掩饰和伪装自己的生命格调。

⊙

人的生命格局一大，就不会在琐碎装饰上沉陷。真正自信的人，总能够简单得铿锵有力。

⊙

人与人相处，本质为淡。倘若浓稠，如何个体独立？如何若即若离？如何流转自如？如何因时而异？

清水之中，如果营养浓富，即成污染；血管之中，如果黏度过高，即成疾患。人际关系，也是如此。

⊙

人际关系中的浓度，大多由夸张、捆扎、煽动而成。

批判、斗争、辩论、舆情等也大致如此。我之所以一直不喜欢政客、名嘴、意见领袖，也与他们故意夸张浓度有关。通观历史，这种夸张固然留下过伟业的传说，盛世的故事，但主要是造成了灾难，而且是无数实实在在的灾难。

当我用老子和庄子的眼睛看淡周际，于是，一切都变得正常、寻常、平常，连气势汹汹的进攻都变成了沙盘游戏、木偶提线。愤又何在？恨又何在？只是轻轻一笑间，如风吹苇。

由此可知，“淡如水”，并不只是交友术，而是一种世界观。

⊙

名誉，也可称为名声、名望、名节。在古代，常常以一个“名”字来统称，大致是指一个人在社会上获得的正面评价和良好影响。

在很多君子心目中，这是一个人的第二生命，甚至是第一生命。

看成是第二生命的，因谗而怒，拔剑而起；看成是第一生命的，因谗而死，拔剑自刎。

名，不是物质，不是金钱，不是地位，不是任何可触可摸的东西。但是，善良的目光看着它，邪恶的目光也看着它；小人的目光看着它，君子的目光也看着它。一切狞笑、谋划、眼泪、叹息都围绕着它。它使生命高大，又使生命脆弱；它使生命不朽，又使生命速逝。

名啊，名……

⊙

挑唆民众攻伐一个并不知道实情的人，借此来增添自己的道义形象，这样的事，没有一个真正的君子会做。因此，铁定是

“伪君子”。

由于中国文化严重缺少证伪机制，因此中国民众很容易接受这种“伪君子”。结果，在中国历史上听得最多的是道义、声讨、舆情，看得最多的是冤屈、悲剧、颠倒。这种情景与朝廷的昏庸连在一起，与奸臣的狞笑连在一起，变得不可收拾。因此，我总是一次次提醒大家：听到道义，警惕；听到声讨，警惕；听到舆情，警惕；听到出现了“英勇斗士”“社会良心”，更要万分警惕。

⊙

我们来到世间，是让生命来接受试炼的：我的生命精彩与否？我与客观世界的关系如何？我有没有可能改变命运和环境？……过于安定、过于规整的社会往往会使这些问题褪色。如果眼前还有不少混乱、险滩、陷阱、障碍，还有种种未料的空间、突发的偶然，那么你会觉得手里把握着自己的罗盘。人生的厚度、重量、意义都与这种把握有关。因此我对文化意义上的乱世并不那么讨厌。

乱世中的文化人其实是点火者。一片黑暗里把自己当作灯，甚至当作蜡烛，燃烧了都在所不惜。所以这些乱世中的文化人比盛世中的文化人更值得我们尊重。不管他们有多少毛病，正是他们让乱世有了人文延续。

⊙

西方一位哲人说，只有饱经沧桑的老人才会领悟真正的人生哲理，同样一句话，出自老人之口比出自青年之口厚重百倍。对此，我不能全然苟同。哲理产生在两种相反力量的周旋之中，因此它更垂青于中年。世上一切真正杰出的人生哲学家都是在中年完成他们的思想体系的。到了老年，人生的磁场已偏于一极、趋于单相，中年人不见得都会把两力交汇的困惑表达成哲理的外貌，但他们大多置身于哲理的磁场中。我想，我在三十年前是体会不到多少人生隐秘的，再过三十年已在人生的边缘徘徊，而边缘毕竟只是边缘。因此且不说其他，就对人生的体味论之，最有重量的是现在，是中年。

⊙

老人赞美青年时代，大多会犯一个错误，那就是断言青年时代有“无限的可能性”。其实，那是因为后悔自己当初的错误选择，就把记忆拉回到那个尚未选择定当，因此还有其他可能性的时代。但是，青年人常常读错，以为“无限的可能性”会一直跟随自己，一一变成现实。

其实我们应该诚实地告诉青年人，所有的可能性落在一个具体人物的具体时间、具体场合，立即会变成窄路一条。错选了一种可能性，也就立即失去了其他可能性。当然，今后还能重选，但在重重叠叠的社会关系和职业竞争中，那是千难万难。绝大多数青年人会把那条窄路走下去，或者更换一条窄路，走得很辛苦。

⊙

正是在青年时代锁定了自己的人生格局。由于锁定之时视野不够、知识不够、等级不够、对比不够、体会不够、经验不够，因此多数锁定都是错位。

本来这是严酷的事实，应该引导青年人冷静认识、逐步接受。并且告诉他们，在很难改变境遇的情况下，应该在青年时代好好地陶冶品德、锻铸人格，由此来提高一生的精神等级。今后即使

白石山翁

过得艰难，也会是不一样的人生。但是，世间对青年的赞美习惯冲击了这一切。

这情景就像一个锻铸场。火炉早已燃起，铸体已经烧红，正准备抡锤塑型，谁料突然山洪暴发，场内场外都涌来大量水潮。火炉熄灭了，铸体冷却了。被浑水一泡，被泥污一裹，它们再也不能成材。

青年就像那刚刚要锻铸的铁体，而滔滔不绝的赞美，就是那山洪，那浑水。锻铸过程刚刚开始，甚至还没有正式开始，就中断了。于是，这样的青年在今后的人生长途中就“废”了。

⊙

我们很少看到青年在进行着严格的品格锻铸。经常见到的是他们在种种赞美和宠溺中成了一群“成天兴奋不已的无头苍蝇”，东冲西撞、高谈阔论、指手画脚，又浑浑噩噩、不知省悟。他们的人生前途不言而喻。

经常听到一些长者说：“真理掌握在青年人手里。”理由呢？没有说。我总觉得，这多半是一种笼络人心的言语贿赂，既糟蹋了青年，又糟蹋了真理。

⊙

和少年和青年说点扫兴话、警惕话的人实在太少了。永远在歌颂他们朝气蓬勃、意气风发、风华正茂、英姿飒爽……就这样送走了一批又一批，送到哪里去了，送到什么里程就不再歌颂也不值得歌颂了，却不知道。

⊙

一个人横贯终生的品德基本上都是在青年时期形成的，可惜在那个至关重要的时期，青年人受到的正面鼓励永远是为成功而搏斗，而一般所谓的成功总是带有排他性、自私性的印记。结果，脸颊上还没有皱纹的他们，却在品德上挖下了一个个看不见的黑洞。

⊙

青年人应该明白，在你们出生之前，这个世界已经非常复杂、非常诡异、非常精彩地存在了很久很久。你们，还没有摸到它的边。不要说真理之门了，就是懂事之门，离你们也还非常遥远。请不要高声喧哗，也不要拳打脚踢。因为这在你们以后的人生路途上都会成为稳定的模式、永恒的耻辱、公众的记忆，想抹也抹不去。

⊙

中年，不像青年那样老是受到赞美，也不像老年那样老是受到尊敬。但是，这是人生的重心所在，或用阿基米德的说法，是支点所在。

中年的主要特点，是当家。这里所说的当家，并不完全是指结婚和做官，但确实也包括在家庭内外充当“负责的主人”。

这实在很难。然后，如果你永远没有这种机会，那就称不得进入了中年，也称不得进入了人生关键部位。因此，必须千方百计，学习当家。

当家，是最后一次精神断奶。你由此成了社会结构中独立的一个点，诸力汇注，众目睽睽，不再躲闪，不可缺少。当家，使你空前强大又孤立无援，因为你已经有权决定很多重大问题，关及他人命运。

⊙

中年人最可怕的是失去方寸。这比青年人和老年人的失态有更大的危害。中年人失去方寸的主要特征是忘记了自己应该当家的身份。一会儿要别人像对待青年那样关爱自己，一会儿又要别人像对待老人那样尊敬自己，他永远生活在中年之外的两端。明明一个大男人，却不能对任何稍稍大一点的问题做出决定，出了什么事情又逃得远远的，不敢负一点责任。在家里，他们训斥孩子就像顽童吵架，没有一点身为人父的慈爱和庄重；对妻子，他们也会轻易地倾泄出自己的精神垃圾来酿造痛苦，全然忘却自己是这座好不容易建造起来的情感楼宇的顶梁柱；甚至对年迈的父母，他们也会赌气怄气，极不公平地伤害着与自己密切相关却已走向衰弱的身影。

这也算中年人吗？真让人惭愧。

⊙

中年人最大的荒唐，就是忘记了自己是中年。

忘记自己是中年人，可能是人生最惨重的损失。在中年，青涩的生命之果已经发育得健硕丰满，喧闹的人生搏斗已经沉淀成雍容华贵，多重的社会责任已经溶解为生活情态，矛盾的身心灵肉已经协调地把握在自己手中。

中年总是很忙，因此中年也总是过得飞快。来不及自我欣赏，就到了老年。匆忙中的中年之美，由生命自身灌溉，因此即便在无意间也总是体现得真实和完满。失去了中年之美，紧绷绷地延期穿着少女健美服，或者沙哑哑地提早打起了老年权威腔，实在太不值得。作弄自己倒也罢了，活生生造成了自然生态的颠倒和浪费，真不应该。

⊙

老年是如诗的年岁。这种说法不是为了奉承长辈。

只有到了老年，沉重的人生使命已经卸除，生活的甘苦也大体了然，万丈红尘移到了远处，宁静下来的周际环境和逐渐放慢的生命节奏，构成了一种总结性、归纳性的轻微和声。于是，诗的意境出现了。

在一般情况下，老年岁月总是比较悠闲。老年，有可能超越功利面对自然，更有可能打开心扉纵情回忆，而这一切都带有诗和文学的意味。老年人可能不会写诗，却以诗的方式生存着。看街市忙碌，看后辈来去，看庭花凋零，看春草又绿，而思绪则时断时续、时喜时悲、时真时幻。

⊙

中青年的世界再强悍，也经常需要一些苍老的手来救助。平时不容易见到，一旦有事则及时伸出，救助过后又立即消失，神龙见首不见尾。这是一种早已退出社会主体的隐性文化和柔性文化，隐柔中沉积着岁月的硬度，能使后人一时启悟，如与天人对晤。老年的魅力，理应在这样的高位上偶尔显露。不要驱使，不要强求，不要哄抬，只让它们成为人生的写意笔墨，似淡似浓，似有似无。

⊙

只要历史不阻断，时间不倒退，一切都会衰老。老就老了吧，安详地交给世界一副慈祥美。假饰天真是最残酷的自我糟践。没有皱纹的祖母是可怕的，没有白发的老者是让人遗憾的。没有废墟的人生太累了，没有废墟的大地太挤了，掩盖废墟的举动太伪诈了。

还历史以真实，还生命以过程。

——这就是人类的大明智。

⊙

老人的寂寞就如同老人的衰弱，无可避免。这有点残酷，但这种残酷属于整个人类。

⊙

生命力不仅仅指身体，更是指它全身心面对不同空间、不同事物时的一种能力，一种敏感，一种兴趣，一种试探，一种回应。这一切加在一起，就构成了一个生命存在的真实性。

⊙

人类，太容易走极端了。能不能在两个极端之间找一条最恰当、最合适的路？儒家的好处就是相信这条路的存在。即使一时找不到，它也存在。这种信念变成了一种信仰，因此方法论也就变成了目的论。

⊙

实际上每个年轻人都有可能沾染极端主义思维。极端主义的初级形态就是追求危言耸听的“痛快”，极端主义的高级形态就是争取成为站在悬崖峭壁上的“英雄”。为什么是站在悬崖峭壁上的呢？因为这些人越要吸引观瞻，就要把对立面看得越大、越强，结果把自己脚下可踩踏的地方越逼越小。我见过“文革”时期的造反派头头以及某些族群分裂主义首领，几乎都是这样。他们为什么能成为首领？因为提出的口号特别刺激。特别刺激的口号一定是狭隘、苛刻、夸张的，那就成了“原教旨主义者”，或者说“基本教义派”。他们容不得任何修正、宽容和妥协，并把修正、宽容、妥协看成是叛变。这种思维把满世界都看成是仇敌，那就只能把自己看成是无以立足的孤独者了。不少人喜欢仰望这种形象，于是他们也就扮演起这种形象，到后来让别人和自己都没法活。

⊙

至今记得初读比利时作家梅特林克《卑微者的财宝》时所受到的震动。他认为，一个人突然在镜前发现了自己的第一根白发，其间所蕴含的悲剧性远远超过莎士比亚的决斗、毒药和暗杀。这种说法是不是有点危言耸听？开始我深表怀疑，但在想了两天之后终于领悟，确实如此。第一根白发人人都会遇到，谁也无法讳避，因此这个悲剧似小实大，简直是天网恢恢，疏而不漏，而决斗、毒药和暗杀只是偶发性事件，这种偶发性事件能快速置人于死地，但第一根白发却把生命的起点和终点连成了一条绵长的逻辑线，人生的任何一段都与它相连。

⊙

年龄本不该被太多利用的，因为它带有天然的不公平性和无法辩驳性，但一旦真被利用了，出现了霉气十足的年龄霸权，那也不要怕，不知什么地方银发一闪，冷不丁地出现一个能够降伏它们的高神。烟尘散去，只剩下这位高神的笑容隐约在天际，而此时天下，早已月白风清。一双即将握别世界的手，向我指点了一种诗化的神圣。

⊙

莫里对学生说，有一个重要的哲理需要记住：如果拒绝衰老和病痛，一个人就不会幸福。因为衰老和病痛总会来，你为此担惊受怕，却又拒绝不了它，那还会有幸福吗？他由此得出结论：你应该发现你现在生活中的一切美好、真实的东西。回首过去会使你产生竞争意识，而年龄是无法竞争的。……当我应该是个孩子时，我乐于做个孩子；当我应该是个聪明的老头时，我也乐于做个聪明的老头。我乐于接受自然赋予我的一切权利。我属于任何一个年龄，直到现在的我。你能理解吗？我不会羡慕你的人生阶段——因为我也有过这个人生阶段。

这真是一门深刻的大课了。环顾我们四周，有的青年人或漠视青春，或炫耀强壮；有的中年人或揽镜自悲，或扮演老成；有的老年人或忌讳年龄，或倚老卖老……实在都有点可怜，都应该来听听莫里老人的最后课程。

⊙

莫里老人认为，人类的文化和教育造成了一种错误的惯性，一代一代地误导下去，这应该引起人们注意。

什么误导呢？

我们的文化不鼓励人们思考真正的大问题，而是吸引人们关注一大堆实利琐事。

上学、考试、就业、升迁、赚钱、结婚、贷款、抵押、买车、买房、装修……层层叠叠，一切都是为了活下去，而且总是企图按照世俗的标准活得像样一些。大家似乎已经很不习惯在这样的思维惯性中后退一步，审视一下自己，问：难道这就是我一生所需要的一切？

⊙

明明营养已够，但所谓“饮食文化”却把这种实际需要推到了山珍海味、极端豪华的地步；明明只求安居，但“装潢文化”却把这种需要异化为宫殿般的奢侈追求……大家都像马拉松比赛一样跑得气喘吁吁，劳累和压力远远超过了需要，也超过了享受本身。

莫里老人认为，这是文化和教育灌输的结果，他说：拥有越多越好。钱越多越好。财富越多越好。商业行为也是越多越好。越多越好。越多越好。我们反复地对别人这么说——别人又反复地对我们这么说——一遍又一遍，直到人人都认为这是真理。大多数人会受它迷惑而失去自己的判断能力。

莫里老人认为，这是美国教育文化的主要弊病。我想在这一点上，我们中国人没有理由沾沾自喜，觉得弊病比他们轻。

⊙

如果大学者、大科学家也变得像影视、体育明星那样广受媒体关注，世界就犯病了。请记住，受媒体关注是一种牺牲。只有章子怡、刘翔他们的牺牲，才有大学者、大科学家们的安静。

⊙

独立地面对天地生命，永不落伍；盲目地追随热闹潮流，很快凋谢。

用安静的微笑让人安静。安静地走向灭寂，是一种最有尊严的福分。

⊙

碑下埋着的，是一万余名侵略东南亚的“皇军”的骨灰。

“再看那边，”顺着韩先生的指点，我看到一片广阔的草地上铺展着无数星星点点的小石桩，“一个石桩就是一名日本妓女，看有多少！”

用不着再多说话，我确实被震动了。人的生命能排列得这样紧缩，挤压得这样局促吗？而且，这又是一些什么样的生命啊。一个一度把亚洲搅得晕晕乎乎的民族，将自己的媚艳和残暴挥洒到如此遥远的地方，然后又在这里画下一个悲剧的句号。多少情笑和呐喊，多少脂粉和鲜血，终于都喑哑了，凝结了，凝结成一个角落，凝结成一种躲避，躲避着人群，躲避着历史，只怀抱着茂草和鸟鸣，怀抱着羞愧和罪名，不声不响，也不愿让人靠近。

是的，竟然没有商人、职员、工人、旅游者、水手、医生跻身其间，只有两支最喧闹的队伍，浩浩荡荡，消失在这么一个不大的园子里。我们不能不把脚步放轻，怕踩着了什么。脚下，密密层层的万千灵魂间，该隐埋着几堆日本史，几堆南洋史，几堆风流史，几堆侵略史。每一堆都太艰深，于是只好由艰深归于宁静，像一个避世隐居、满脸皱纹的老人，已经不愿再哼一声。

⊙

真正有魅力的人，总是穿得简洁素雅。如果服饰上加了很多花哨的东西，那一定是想掩盖一些什么。名片也是这样。

⊙

在人际关系上的对比，孔子讲了不少。例如，“君子成人之美，不成人之恶。小人反是”“君子和而不同，小人同而不和”“君子泰而不骄，小人骄而不泰”“君子求诸己，小人求诸人”“君子周而不比，小人比而不周”，等等。可见他特别重视在人际关系中看人品。如果有一个大学者，著述甚丰，但细想起来，从来没有怎么帮助过别人，反而几度坏了别人的事，那么，这个大学者在本质上很可能是一个小人。在这些对比中，“和而不同”和“同而不和”的界限、“周而不比”和“比而不周”的区别最为深刻。两重对比，保障了君子们在和睦中的独立性，否定了小人们在趋同中的攀比，因此，也证明了那种没有不同意见的千篇一律，只能滋生小人而不是君子。

⊙

炫耀自己出身名门，等于宣布自己没有出息。

炫耀的人可能不知道，就在他炫耀的片刻，人们正在对比他与家世门庭的巨大差距，从心里轻轻摇头，深深叹息。

⊙

一切真正成功了的政治人物一定会在友情上下大功夫，否则他们不可能吸引那么多人手提着生命跟着他们奋斗。但是，他们果真在友情上如此丰盈吗？远远未必。不少政治人物一旦失势，在友情上往往特别荒凉。但他们不愿承认这一点，因为他们深知仅仅这一点就足以把他们一生的功绩大部分抵消。有的政治人物在处置友情时有一种居高临下的主动权，但越是这样越容易失去友情的平等本质，他们握在手上时松时紧、时热时冷的友情缆绳，其实已不属于真正意义上的友情。

⊙

从历史看，除了少数例外，友情好像不太适宜与过大的权势、过高的智慧连在一起。有时，高贵的灵魂在关爱天下时也常常忽略了身边的友情等级和友情秩序，结果总是吃足苦头。它是一个最容易被处于得意状态的各个方位误认为早已圆满解决而实际上远非如此的真正的大问题。

⊙

友情的来去是一个探测仪，告知你与原先进入的那个层面的真实关系。如果在一个领域，一群朋友突然没有理由地冷眼相对，栽赃构陷，那就意味着你可以离开了。你本来就不应该出现在这里，临时给你的笑脸只是索取和探询，等探询明白，彼此无法调和，你的存在只能给这个村寨带来不安宁，而你住在这个村寨中也非常不安全，那就应该上路。

⊙

真正的友情不依靠什么。不依靠事业、祸福和身份，不依靠经历、方位和处境，它在本性上拒绝功利，拒绝归属，拒绝契约，它是独立人格之间的互相呼应和确认。它使人们独而不孤，互相解读自己存在的意义。因此所谓朋友，也只不过是互相使对方活得更加温暖、更加自在的那些人。

⊙

强者捆扎友情，雅者淡化友情，俗者粘贴友情，都是为了防范友情的破碎，但看来看去，没有一个是好办法。原因可能在于，这些办法都过分依赖技术性手段，而技术性手段一旦进入感情领域，总没有好结果。

⊙

在友情领域要防范的，不是友情自身的破碎，而是邪恶的侵入。邪恶一旦侵入，会使整个友情系统产生基元性的蜕变，其后果远比破碎严重。这种情形，用通俗的话说，就是交错了朋友。不是错在一次两次的失约、失信上，而是错在人之为人的本质上。本质相反而又成了朋友，那就只有两种选择，要么结束这种本来就不应建立的友谊，要么渐渐改变自己的本质。可惜的是，很多善良的人选择的是后者。

⊙

一次错交浑身惹腥，一个恶友半世受累，一着错棋步步皆输。产生这些后果，原因众多，但其间肯定有一个原因是为了友情，容忍了邪恶。心中也曾不安，但又怕落一个疏远朋友、背弃友情的话柄，结果，友情成了通向邪恶的拐杖。

⊙

万不能把防范友情的破碎当成一个目的。该破碎的让它破碎，毫不足惜；虽然没有破碎却发现与自己生命的高贵内质严重抵牾，也要做破碎化处理。罗丹说，什么是雕塑？那就是在石料上去掉那些不要的东西。我们自身的雕塑也要用力凿掉那些异己的、却以朋友名义贴附着的杂质。不凿掉，就没有一个像模像样的自己。

⊙

人的一生要接触很多人，因此应该有两个层次的友情：宽泛意义的友情和严格意义的友情。没有前者未免拘谨，没有后者难以深刻。

宽泛意义的友情是一个人全部履历的光明面。它的宽度与人生的喜乐程度成正比。但不管多宽，都要警惕邪恶，防范虚伪，反对背叛。

严格意义的友情是一个人终其一生所寻找的精神小村落，寻找途中没有任何实利性的路标。在没有寻找到的时候只能继续寻找，而不能随脚停驻。因此我们不宜轻言“知己”。在绝大多数情况下，安于宽泛意义上的友情，反而彼此比较自在。

一旦获得严格意义上的友情，应该以生命来濡养。但不能因珍贵而密藏于排他的阴影处，而应该敞晾于博爱的阳光下，以防心理暗箱作祟。

⊙

历史上，任何小人成事，都有一个秘诀：绝不把事情的原始整体和自身的人格整体明确对峙，而是故意地零敲碎打、多层分解，分解得越零碎、越复杂，就越能遮人耳目，因为正是这种分解，使人们失去了统观全局的可能，因此也失去了辨别真相的可能。

⊙

在这个世界上，众口喧腾的，可能是虚假；万人嗤笑的，可能是真实。

长久期盼的，可能是虚假的；猝不及防的，可能是真实。

叠床架屋的，可能是虚假；单薄瘦削的，可能是真实。

⊙

中国人无数次地遇到过某种观念需要寻找证据的情况，越是经不起推敲的观念越是需要寻找，到后来寻找变成了呼唤，呼唤变成了引诱，引诱变成了培植。

⊙

世界上最恐怖的监狱并没有铁窗和围墙。

人类的智慧可以在不自由中寻找自由，也可以在自由中设置不自由。

⊙

一个人有了一点专业成绩如果就想换得别人对自己更大生活领域的关注，在我看来是一种忘乎所以的矫情，而且他们的生活也就很难再过得真实而平静。

⊙

我不与媒体间的攻难者辩论，主要是考虑到问题本身的无聊，而不是因为自己的辩论水平太高，怕失手伤人。当然有时作为休息时的娱乐，也会诊察一下那些文章的毛病所在，为它们设计几个修改方案，看它们能不能因此变得硬扎一点。有时反过来，也会构想一下如何把这些文章置于逻辑上的死地，像下盲棋一样，但从来没有技痒，因为我有一条最严格的人生界线：绝不与无聊打交道，哪怕与无聊辩论。

与谬误辩论，很可能获得真理；与无聊辩论，只可能一起无聊。

⊙

真正的善良是不计回报的，包括在理解上的回报。阳光普照山河，并不需要获得山河的理解；春风吹拂大地，也不在乎大地的表情。

做一件新事，大家立即理解，那就不是新事；出一个高招，大家又立即理解，那也不是高招。任何真正的创造都是对原有模式的背离，对社会适应的突破，对民众习惯的挑战。如果眼巴巴地指望众人理解，创造的纯粹性必然会大大降低。平庸，正在前面招手。

回想一下，我们一生所做的比较像样的大事，连父母亲也未必能深刻理解。父母亲缔造了我们却理解不了我们，这便是进化。

⊙

一棵大树如果没有藤葛缠绕，就会失去一种风韵，连画家也不会多看它一眼。

从这个意义上说，藤葛需要大树，大树也需要藤葛。

⊙

我们爬山会踩到很多碎石，我们游泳会碰到很多水藻，我们夜行会遇到种种惊吓，我们独坐会听到种种异音。这才是人世的美丽、生活的魅力。

⊙

一切装腔作势的深奥，自鸣得意的无聊，可以诓骗天下，却无法面对所有即将成为社会主人的广大青年和孩童。

竹院圍棋圖

⊙

世界不再完美，但不完美的世界却更有吸引力。

⊙

但在中国，常常因百无一用而变得百无禁忌，虽萎弱却圆通，圆通在没有支点的无所作为中。

⊙

肯定在一个和蔼的眼神，赞许在一种温暖的无声。有人说这算不算是奉承？我说：人间的美好正需要小心翼翼地奉承，怎么奉承也不过分。

⊙

人类最初需要名誉，正是为了摆脱黑暗和无序。最初的名誉不是个人所能争取的，这是人们在黑暗中猛然听到一种强健声音之后的安静，安静之后的搜寻，搜寻之后的仰望，仰望之后的追随，追随之后的效仿，效仿之后的传递。名誉是对个人品行的社会性反馈，如果这种反馈广泛而持续，就能起到协调关系、统一观念、整顿秩序的作用。在这种情况下，名誉实际上已成为一种权利，一种在政治权利和军事权利之外的精神权利，而且在很多时候，政治权利和军事权利也要借助于它。

⊙

名誉的高处找不到遮身之地，这种说法真好。

⊙

如果实在消受不了名誉的重压，那还不如悄然从山峦爬下，安顿于人间万象的浓荫里。

⊙

一切受到名誉侵扰的人应该明白，现在你在苦恼的事情，绝大多数无足轻重。这一点要看破很不容易，你看连那么多极其智慧的人物也都没有看破。但是，不看破毕竟是在犯傻，时间的力量什么也不能抗拒，珍贵的生命怎能流失在无谓的自惊自吓之中。

⊙

一个连自己也不敢卫护的人，怎敢卫护自己身上的美德？一个连自己身上的美德也不敢护卫的人，怎敢卫护世间的美德？

⊙

社会污浊中也会隐伏着人性的大合理，而这种大合理的实现方式又常常怪异到让正常的人们难以容忍。反之，社会的大光亮，又常常以牺牲人本体的许多重要命题为代价。单向完满的理想状态，多是梦境。人类难以挣脱的一大悲哀，便在这里。

⊙

我细细观察了几十年，必须提醒人们：
参与整人的第一步，大多出自于从众；
参与整人的第二步，大多出自于嫉妒；
参与整人的第三步，大多出自于炫耀；
参与整人的第四步，大多出自于乐趣；
参与整人的第五步，大多出自于本能。
五步既毕，被整者倒下满地，而整人者也不复为人下焉。
我细细观察了几十年，必须提醒人们：

整人的第一度借口，大多是“政治问题”；

整人的第二度借口，大多是“两性问题”；

整人的第三度借口，大多是“历史问题”；

整人的第四度借口，大多是“经济问题”；

整人的第五度借口，大多是“学术问题”；

整人的最后借口，大多是“态度问题”。

一轮既毕，片甲不留，整人者浅笑一声，搓手寻取新的对象，开始又一度轮盘转。

⊙

明里攻伐，暗里用间。大至两国之间的抗衡，小至同事之间的纷争，均无出其外。

⊙

古人云，虽有百疵，不及一恶，恶中之恶，为毁人也。

因此，找世间巨恶，除杀人、制毒、抢劫者外，必是揭发者和批判者。

这后两者，主要集中在文人间。

中国人的素质若要提高，有一个终极标准，只有五个字，那就是：以毁人为耻。

⊙

伪装道义的脚步在哪里最先露出破绽？当它们要以道义的名义践踏他人的时候。

⊙

人之为人，应该知道一些最基本的该做和不该做。世间很难找到一头死象，因为连象群也知道掩盖。再一次感谢我们的先秦诸子，早早地教会中国人懂得那么多“勿”：非礼勿视，非礼勿听，非礼勿动；己所不欲，勿施于人……有时好像管得严了一点，但没有禁止，何以有文明？没有围栏，何以成社会？没有遮盖，何以有羞耻？没有规矩，何以成方圆？

⊙

小人见不得权力。不管在什么情况下，小人的注意力总会拐弯抹角地绕向权力的天平，在旁人看来根本绕不通的地方，他们也能飞檐走壁绕进去。他们表面上是历尽艰险为当权者着想，实际上只想着当权者手上的权力，但作为小人他们对权力本身又不迷醉，只迷醉权力背后自己有可能得到的利益。因此，乍一看他们是在投靠谁、背叛谁、效忠谁、出卖谁，其实他们压根儿就没有人的概念，只有实际私利。

⊙

美好的事物可能遇到各种各样的灾难，但最消受不住的却是小人的作为。蒙昧者可能致使明珠暗投，强蛮者可能致使玉石俱焚，而小人则鬼鬼祟祟地把一切美事变成丑闻。因此，美好的事物可以埋没于荒草黑夜间，可以展露于江湖莽汉前，却断断不能让小人染指或过眼。

⊙

谣言和谎言为什么有那么大市场？按照正常的理性判断，大多数谣言是很容易识破的，但居然会被智力并不太低的人大规模传播，原因只能说是传播者对谣言有一种潜在的需要。只要想一想历来被谣言攻击的人大多是那些有理由被别人暗暗嫉妒，却没有理由被公开诋毁的人物，我们就可明白其中的奥秘了。谣言为传播、信谣者而设，按接受美学的观点，谣言的生命扎根于传谣、信谣者的心底。如果没有这个根，一个谣言便如小儿梦呓腐叟胡诌，会有什么社会影响呢？

⊙

小人最隐秘的土壤，其实在我们每个人的内心，即便是吃够了小人苦头的人，一不留神也会在自己的某个精神角落为小人挪出空地。

⊙

所谓伟大的时代，也就是大家都不把小人放在眼里的时代。这个定义十分精彩。小人总有，他们的地位与时代的价值成反比。小人若能在一定的精神气压下被低位安顿，这个时代就已经在问鼎伟大。

⊙

茫茫九州大地，永远有一个以嫉妒为法律的无形公堂在天天开庭，公堂由妒火照亮、嫉棍列阵，败诉的，总是那些高人一头、先走一步的人物。

⊙

传播，是谣言生命的实现方式。未经传授的谣言，就像一颗不发芽的种子，一只没翅膀的秃鹫，一捆点不着的乱柴，没有任何意义。

⊙

谣言中最毒的配方，莫过于绝大部分真实只有一个小处虚假，而这个小处却关及人品人格。另一种配方正恰相反，一个相当纯粹的谎言中居然也有了一点拐弯抹角的“真实”。

⊙

越是超时代的文化名人，往往越不能相容于他所处的具体时代。中国世俗社会的机制非常奇特，它一方面愿意播扬和哄传一位文化名人的声誉，利用他、榨取他、引诱他，另一方面从本质上却把他视为异类，迟早会排拒他、糟践他、毁坏他。起哄式的传扬，转化为起哄式的贬损，两种起哄都起源于自卑而狡黠的觊觎心态，两种起哄都与健康的文化氛围南辕北辙。

⊙

现代的报纸如果缺乏足够的职业道德又没有相应的法规制约，信马由缰，随意褒贬，受伤害者无处可以说话，不知情者却误以为白纸黑字是舆论所在，这将会给人们带来多大的混乱。

⊙

一个默默无闻的小官，若能参加一件扳倒名人的大事，足使自己增重。

⊙

山西商人的人格结构中还有脆弱的一面。他们人数再多，在整个中国还是一个稀罕的群落，他们敢作敢为，却也经常遇到自信的边界。他们奋斗了那么多年，却从来没有遇到过一个能够代表他们说话的思想家。他们的行为缺少高层理性力量的支撑，他们的成就没有被赋予雄辩的历史理由。严密的哲学思维、精微的学术头脑似乎一直躲避着他们。他们已经有力地改革了中国社会，但社会改革家们却一心注目于政治，把他们冷落在一边。说到底，他们只能靠钱财发言，但钱财的发言又是那样缺少道义力量，究竟能产生多少精神效果呢？而没有外在的精神效果，他们也就无法建立内在的精神王国，即便在商务上再成功也难于抵达人生的大安详。

⊙

是时代，是历史，是环境，使这些商业实务上的成功者没能成为历史意志的觉悟者。一群缺少皈依的强人，一拨精神贫乏的富豪，一批在根本性的大问题上不大能掌握得住自己的掌柜。

⊙

如果身处寂静之境而心底喧闹，还不如身处闹市而身心俱定。

⊙

小事很可能闹大，但闹大了也还是小事。闹大了的小事容易激发起不良情绪，在不良情绪下又容易把小事错当成大事，大张旗鼓地闹起来。因此，其间的关键是不良情绪。不良情绪来自何方？来自缺乏自信的自卫本能，来自反常的心理敏感。委屈、难堪、沮丧，都与此有关。

既然明白了，那么就让我们对自己承诺：不管在什么情况下都拒绝受不良情绪的奴役，心中永远是净水一潭。

对，是净水一潭。任凭天上云卷云舒，我只给个倒影，不起一丝涟漪。

⊙

毫无疑问，仅仅忍受还不是理想状态。如果能把忍受在心底的硬块化解掉，那才是更明净的境界。

心中的硬块主要是对进攻者的默默记恨。恨而能默，已不容易，但最好还是把恨从根本上拔除。这是有困难的，因为许多具体场面都已在心中留存，一想到就会激愤陡起，只想吐一口怨气，如何拔除得了？

⊙

真实是有效的基础，却未必等于有效。

⊙

经验告诉我们：人世间的愚昧、自私、冷漠、偏执、极端、嫉妒、排他、狂妄，即人世间的一大半恶，都因心理空间的狭小而形成。

⊙

我鄙视一切嘲笑受难者的人。我怀疑，当某种灾难哪一天也会降落到他们头上，他们会做什么。他们当然绝对不会去救助别人，因为别人有道德缺陷，正在接受惩罚，于是他们就趁火打劫、谋财害命，来帮助完成那种处罚。事后，他们万一幸存，又会滔滔不绝地成了一个出淤泥而不染的道德学家。

⊙

选择是多元世界的权利，但就其本质而言，却是孤独的结果。

⊙

世上最惊人的是真实，最感人的是说出真实。中国已经有人敢于这样说了，一切都有了希望。

⊙

当谦虚和宽容模糊了基本是非，它们也就成了鼓励诬陷和伤害的“恶德”。

⊙

荣格指出，“集体人格”并不是形成于当代人们的有生之年。最早的种子，可能在“神话”中就播下了。每个古老的民族都有很多“大神话”，后面还会引发出很多“小神话”，这就是荣格所说的“梦”。

这一来，“集体人格”就具有了长期稳定的象征意义。照荣格的一个漂亮说法，成了“有故乡的灵魂”。

顺着这个思路，中国人的集体人格也是有“故乡”的。那“故乡”，首先是神话，例如“女娲补天”“精卫填海”“夸父追日”“嫦娥奔月”等。每一个中国人的灵魂深处都埋藏着这些遥远的“故乡”。当然，神话只是起点，“集体人格”的原型建立是一个复杂的人类学工程。对于一般人来说，只须明白，文化的最后一级台阶，就是为灵魂找到故乡，或者说，找到有故乡的灵魂。

⊙

“君子”，终于成了中国人最独特的文化标识。世界上的其他民族，在集体人格上都有自己的文化标识。除了利玛窦的“圣徒人格”和“绅士人格”外，还有“灵修人格”“骑士人格”“浪人人格”“牛仔人格”等。这些标识性的集体人格，互相之间有着巨大的区别，很难通过学习和模仿全然融合。这是因为所有的集体人格皆如荣格所说，各有自己的“故乡”。从神话开始，埋藏着一个遥远而深沉的梦，积淀成了一种潜意识、无意识的“原型”。

“君子”作为一种集体人格的雏形古已有之，却又经过儒家的选择、阐释、提升，结果就成了一种人格理想。儒家先是谦恭地维护了君子的人格原型，然后又鲜明地输入了自己的人格设计。这种在原型和设计之间的平衡，贴合了多数中国人的文化基因和文化选择，因此儒家也就取得了“独尊”的地位。

⊙

在实际生活中，人们常常不分大小高低，在不该羞耻处感到羞耻，在应该羞耻处却漠然无羞。

因此，并不是一切羞耻感都属于君子。君子恰恰应该帮人们分清，什么该羞耻，什么不该羞耻。

既然小人没有羞耻感，那么多数错乱地投放羞耻感的人，便是介乎君子、小人之间的可塑人群。他们经常为贫困而羞耻，为陋室而羞耻，为低位而羞耻，为失学而羞耻，为缺少某种知识而羞耻，为不得不请教他人而羞耻，为遭受诽谤而羞耻，为强加的污名而羞耻……太多太多的羞耻，使世间多少人以手遮掩，以泪洗面，不知所措。其实，这一切都不值得羞耻。

⊙

生性温和、一生好运的歌德是一直追求平衡的，他在魏玛做了大半辈子的高官，又在写《浮士德》，几乎没有遇到过麻烦，应该说是很平衡的了。但是他越来越感到平庸的痛苦，后来席勒的出现挽救了他，每天只跟他谈艺术问题，不谈政务。席勒需要歌德的帮助，但在精神上反而帮助了歌德，抗拒了他已经出现的平庸。

⊙

与一般的成功者不同，壮士绝不急功近利，而把生命慷慨地投向一种精神追求。以街市间的惯性目光去看，他们的行为很不符合普通生活的逻辑常规。但正因为如此，他们也就以一种强烈的稀有方式，提醒人类超拔寻常，体验生命，回归本真。他们发觉日常生活更容易使人迷路，因此宁肯向着别处出发。别处，初来乍到却不会迷路，举目无亲却不会孤独，因为只有在别处才能摆脱惯性，摆脱平庸，在生存的边界线上领悟自己是什么。

壮士不必多，也不会多。他们无意叫人追随，却总是让人震动。

⊙

真正属于心灵的财富，不会被外力剥夺，唯一能剥夺它的只有心灵自身的毛病，但心灵的毛病终究也会被心灵的力量发现、解析并治疗，何况我们所说的都是高贵的心灵。

⊙

逼迫好人自杀的一定是邪恶，但好人既然连死都不怕，为什么要去怕邪恶？可见还有一种比邪恶更为恐怖的力量横亘其间。

⊙

善良，善良，善良……

这是一个最单纯的词汇，又是一个最复杂的词汇。它浅显到人人都能领会，又深奥到无人能够定义。它与人终生相伴，但人们却很少琢磨它、追问它。

在黑灯瞎火的恐怖中，人们企盼它的光亮，企盼得如饥似渴、望穿秋水；但当光明降临的时候，它又被大家遗忘，就像遗忘掉小学的老师、早年的邻居，遗忘得合情合理、无怨无悔。

⊙

人类在善良的问题上其实是有过大构建、大作为的，后代的局部迷失，是一种精神倒退。我们可以疏离佛教，批评佛教，却无法漠视它雄伟精致的精神构建。

精神无形无质，没有构建极易流散。精神构建又不能成为社会事功的暂时附从，而应该是一座独立的圣殿。只有在这样的圣殿中，善良才能保持自己生生不息、历久弥新的地位。绝大多数人都有善的天性，每个社会都有大量的善人善行，但是如果没有精神构建，这一切就会像荒山中的香花，污淖中的嘉禾，不成气候，难于收获，连它们自己也无法确认自己的价值。

因此，善良的人们或迟或早总会对精神构建产生某种企盼。即便他们未必信奉哪种宗教，耳边也时时会有晨钟暮鼓在鸣响。

⊙

文化知识不等于文化素质，文化技能更不等于文化人格。离开了关爱人类的人格基座，文化人便是无可无不可的一群，哪怕他们浑身书卷气，满头博士衔。

⊙

一个人最值得珍视的是仁慈的天性，这远比聪明重要；如果缺乏仁慈的天性，就应该通过艰苦修炼来叩击良知；如果连良知也叩击不出来，那就要以长期的教育使他至少懂得敬畏、恪守规矩；如果连这也做不到，那就只能寄希望于他的愚钝和木讷了；如果他居然颇具智能，又很有决断，那就需要警觉，因为这样的人时时有可能进入一种可怖的梦魇，并把这种梦魇带给别人。应该发现这样的人，并且尽量将他们安置在高人手下，成为一种技术性的存在，避免让他们独自在空旷寂静的地方，做出危及他人命运的行为选择。这也是为他们好。

⊙

如果忘记了善良和仁慈，只知一味地与别人争夺成功，那才叫真正的平庸。成不成属于术，善不善属于道，我们岂能求术而舍道?

⊙

无人格之善，不成其为善；无尊严之爱，不成其为爱。善和爱的任何低级变态，是善和爱的自毁形态。

让善有声，让爱有形；让善有格，让爱有尊。

让善与爱，不再成为一种企盼，一种念叨，而是从一个有骨骼、有体魄的人身上发出。因此，它们与人格尊严，互为因果。

⊙

人格之所以称之为“人格”，必定有格局，有格调，有品格，有风骨，有架势，有韵致。与“格”外大异其趣，方成其“格”。它自成价值系统，自通经络血脉，对于外来的附着物和寄生物，不加怜恤；对于自身的衍生物和牵带物，不予纵容；对于强加的污损物和腐蚀物，彻底拒绝。但是，它有表情，有度量，有善爱，有健全的人应该具备的基本素质。这种内柔外刚的生命结构和精神造型，便是人格。

由于长久的维护，这种生命结构和精神造型成为社会一种不可轻侮的高贵存在，这便是尊严。

⊙

年青一代，不要在整体上鄙视世界上任何一个庞大的人群。很多傲慢都来自无知，终究是文化毒药。

⊙

一切攻击他人尊严的人不知，他们最终损害的不是哪个他人，而是人间尊严。结果，他们脚下的泥土也下沉了，不愿共享尊严，只能共享污浊。

⊙

人格尊严的表现不仅仅是强硬。

强硬只是人格的外层警卫。到了内层，人格的天地是清风明月，柔枝涟漪，细步款款，浅笑连连。

⊙

唯有善和爱，才决定人类之为人类。

⊙

慈善绝不是一种居高临下的恩赐，而是一种寻找人生意义的自我救赎。

中国城市的街道上，也出现了大量为残疾人铺设的特殊便道。

每次看到，我总是想：这是残疾人的行走便道，更是全人类的精神便道。

⊙

中国文人的“原型”是孔子、老子、庄子，中国文人在精神品德上的高峰是屈原和司马迁；中国文人在人格独立上的“绝唱”是魏晋名士。

⊙

毫无疑问，最让人动心的是苦难中的高贵，最让人看出高贵之所以高贵的，也是这种高贵。凭着这种高贵，人们可以在生死存亡线上的边缘上吟诗作赋，可以用自己的一点温暖去化开别人心头的冰雪，继而可以用屈辱之身去点燃文明的火种。他们为了文化和文明，可以不顾物欲利益，不顾功利得失，义无反顾，一代又一代。

⊙

为什么世间君子那么稀少？因为他们从出发地走来要跨越太高的门槛、太深的沼泽、太多的哄闹。结果，一大批沉浸，一大批失踪，一大批叛逃。

⊙

天地间又毕竟存在着一种不被现实困厄掩埋的“至情”。只有这种力敌生死的“至情”，才能构成对于扼杀感情的黑暗现实的挑战。一切萎弱的感情细流根本无法与那么沉重的礼教相抗衡。

⊙

一个知识分子放弃了自己的个体人格，就会想方设法以伪装

槐陰莫蟬圖
三徑莓苔上玉階詩翁六
月不曾來空山落日無人
響斷續蟬聲在綠槐

来填补，于是我们看到了大量道义的旗帜、亢奋的口号、夸张的愤怒……而且这些伪装都想在人群中激起反响，让大家对他们的“人格”进行欢呼。

⊙

只有跋涉过荒漠的人才能真正懂得摆脱荒漠是怎么回事。其实，即使没有跋涉过荒漠的人，在人格和思维上都可能出现严重的“荒漠化”，怎么办？去请教从荒漠处走来的人。

当然，我真正从人格和思维上走出荒漠，还要感谢阅读。选人类历史上公认的第一流思想成果来虔诚学习，如饥似渴，孜孜不倦，很快就会使对比更加强烈，使惊喜更加深刻。在这个时候就必须发声，因为只有发声才能使复苏的人性获得客观形态，使自己相信，也使大地相信。

⊙

觊觎官场、敢于忍耐、奇妒狂嫉、虚诈矫情……即使在科举的缝隙中出了一些出色的学者和艺术家，大多也是自吟自享型的，很少真正承担社会的精神责任。

⊙

世间很多珍贵的友情都是这样，看起来亲密得天荒地老、海枯石烂了，细细一问却很少见面。相反，半辈子坐在一个办公室面对面的人，很可能尚未踏进友谊的最外层门槛。

⊙

杜甫一生几乎都在颠沛流离中度过，安史之乱之后的中国大地被他看了个够。他与李白很不一样：李白常常意气扬扬地佩剑求仙，一路有人接济，而杜甫则只能为了妻小温饱屈辱奔波，有的时候甚至像难民一样不知夜宿何处。但是，就是在这种情况下，他创造了一种稀世的伟大。

那就是，他为苍生大地投注了极大的关爱和同情。再小的村落，再穷的家庭，再苦的场面，都逃不过他的眼睛。他静静观看，细细倾听，长长叹息，默默流泪。他无钱无力，很难给予具体帮助，能给的帮助就是这些眼泪和随之而来的笔墨。

⊙

一种被关注的苦难就已经不是最彻底的苦难，一种被描写的苦难更加不再是无望的泥潭。中国从来没有一个文人，像杜甫那样用那么多诗句告诉全社会苦难存在的方位和形态，以及苦难承受者的无辜和无奈。因此，杜甫成了中国文化史上最完整的“同情语法”的创建者。后来中国文人在面对民间疾苦时所产生的心理程序，至少有一半与他有关。

⊙

人是可塑的。一种特殊的语法能改变人们的思维，一种特殊的程序能塑造人们的人格。中国文化因为有过了杜甫，增添了不少善的成分。

人世对他，那么冷酷，那么吝啬，那么荒凉；而他对人世却完全相反，竟是那么热情、那么慷慨、那么丰美。这就是杜甫。

⊙

天下万物中，能够做人不容易，不妨开心过完一生。开心的障碍是重重忧郁和烦恼，但是只要像我这样时时记得地球是怎么回事、人类是怎么回事，那些琐琐碎碎的障碍就会顷刻不见，那些曾经压迫过我们的荣誉、事业、地位也会顷刻不见。于是，整个身心都放下了，轻松了，开心了，再看周边热闹，全都成了表演。看一会儿表演也不错，然后走路。陌生的山河迎面而来又一一退去，行走中的人更能知道生存是什么。

⊙

再宏伟的史诗也留不住，只剩下与之相关的无言山河。陆游说："细雨骑驴入剑门。"剑门是权力地图的千古雄关，但消解它的，只是雨，只是驴。

史书也会变成文字存之于世，顾炎武说："常将《汉书》挂牛角。"皇皇汉代，也就这么晃荡在牛角上了。那牛，正走在深秋黄昏的山道间。

陆游、顾炎武他们在旅行中让人间的大事变小、变软、变轻，这颇合我意。历史是山河铸造的，连山河都可以随脚而过，那历史就更不在话下了。

我不能预计地球的寿命、人间的祸福，却希望有更多的人走在路上。

⊙

美食需要有一些基本条件，需要一代代厨师不断在探索中创建规范，并不断接受美食家们的检验。土俗饮食一成不变，制作简陋，不应与美食混为一谈。

美食发展到一定阶段也会返璞归真，再挑剔的美食家也无法轻视家常菜。这种现象常常产生一种文化误会，以为越是土俗就越具有推广意义，这就否定了文明的等级、交融的意义。一个人在遍尝世间美味之后再度钟爱的家常菜，其实已经经过严格的重新选择。

重新选择出来的东西也未必值得推广。任它们离开条件四处张扬，只能让它们四处狼狈。

⊙

人生在世，不要玩弄小聪明。世上多的是智者慧眼，你们的种种作态，很容易被看破。只是由于那些套路过于低陋，他们不愿理会，任你们笨拙地玩下去。等到玩过火了，他们也不想转身，只是听着警车警笛的声音响起，微微一笑而已。

⊙

千万不要对自己的智商有过高的判定。大愚若智，大智若愚。世上真正的高人单纯得像个婴儿。天道无欺，大为无伪，自古以来一切巨匠胜业都直白坦然。

⊙

人生不易又至易。只要洗涤诈念，鄙弃谋术，填平阴沟，拆去暗道，明亮苍穹下的诚实岁月，才是一种无邪的享受。

⊙

日常生活中也有很多无形的“高墙”和“铁窗”，因此也可以称之为“另类监狱”。不必说这位前任官员提到的“职务、权力、人际关系”了，即便是官僚体系之外的普通民众，也整天为小小的名利而折腾得精疲力竭，所以中国古语中有“名缰利锁”这种说法，完全把名利看作了捆押罪犯的缰绳和锁链。只不过这种“罪犯”是自任、自判、自惩、自押的，明明做了“罪犯”还在街市间扬扬得意。

⊙

谁也不要躲避和掩盖一些最质朴、最自然的人生课题，如年龄问题。再高的职位，再多的财富，再大的灾难，比之于韶华流逝、岁月沧桑、长幼对视、生死交错，都成了皮相。北雁长鸣，年迈的帝王和年迈的乞丐一起都听到了；寒山扫墓，长辈的泪滴和晚辈的泪滴却有不同的重量。

也许你学业精进、少年老成，早早地跻身醇儒之列，或统领着很大的局面，这常被视为“成功”。但这很可能带来一种损失——失落了不少有关青春的体验。你过早地选择了枯燥和庄严、艰涩和刻板，就这么提前走进了中年。

也许你保养有方、驻颜有术，如此高龄还是一派中年人的节奏和体态，每每引得无数同龄人的羡慕和赞叹。但在享受这种超常健康的时候应该留有余地，因为进入老年也是一种美好的况味。何必吃力地搬种夏天的繁枝，来遮盖晚秋的云天。

什么季节观什么景，什么时令赏什么花，这才完整和自然。

⊙

“成功”的正常含义，是完成了一件让大家高兴的好事，但现在民间追求的“成功”，却把大家当作了对手，争夺只属于自己的利益。下一代刚刚懂事，就从家长、老师那里接受了这个伪坐标。很多家长直到今天还坚守“不能让孩子输在起跑线上”的奇怪志向，拉拽着自己幼小孩子的手开始了争取“成功”的险恶长途。

“成功”这个伪坐标的最大祸害，是把人生看成“输赢战场”，并把“打败他人”当作求胜的唯一通道。因此，他们经过的地方迟早会变成损人利己的精神荒路。

⊙

我一直认为，一个人对父辈的继承，继承财产是最低等级，继承学识是中间等级，继承健康才是最高等级。这里所说的健康，包括生理健康和心理健康。孔子一生历尽磨难却一直身心健康，我想与他这位扛起了城门的父亲很有关系。他也凭一人之力扛起了一座大门。这门，比城门还要大，还要重。

⊙

一杯上好的绿茶，能把漫山遍野的浩荡清香，递送到唇齿之间。茶叶仍然保持着绿色，挺拔舒展地在开水中浮沉悠游，看着就已经满眼舒服。凑嘴喝上一口，有一点草本的微涩，更多的却是一种只属于今年春天的芬芳，新鲜得可以让你听到山岙白云间燕雀的鸣叫。

⊙

乌龙茶就深厚得多，虽然没有绿茶的鲜活清芬，却把香气藏在里边，让喝的人年岁陡长。相比之下，“铁观音”浓郁清奇，“大红袍”饱满沉着，连红茶“金骏眉”，也展现出一种很高的格调，平日喝得不少。

⊙

普洱茶在陈酽、透润的基调下变幻无穷，而且每种重要的变换都会进入茶客的感觉记忆，慢慢聚集成一个安静的“心理仓贮”。

在这个“心理仓贮”中，普洱茶的各种口味都获得了安排，但仍然不能准确描述，只能用比喻和联想稍加定位。

这一种，是秋天落叶被太阳晒了半个月之后躺在香茅丛边的干爽呼吸，而一阵轻风又从土墙边的果园吹来。

那一种，是三分甘草、三分沉香、二分当归、二分冬枣用文火熬了半个时辰后在一箭之遥处闻到的药香。闻到的人，正在磬钹声中轻轻诵经。

这一种，是寒山小屋被炉火连续熏烤了好几个冬季后木窗木壁散发出来的松香气息。木壁上挂着弓箭马鞍，充满着草野霸气。

那一种，不是气息了，是一位慈目老者的纯净笑容和难懂语言，虽然不知意思却让你身心安顿，滤净尘嚣，不再漂泊。

这一种，是两位素颜淑女静静地打开了一座整洁的檀木厅堂，而廊外的灿烂银杏正开始由黄变褐。

这些比喻和联想是那样“无厘头”，但是，凡有一点文字感觉的老茶客听了都会点头微笑。只要遇到近似的信号，各种口味便能从茶客们的“心理仓贮”立即被检索出来，完成对接。

⊙

世上很多美食佳饮，虽然不错，但是品种比较单一，缺少生发空间，吃吃可以，却无法玩出大世面。那就抱歉了，无法玩出大世面就成不了一种像模像样的文化。以我看来，普洱茶丰富、复杂、自成学问的程度，在世界上，只有法国的红酒可以相比。

⊙

按照正常的审美标准，漂亮的还是绿茶、乌龙茶、红茶，不仅色、香、味都显而易见，而且从制作到包装的每一个环节都可以打理得精美绝伦。而普洱茶就像很多发酵产品，既然离不开微生物菌群，就很难“坚壁清野”、整洁亮丽。

从原始森林出发的每一步，它都离不开草叶纷乱、林木杂陈、虫飞禽行、踏泥扬尘、老箕旧篓、粗手粗脚的鲁莽遭遇，正符合现在常说的“野蛮生长”。直到最后压制茶饼时，也不能为了脱净蛮气而一味选用上等嫩芽，因为过于绵密不利于发酵转化，而必须反过来用普通的“粗枝大叶”构成一个有梗有隙的支撑形骨架，营造出原生态的发酵空间。这看上去，仍然是一种野而不文、糙而不精的土著面貌，仍然是一派不登大雅之堂的泥味习性。

但是，漫长的时间也能让美学展现出一种深刻的逆反。青春芳香的绿茶只能浅笑一年，笑容就完全消失了。老练一点的乌龙茶和红茶也只能神气地挺立三年，便颓然神伤。这时，反倒是看上去蓬头垢面的普洱茶越来越光鲜。原来让人担心的不洁不净，经过微生物菌群多年的吞食、转化、分泌、释放，反而变成了大洁大净。

你看清代宫廷仓库里存茶的那个角落，当年各地上贡的繁多茶品都已化为齑粉，沦为尘土，不可收拾，唯独普洱茶，虽历百余年仍筋骨疏朗，容光焕发。

⊙

普洱茶的品质是天地大秘。在获得理性自觉之前，唯口舌知之，身心知之，时间知之。当年的茶商们虽深知其秘而无力表述，但他们知道，自己所创造的口味将随着漫长的陈化过程而日臻完美。会完美到何等地步，他们当时还无法肯定。享受这种完美，是后代的事了。

⊙

这年月，老茶已经收不到，也存不起了。对于每年的新茶，我们虽然可以选得很精，但还是没有能力多收。我们只想把自己的眼光变成一小堆物态存在，然后守着它们，慢慢等待。等待它们由青涩走向健硕，走向沉着，走向平和，走向慈爱，最后，走向丝竹俱全的口中交响，却又吞咽得百曲皆忘。

具体目的，当然是到时候自己喝，送朋友们喝。但最大的享受是使人生多了一份惦念。这种惦念牵连着贮存处的一个角落，再由这个角落牵连南方的连绵群山。这一来，那一小堆存茶也就成了一种媒介，把我们和自然连在了一起，连得可触可摸、可看可闻、可感可信。说大了，这也就从一个角度，体验了“天人合一”的人格模式和文化模式。

⊙

有些现代艺术也体现了人生的另一类况味：和美、坚毅、报偿。美国电影《金色池塘》展现了一种极为美好的人生晚年。是谁给了这对老年夫妻以如此富有魅力的晚年岁月？不是他们的女儿，也不是社会福利院，更不是百万家私、飞来横财，而是人生本身。漫长的人生，使他们之间的关系已完全调适，调适到了天然和谐的地步。悠远的岁月，使他们世俗的火气全消，只剩下了人生中最晶莹的精髓。终点临近，使他们再也无意于浮嚣的追求，更珍惜彼此的深情。于是，毫无疑问，最美好的馈赠，正是来自人生。

⊙

易卜生在自己的青年和老年时代偏向于整体哲理，而在中年时代偏向于社会问题，这个现象本身或许也具有象征意义。无论是个人还是人类整体，童稚时代和历尽沧桑后的回归期常常能首尾相衔，对世界和人生的整体意义产生惊讶和回味，而中年时代则有清明的头脑和充沛的精力支撑着，沉湎在社会问题的海洋中，搏风斗浪，自以为勇，自以为乐。

⊙

人一上年纪，就会自然熄灭往常误以为灿烂的浮火，静静地去体会人生的厚味。

⊙

人生体验最深刻的地方是无法用言词来传递的，只有让你自己去体验。

⊙

一过中年，人在很大程度上是为朋友们活着了。各种宏大的目标也许会一一消退，而友情的目标则越来越强硬。报答朋友，安慰朋友，让他们高兴，使他们不后悔与自己朋友一场。所谓成功，不是别的，是朋友们首肯的眼神和笑声。我们在任何情况下都在企盼着它们，而不是企盼那没有质感的经济数字和任命文本。我们或许关爱人类，心怀苍生，并不以朋友的圈子为精神终点，但朋友仍是我们远行万里的鼓励者和送别者。我们经由朋友的桥梁，向亿万众生走去。很难设想一个没有朋友的人居然能兼济天下。

⊙

说来难以置信，人们对谣言的需要，首先居然是出于求真的需要。大家对自己的生存环境都有或多或少的迷茫，因迷茫而产生不安全感，因不安全感而产生探询的好奇。尤其对那些高出于自己视线的物象，这种心情更为强烈。长久地仰视总是以不平等、不熟悉为前提的，这会产生一种潜在的恼怒，需要寻找另一种视角来透视，这种视角即便在一根并不扎实的悬藤之上，也愿意一哄而起爬上去看个究竟。

⊙

恶者拨弄谣言，愚者享受谣言，勇者击退谣言，智者阻止谣言，仁者消解谣言。

衰世受困于谣言，乱世离不开谣言，盛世不在乎谣言。

那么，说了千言万语，我们能做的事情也许只有一件：齐心协力，把那些无法消灭的谣言安置到全社会都不在乎的角落。

因为，我们至少应该争取成为智者，而且曾经从衰世走出。

⊙

与其他毛病相比，嫉妒的价值非同一般。它比一般的性格特征严重，严重到足以推进人格的挣扎、事件的突变，但它又不强悍到可以混淆善恶的基本界限；嫉妒具有很大的吸附性，既可以附着于伟大的灵魂、高贵的躯体，也可以附着于躲闪的心机、卑琐的阴谋，几乎可以覆盖文学中的一切人物；更何况一切被它覆盖的人物不管是好是坏都不愿意公开承认它的存在，焦灼在隐秘中，愤怒在压抑中，觊觎在微笑中，大有文学的用武之地。

⊙

人生在世，总是置身于强、弱的双重体验中。强势体验，需要有别人的弱势来对照，弱势体验，则需要寻找强势的背景。据我看，就多数人而言，弱势体验超过强势体验。强势体验大多发生在办公室、会场和各种仪式中，而弱势体验则发生在曲终人散之后，个人独处之时，因此更关乎生命深层。白天蜂拥在身边的追随者都已回家，突然的寂寞带来无比的脆弱，脆弱引起对别人强势的敏感和防范，嫉妒便由此而生。

⊙

嫉贤妒能，是中华民族生命力的最大泄漏口。

嫉妒的起点，是对自身脆弱的隐忧。

但是，一嫉妒，反把自己闹得更脆弱、更低能了。

嫉妒使感受机制失灵，判断机制失调，审美机制颠倒。连好端端一个文化人，也会因嫉妒而局部地成了聋子、傻子和哑巴。

⊙

嫉妒者可以把被嫉妒者批判得一无是处，而实质上，那是他们心底最羡慕的对象。自己最想做的事情，居然有人已经做了而且又做得那么好；自己最想达到的目标，居然有人已经达到而且有目共睹，这就忍不住要用口和笔来诅咒、来批判了。但又不能明火执仗，只能转来转去，东躲西藏。这种特殊的呈现方式就是嫉妒的证据。

⊙

只是为了心头那一点点嫉妒，人们竟然要动那么多脑筋，而且隐晦曲折，用心良苦。嫉妒，支付那么高的成本，实在是人类心头最奢侈的供奉。

嫉妒者总是在强者中寻找对象，他们不会盯住一个来日无多的老者，也不会在乎一个穷困潦倒的才子、身陷囹圄的义士，而总是与正处最佳创造状态的生命体过不去，这不能不使他们长时间陷于自我惊吓之中。对方的每一个成绩都被看成是针对自己的拳脚，成绩不断则拳脚不断，因此只能时时圆睁着张皇失措的双眼，没等多久已感到遍体鳞伤。这种自设战场、自布硝烟的情景有时已近乎自虐狂，但对他们自己来说并不是欺骗和伪造。

⊙

德谟克利特说，嫉妒的人是他自己的敌人；爱比克泰德说，嫉妒是幸运的敌人。

嫉妒是自己的敌人，也是他人的敌人。

这里所说的他人，不只是某几个具体的被妒者。因为嫉妒足以在社会上形成无确定对象的巨大传染性，人类最值得珍视的互爱互融关系，随时都在受到它的严重残害。

⊙

救助弱小是一个无可非议的仁慈口号，而在这个口号背后，无数有着不太弱小的身份因而广受嫉妒的灵魂，在无助地挣扎。谁都认为他们有名望有势力，但他们却一批批喑哑了、消失了。直到死后才不被嫉妒，于是死亡对他们构成了一种最大的救助。暂时不愿死亡的，则渐渐学会了生存的谋略，懂得了装愚守拙，默念着“木秀于林，风必摧之；堆出于岸，流必湍之；行高于人，众必非之”等警句格言，在行为上也就一味地谦之让之、避之退之、观之望之、哼之哈之……这种种作为只为了一个目的：千万不要让嫉妒的目光在自己身上聚焦。

他们可能才高八斗、力敌千钧，但深知一旦让嫉妒的目光在自己身上聚焦，一切都会化为灰烬。

与他们相对照，那些弱者却因嫉妒而同病相怜、一呼百应，结果因嫉妒而浩浩荡荡、无坚不摧。

因此，只要有嫉妒出现，“强者”和“弱者”应该颠倒了读，反转了看。

⊙

下世纪的嫉妒会是什么样的呢？无法预计。我只期望，即使作为人类的一种毛病，也该正正经经地摆出一个模样来。像一位高贵勇士的蹙眉太息，而不是一群烂衣兵丁的深夜混斗；像两座雪峰的千年对峙，而不是一束乱藤缠绕树干。

⊙

任何一种具体的嫉妒总会过去，而尊严一旦丢失就很难找回。我并不赞成通过艰辛的道德克制来掩埋我们身上的种种毛病，而是主张带着种种真实的毛病进入一个较高的人生境界。

⊙

在较高的人生境界上，彼此都有人类互爱的基石，都有社会进步的期盼，即便再激烈的对峙也有终极性的人格前提，即便再深切的嫉妒也能被最后的良知化解。因此，说到底，对于像嫉妒这样的人类通病，也很难混杂人品等级来讨论。我们宁肯承受君子的嫉妒，也不愿面对小人的拥戴。人类多一点奥赛罗的咆哮、林黛玉的眼泪、周公瑾的长叹怕什么？怕只怕那个辽阔的而又不知深浅的泥潭。

⊙

身在人生而蒙昧于人生，蒙昧得无从谈论、无从倾听，这实在是一种巨大的恐怖。

什么样的人谈人生才合适？想来想去，应该是老人，不必非常成功，却一生大节无亏，受人尊敬，而且很抱歉，更希望是来日无多的老人，已经产生了强烈的告别意识，因而又会对人生增添一种更超然的鸟瞰方位。

老人在与死亡近距离对峙的时候很可能会有超常的思维迸发，这种迸发集中了他一生的热量又提纯为青蓝色的烟霞，飘忽如缕、断断续续，却极其珍贵，人们只在挽救着他衰弱的肢体而不知道还有更重要的要挽救。

⊙

境界，让死亡也充满韵味。

死亡，让人生归于纯净。

⊙

既然物质的需要微不足道，那么对他人的关爱和奉献就成了验证自身生命价值的迫切需要。生命如果没有价值，也就没有存在的必要，而这种价值的最高体现，就是有没有使很多其他生命因你而安全，而高兴，而解困。

⊙

老人的健康心态不仅仅是心理调节的结果，他有一种更大的胸怀。什么叫作活着？答曰：一个能够救助其他生命体的生命过程。

⊙

人生，只要还有一线希望，就还有无限的可能。

⊙

人生的过程虽然会受到社会和时代的很大影响，但贯穿首尾的基本线索总离不开自己的个体生命。个体生命的完整性、连贯性会构成一种巨大的力量，使人生的任何一个小点都指向整体价值。一个人突然沮丧绝望、自暴自弃、铤而走险，常常是因为产生了精神上的“短路”，如果在那个时候偶然翻检出一张自己童年时代的照片或几页做中学生时写下的日记，细细凝视，慢慢诵读，很可能会心情缓释、眉宇舒展，返回到平静的理性状态。其间的力量，来自生命本身，远远大于旁人的劝解。

⊙

拿起自己十岁时候的照片，不是感叹韶华易逝，青春不再，而是长久地逼视那双清澈无邪的眼睛，它们提醒你，正是你，曾经有过那么强的光亮，那么大的空间，那么多的可能，而这一切并未全然消逝；它们告诉你，你曾经那么纯净，那么轻松，今天让你苦恼不堪的一切本不属于你。这时，你发现，早年自己的眼神发出了指令，要你去找回自己的财宝，把不属于自己的东西放回原处。除了照片，应该还有更多的其他信号把我们的生命连贯起来。

⊙

因尊严，万事万物才默然自主，悄然而立；因自立，琳琅世界才有迹可循，有序可寻。

没有尊严，世间便是一个烂泥塘。

兰花香了，远远就能闻到。游客们纷至沓来，但在走近它时都放慢了脚步，走得很轻，无语无笑。究竟有一种什么样的崇高力量在无形中随着香气进退，让人不得不恭敬起来？

蜡梅开了，这种力量又在隐约。人们为了不去惊动，连压在花瓣上的雪片也不去抖落，连积在花枝下的雪堆也不去清扫。孩子们也懂得轻轻摆手："嘘，到别处去燃放鞭炮！"

离兰花和蜡梅花非常遥远的沙漠，长年无水。那成片的胡杨树居然几百年不枯死；终于死了，又几百年不倒地；终于倒地，又几百年不腐烂。

植物界的尊严已让人动容，更不必说动物界。

⊙

真希望世间能有更多的人珍视自己的每一步脚印，勤于记录，乐于重温，敢于自嘲，善于修正，让人生的前前后后能够互相灌溉，互相滋润。其实，中国古代显赫之家一代代修续家谱也是为了前后之间互相灌溉、互相滋润，你看在家谱中呈现出来的那个清晰有序的时间过程是那么有力，使前代为后代而自律，使后代为前代而自强，真可谓生生不息。个人的生命也是一个前后互济的时间过程，如能留诸记忆，定会产生一种回荡激扬的动力循环，让人长久受益。一个人就像一个家族一样，是不是有身份、有信誉、有责任，就看是否能把完整的演变脉络认真留存。

⊙

我们也许已经开始后悔，未能把过去那些珍贵的生活片段保存下来，殊不知，多少年后，我们又会后悔今天。如果有一天，我们突然发现投身再大的事业也不如把自己的人生当作一个事业，聆听再好的故事也不如把自己的人生当作一个故事，我们一定会动手动笔，做一点有意思的事情。不妨把这样的事情称为"收藏人生的游戏”。让今天收藏昨天，让明天收藏今天，在一截一截的收藏中，原先的片段连成了长线，原先的水潭连成了大河，而大河，就不会再有腐臭和干涸的危险。

⊙

绝大多数的人生都是平常的，而平常也正是人生的正统形态。岂能等待自己杰出之后再记载？杰出之所以杰出，是因为罕见，我们把自己连接于罕见，岂不冒险？既然大家都很普通，那么就不要鄙视世俗年月、庸常岁序。不孤注一掷，不赌咒发誓，不祈求奇迹，不想入非非，只是平缓而负责地一天天走下去，走在记忆和向往的双向路途上，这样，平常中也就出现了滋味，出现了境界。珠穆朗玛峰的山顶上寒冷透骨，已经无所谓境界，世上第一等的境界都在平实的山河间。秋风起了，芦苇白了，渔舟远了，炊烟斜了，那里便是我们生命的起点和终点。

⊙

想到起点和终点，我们的日子空灵了又实在了，放松了又紧迫了，看穿了又认真了。外力终究是外力，生命的教师只能是生命本身。那么，就让我们安下心来，由自己引导自己，不再在根本问题上左顾右盼。

⊙

左顾右盼，大漠荒荒，其实自己的脚印能踩出来的只是一条线。不管这条线多么自由弯曲，也就是这么一条。要实实在在地完成这一条线，就必须把一个个脚印连在一起，如果完全舍弃以往的痕迹，那么谁会在意大地上那些零碎的步履？我在沙漠旅行时曾一次次感叹：只有连贯，而且是某种曲线连贯，才会留下一点美，反之，零碎的脚印，只能是对自己和沙漠的双重糟践。

⊙

我最合适什么？最做不得什么？容易上当的弯路总是出现在何处？最能诱惑我的陷阱大致是什么样的？具备什么样的契机我才能发挥最大的魅力？在何种气氛中我的身心才能全方位地安顿？……这一切，都是生命历程中特别重要的问题，却只能在自己以往的体验中慢慢爬剔。昨天已经过去又没有过去，经过一夜风干，它已成为一个深奥的课堂。这个课堂里没有其他学生，只有你，而你也没有其他更重要的课堂。

⊙

收藏人生，比收藏书籍、古董更加重要。收藏在木屋里，收藏在小河边，在风夕雨夜点起一盏灯，盘点查看一番，第二天风和日丽，那就拿出来晾晾晒晒。

⊙

不要为人生制定太多归宿性的目标。一切目标都是黑暗的，至少是朦胧的，只有行动才与光亮相伴。

⊙

人生有“节气”，但大家常常忘了。

太多奇怪的坐标干扰了世人的节气感受。人们那么不在乎春天中的细雨，细雨中的雷鸣，雷鸣后的暑气，暑气后的霜露……人们只有在不得已碰到酷热和严寒时才感知季节，却是那样被动，那样紧张，那样狼狈……

对于自然节气和人生节气，人们已经失去了欣赏的敏感，因此，也失去了欣赏的权利。

⊙

人生的滋味，在于品尝季节的诗意——从自然的季节到生命的季节。

季节，不品尝也在。但只有品尝，诗意才会显现。有了诗意，人生才让人陶醉。

⊙

这种陶醉不是一片酩酊，而是像我外公喝酒，喝得很慢、很深，一口一口很少间断。人人都在人生中，但发现人生，却需要特殊的眼光。

⊙

未知和无知并不是愚昧，真正的愚昧是对未知和无知的否认。

⊙

人折腾人，人摆布人，人报复人，这种本事，几千年来也真被人类磨砺到了炉火纯青的地步，但我实在不知道该不该把它划入文明发展史。如果不划入，许多智慧故事、历史事件便无处落脚；如果划入，文明和野蛮就会分不清界限。

⊙

人生滋味，毕竟比血火智谋醇厚得多，也真切得多了。

⊙

一切走向崭新人生的人，都是原先生活轨道上的同伴所不可寻访的。新世纪的新生活，就是山风阵阵的悬崖，就是乱石处处的山地，它拉走了整整一代人，全都失踪在它神秘的怀抱里。在上一个世纪的眼光里，他们遭到了不幸的毁灭，但在这个世纪的眼光里，他们却是新世纪的公民。

⊙

人生是由许多小选择组成的，但也会遇到大选择。

小选择和大选择的区别，并不完全在于事情的体量和影响。

一只关在笼子里的天鹅在世界美禽大赛中得了金奖，偶尔放飞时却被无知的猎人射杀，这两件事都够大，但对这只天鹅来说，都不是它自己的选择。相反，它的不起眼的配偶在它被射杀后哀鸣声声、绝食而死，则是大选择。

⊙

如果说人生是一条一划而过的线，那么具有留存价值的只能是一些点。把那些枯萎的长线头省略掉吧，只记着那几个点，实在也够富足的了。

⊙

在孔子和其他君子的内心，名誉，是建立社会精神秩序的个人化示范。名誉，既包含着一个人的道德行为规范，又包含着这种规范被民众接受和敬仰的可能性。因此，名誉是一种生命化的社会教材，兼具启悟力和感染力。一个君子能够让自己成为这种生命化教材，是一种荣耀，也是一种责任。一个社会能够守护一批拥有荣誉的君子，是一种文明，也是一种高贵。

人类社会从野蛮走向文明的平原，最大的变化是懂得了抬头仰望。一是仰望天地神明，二是仰望人间英杰。人们为第一种仰望建立了图腾，为第二种仰望建立了名誉。

两种仰望，都是人类实现精神攀升的阶梯。所不同的是，图腾的阶梯冷然难犯，名誉的阶梯极易毁损。

⊙

“摇啊摇，摇到外婆桥”，不知多少人是在这首儿歌中摇摇摆摆走进世界的，人生的开始总是在摇篮中，摇篮就是一条船，它的首次航行目标必定是那座神秘的桥，慈祥的外婆就住在桥边。早在躺在摇篮里的年月，我们构想中的这座桥好像也是在一个小镇里。因此，不管你现在多大，每次坐船进入江南小镇的时候，心头总会渗透出几缕奇异的记忆，陌生的观望中潜伏着某种熟识的意绪。

⊙

树木本来是可以有很多种用途的，最悲惨的是在尚未成材之时被拔离泥土，成了棍棒。

⊙

一个人的生命，可以变得无限精彩，精彩得远远超出他自己和旁人最大胆的预期。

可惜的是，绝大多数人在年轻时代就被塑造定型，难于精彩了。

第一种是“常规塑造”，而一切常规塑造大多是平庸塑造。这种塑造，一般以家长和教师为主角，以既成的社会职业为范本，使大量前途“无可限量”的年轻人早早地得到了“限量”，成了契诃夫笔下的“套中人”。

第二种是“机谋塑造”，而一切机谋塑造大多是邪恶塑造。这种塑造，一般以生存技巧为借口，以压倒他人为目的，使大量渴望成功的年轻人早早地学到了弱肉强食的丛林原则，终生不再与大善、至善真正结缘。

这两种塑造，都会让塑造者和被塑造者高兴很久。但他们不知道，他们也联手堵塞了一个生命走向精彩的神秘通道。

⊙

成熟是一种明亮而不刺眼的光辉，一种圆润而不腻耳的音响，一种不再需要对别人察言观色的从容，一种终于停止向周围申诉求告的大气，一种不理会哄闹的微笑，一种洗刷了偏激的淡漠，一种无须声张的厚实，一种并不陡峭的高度。

⊙

海洋文明和大河文明视野开阔、通达远近、崇尚流变，这一点早已被历史证明。由这样的文明产生的机敏、应时、锐进、开通等品质也常常成为推进社会变革的先进力量。与此相对比，山地文明一旦剥除了闭塞的包袱，也会以敦厚淳朴、安然自足、坚毅忠诚、万古不移的形态给社会历史带来定力，而这在过去常被我们看成是落后倾向。

其实，就人生而言，也应平衡于山、水之间。水边给人喜悦，山地给人安慰。水边让我们感知世界无常，山地让我们领悟天地恒昌。水边让我们享受脱离长辈怀抱的远行刺激，山地让我们体验回归祖先居所的悠悠厚味。水边的哲学是不舍昼夜，山地的哲学是不知日月。

⊙

人生不要光做加法。在人际交往上，经常减肥、排毒，才会轻轻松松地走以后的路。我们周围很多人实在是被越积越厚的人际关系脂肪层堵塞住、窒息住了。大家都能听到他们既满足又疲惫的喘息声，你们年轻，不要走这条路。

⊙

当我们还在做学生的时候，善良的老师给了我们一个美丽的假象，好像世界上的一切问题都有答案，都有结论，都有裁断。但是，当我们离开校门闯荡世界以后，美丽的假象出现了越来越多的漏洞，直到我们不再对这些漏洞惊恐万状，我们才意识到自己已真正长大。

⊙

向往峰巅，向往高度，结果峰巅只是一道刚能立足的狭地。不能横行，不能直走，只享一时俯视之乐，怎可长久驻足安坐？上已无路，下又艰难，我感到从未有过地孤独与惶恐。世间真正温煦的美色，都熨贴着大地，潜伏在深谷。君临万物的高度，到头来只构成自我嘲弄。我已看出了它的讥谑，于是急急地来试探一下陡坡。人生真是艰难，不上高峰发现不了它，上了高峰又不能与它近乎。看来，注定要不断地上坡下坡、上坡下坡。

⊙

蔑视是一把无声的扫帚，使大地干净了许多。

⊙

我一直认为海伦·凯勒的真实人生故事是上帝故意设计的一

个寓言：对人类而言，陷入黑暗的比走出黑暗的可能高出万倍，我们只能伸出一只手来被别人拉拽，再伸出一只手去拉拽别人。

⊙

人类也就是宇宙间一群无家可归的流浪者，我们的身影比蚁蝼还要细微万倍。曾听到过《出埃及记》那悲怆的歌声，简薄的行囊，粗粝的衣履，苍凉的目光。从哪里来，到哪里去，都不清楚。在这样的长途间，我们除了互相扶持、互相援救、互相关爱，还能做什么呢？

⊙

人生的道路就是从出生地出发，越走越远，由此展开的人生就是要让自己与种种异己的一切打交道。打交道的结果可能丧失自己，也可能在一个更高的层面上把自己找回。在熙熙攘攘的闹市中，要实现后一种可能极不容易。为此，我常常离开城市，长途跋涉，借山水风物与历史精魂默默对话，寻找自己在辽阔的时间和空间中的生命坐标，把自己抓住。

⊙

我们的生命，无非是对时间和空间的有限度占有。倒过来说，也正是那个空间和时间，铸造了我们。

生命的定位和成熟，远比事业的成功重要。然后，只要他们真正关注自身的生命了，那就必然会去寻找那个本原意义上的空间，那个奇特、浓郁、只可意会不可言传的氛围。

我们不是刚刚抵达中年嘛，而造就我们的空间氛围已经枯干，生命随之也变得无所皈依，结果，生命的成熟与生命的无所皈依变成了一个必然的因果关系，这是多么让人心悸和无奈的事实啊。

既然时间可以剥蚀我们的生命空间，那么也就能验证我们的生命韧性。一切都已远逝，但我还活着，面对着远逝的一切和留下的一切，以心灵与时间周旋。

⊙

在没有战争和灾荒的情况下，老三届可以说是二十世纪有文化的青年人中遭受最多磨难和折腾的群体。他们的经历不妨看成是一段历史的生命化缩影。文革的具体事端会渐渐淡忘，但这群人以及他们的后代却以一种乖戾的生命方式做了永久性的记载。无论如何，这群人绝不是历史的展览品，他们还是咬着牙把中国历史的断裂处连接起来了。是的，历史曾使他们的生命断裂，没想到他们在修补了自己的生命之后立即又以生命修补了断裂的历史。这是一个颇具悲壮色彩的故事。

⊙

深刻的两难带来一种无比厚重的人生体验，比一个简单的结论有意思得多了。

⊙

人们通过游戏才能把感性欲望和理性欲望协调起来。那么舞会就是这样的游戏。

⊙

生活常规是把许多不合常规的人堆在一起之后所取的平均数，真正符合常规的人其实是很少的。

⊙

名声不是盔甲，反而使他们受箭面扩大，越是重大的名声就会越是开阔的受箭面，文化又强化了他们的敏感，每一箭都会使他们痛彻肺腑。文化是一种光明的事业，因此他们永远立身于光天化日之下毫无遮盖，暗箭和投枪不知来自何处，于是他们终于在众目睽睽之下受伤了，伤痕处处却又全然无助。连他们的服务对象如读者、观众一时也不会前去救助他们，因为读者、观众会疑惑自己是不是看错了人，只能长时间地观望，殊不知，这种疑惑和观望成了另一种更钝实的打击，使伤势大大加重。

人们在这个问题上似乎总是太矜持、太含蓄、太慎重了，结果听凭无数高贵的灵魂长时间默默流血、独自舔伤、悄然呻吟。我想，只要是文化受了伤，文化的创造者受了伤，我们都必须不分亲疏远近及时赶到，即便被讥讽为盲目也不在乎，因为再盲目的救助也合乎天意大道。

⊙

懈于劳作，荒于事功。

过度的争逐是一种貌似清醒的迷失。清醒在争逐的意志力和权术上，迷失在对自己生命的控制力和人生的终极目标上。有的当事人在争逐中节节胜利，而实际上却陷入了一处越缠越紧的魔圈，培植了一大串仇恨，绷足了防范的警觉，欠下了无数笔人情，留下了一大堆许诺，怎么也解脱不了，直到生命终结。他们表面上控制了大批的职员甚至还控制了某个领域，实际上却无法控制自己。让我们回想一下，我们见到过多少威风凛凛的失控生命！

⊙

生命的失控，更严重的是失控在与他人的敌对情绪里。这也是争逐是否过度的一条界线。一般说来，向自然挑战，向自己挑战，乃至以正常心态向某种事业目标挑战，都算不得争逐过度，但只要敌对情绪产生，情况就全然改观。有了敌对情绪，一切奋斗都或多或少地降格为赌气，奋斗的内容成了假目标，而心目中的敌手却成了真目标。在这真真假假的多重目标的交错中，每走一步都成了对他人和自己的折磨，不再有舒展的时候。有时貌似舒展，但敌对情绪已成为一种求生防身的心理习惯，新的一轮折磨又很快接上。如此人生，真堪一悯！

⊙

世间总还有一些人，在由孩子变成老人的漫长年月中，一直被童话隐隐约约地控制着，让自己和社会散发出善和爱的诗意想象。

⊙

年轻时总是一次次等待着某种深刻的声音来敲醒我们的愚笨，等到年长才发现，真正敲醒我们的，总是通俗的声音。

⊙

一个劳于事功的人如果想要解除职位的桎梏放松一下，比度假村更好的去处是年老父母的膝下。

⊙

一个人的生命状态，由很多因素决定。说到底，由时、空两度决定。时间的维度，伸缩的余地不大；空间的维度，却能左右生命的质量。经验告诉我们：人世间的愚昧、自私、冷漠、偏执、极端、嫉妒、排他、狂妄，即人世间的一大半恶，都因心理空间的狭小而形成。

封闭的借口是，外面有邪恶。其实，如果长久封闭，邪恶必定在门内，而不是在门外。

因此，一旦开放，就很难彻底邪恶了。

⊙

选择的重点不在于专业和职业，而在于态度和境界。在今天的社会生活中，任何一个人在专业和职业上的选择不大自由，而在态度和境界上的选择却具有充分的自由。严格说来，不管什么地方、什么职位，都有可能把事情做得极好，或极差。萨特在一个剧本中表明，即使被关在监狱里，都有可能选择做英雄，或叛徒。

⊙

如果要在专业和职业上作重新选择，当然也可以，但是在此之前一定要认真地经历一个磨合期，看看自己在这项工作上能发挥到什么样的最佳状态。在最佳状态上作重新选择，才是真正有价值的选择。

只有精彩时的选择，才会选择更加精彩。

重新选择，就要果断地放弃昨天。

⊙

苦难让我真正懂得了什么是善良，什么是邪恶，什么是救助，什么是毁损。

我们承认苦难有可能产生正面效果，并不是肯定苦难，赞颂苦难。

苦难的直接效果是负面的，要让它产生正面效果，必须注意到苦难与人格的关系。因为苦难既有可能淬炼人格，也有可能剥夺人格。

⊙

自由的选择其实也就是艰难的选择。艰难什么？艰难于本身所包含的规划，艰难于他们对自由中的自我和规则中的自我，都不认识。

⊙

单向的动机和结果，直线的行动和回报，虽然也能做成一些事，却永远形不成云谲波诡的大气象。后代总有不少文人喜欢幸灾乐祸地嘲笑孔子到处游说而被拒、到处求官而不成的狼狈，这真是以小人之心度君子之腹了。孔子要做官，要隐居，要出名，要埋名，都易如反掌，但那样陷于一端的孔子就不会垂范百世了。垂范百世的必定是一个强大的张力结构，而任何张力结构必须有相反方向的撑持和制衡。

在我看来，连后人批评孔子保守、倒退都是多余的，这就像批评泰山，为什么南坡承受了那么多阳光，却要让北坡去承受那么多风雪？

可期待的回答只有一个："因为我是泰山。"

伟大的孔子自知伟大，因此从来没有对南坡的阳光感到得意，也没有对北坡的风雪感到耻辱。

⊙

人啊，在能够爱、有权利爱的时候，总是太年轻、太草率，他们的阅历太浅，他们选择的范围太小，他们遇到异性的时机太少。因此，初恋初婚常常是不幸的，尽管人们的自尊心和适应力很快就掩盖了这种不幸。当然，他们终于会跨入能够清醒选择的年岁，可惜在这个年岁他们大多已失去了选择的权利。他们的肩上已负荷着道德的重担，他们的身后已有家庭的拖累，他们只能面对着“最佳选择”，喟然一叹，匆匆离去。

人生，有没有可能从根本上摆脱这种苦涩而尴尬的境况呢？似乎很难。即使是在遥远的将来，在更趋健全的人们中间，举世祝福的青年恋人仍然会是草率的，而善于选择的中年人仍然不会那么轻松地去实现自己的选择。谁叫人生把年龄次序和婚姻时间排列得如此合理又如此荒诞呢？因此，谁也不要责怪，事情始源于人生本身所包含的吊诡。只要进入人生，就会或多或少地沾染这个吊诡、这个悖论。

⊙

人类最爱歌颂和赞美的初恋，但在那个说不清算是少年还是青年的年岁，连自己是谁还没有搞清，怎能完成关及终身的情感选择？因此，那种选择基本上是不正确的，而人类明知如此却不吝赞美，赞美那种因为不正确而必然导致的两相糟践；在这种赞美和糟践中，人们会渐渐成熟，结识各种异性，而大抵在中年，终于会发现那个“唯一”的出现。但这种发现多半已经没有意义，因为他们肩上压着无法卸除的重担，再准确的发现往往也无法实现。既然无法实现，就不要太在乎发现，即使是“唯一”也只能淡然颔首、随手挥别。此间情景，只要他平静地表述出来，也已经是人类对自身的嘲谑。

⊙

缺少普遍意义的情感再长再深，也未必会使许多人产生感应。《乱世佳人》中女主角斯佳丽对艾希礼生死不渝的感情，对观众来说是缺少亲切感和说服力的，因此只属于剧中人，或者更大一点，只属于历史。

但是，就在这种总情势下，我们却也能发现某些具有哲理性的亮点。例如，斯佳丽历尽艰险之后才明白自己所深爱的艾希礼是一个无所作为的懦夫，这很能让人同情，原因是这里埋藏着一些普遍性哲理因素。追求的行程和追求的目标突然脱节了，于是以前的追求越是执着就越是显得荒唐和滑稽；如果这是人生情感路途上的寻常现象，那么这也就是人生本身的一大荒诞。

⊙

当男女之间真诚的爱情一旦真的产生在帝王府宅里的时候，将会走过一段多么畸形、多么艰辛的道路。那是一个只有肉欲、没有爱情的所在，爱情的产生便成了一种反常，与其说是幸事，不如说是祸事。

⊙

对在皇家婚姻制度下早已驾轻就熟的皇帝本人来说，即便对某个妃子萌发了一点真情，也总脱不了玩弄性质，洗不尽两性关系上的随意性。

⊙

情与理，即使在同一性质的范围里，也是互为消长的。情的幽暗，带来了历史的理性精神的强化，或者说，正是历史的理性

龍井滌硯圖

精神，荫掩了情的光焰。

⊙

人之为人，还应该保持对友情的向往，并以终生的寻求来实践这种向往。但是，这种寻求其实是去除人们对友情的层层加添——实利性加添，计谋性加添，预期性加添，使友情回归纯净的高贵。

⊙

世间友情从来就不可能是全方位吻合的，只要友情双方都是自主的真人。世间友情也不会是始终保持在同一个精神水平之上的，只要友情双方都是承担多方角色又时时变化着的活人。世间友情更不会是长久相守永不厌倦的，只要友情双方都是有求新、好奇的自然欲望和心理曲线的正常人。

世间友情只是欣喜擦边，只是偶然相逢，只是心意聚合，只是局部重叠，只是体谅相助，只是因缘互尊。这么说有点扫兴，但与真实更加接近。

⊙

我看到，被最美的月光笼罩着的，总是荒芜的山谷。

我看到，被最密集的“朋友”簇拥着的，总是友情的孤儿。

我看到，最兴奋的暮年相晤，总是不外于昔日敌手。

我看到，最怨愤的苍老叹息，总是针对着早年的好友。

我看到，最坚固的结盟，大多是由于利益。

我看到，最决绝的分离，大多是由于情感。

我看到，最容易和解的，是百年血战。

我看到，最不能消解的，是半句龃龉。

⊙

有了朋友，再大的灾害也会消去大半。有了朋友，再糟的环境也会风光顿生。

⊙

不管你今后如何重要，总会有一天从热闹中逃亡，孤舟单骑，只想与高山流水对晤。走得远了，也许会遇到一个人，像樵夫，像路人，出现在你与高山流水之间，短短几句话，使你大惊失色，引为终生莫逆。但是，天道容不下如此至善至美，你注定会失去他，同时也就失去了你的大半生命。

⊙

我曾在澳洲墨尔本西南面三百公里处的海岸徘徊，产生过对这一问题的恐惧联想。在那里，早年异域的船只极难登岸，高耸的峭壁不知傲视过多少轰然而毁的残骸，但终于，峭壁自己崩坍了，崩坍得千奇百怪，悲凉苍茫。人世间友情的崩坍也是这样，你明明还在远眺外来的危险迹象，突然脚下震动，你已葬身大海。

⊙

一个无言的起点，指向一个无言的结局，这便是友情。人们无法用其他词汇来表述它的高远和珍罕，只能留住“高山流水”四个字，成为中国文化中强烈而缥缈的共同期待。

⊙

人的一生，陪在一起走路的人很多，但有的路程，只需短短一截，便终生铭记。

⊙

在很多人的心目中，叛卖友情比牺牲生命更不可想象。我想，只要他们固守的友情不侵害人类的基本原则，这样的人基本上都可以进入“君子”的范畴。倒过来，另有一些人，把友情看作小事一桩，甚至公然表明自己如何为了某个目的而不得不糟践朋友，我真为他们可惜，因为他们不知道只要有这样的一个举动，他们在世俗人心中的形象就永远难于修复了。

⊙

在古今中外有关友情的万千美言中，我特别赞成英国诗人赫巴德的说法：“一个不是我们有所求的朋友，才是真正的朋友。”真正的友情都应该具有“无所求”的性质，一旦有所求，“求”也就成了目的，友情却转化为一种外在的装点。

⊙

世间的友情至少有一半是被有所求败坏的，即便所求的内容并不是坏东西。让友情分担忧愁，让友情推进工作……友情成了忙忙碌碌的工具，那它自身又是什么呢？其实，在我看来，大家应该为友情卸除重担，也让朋友们轻松起来。朋友就是朋友，除此之外，无所求。

⊙

期盼，历来比期盼的对象重要。正如思乡比家乡重要，出路比出口重要，旅人眼中的炊烟比灶膛里的柴火重要。

同样，人类对友情的期盼，是在体验着一种缥缈不定、又游丝条条的生命哲学。而真正来到身边的“友情”，却是那么偶然。

但愿那个迟到了的家伙永不抵达。那就好让我们多听几遍已经飘落在地的呢喃，那些金黄色的呢喃。

正是这种呢喃，使满山遍野未曾飘落的叶子，也开始领悟自己是谁，该做什么。

⊙

文人之间当然也会产生很深的友情，那很可能是出现了某种精神激荡。当然，如果要在精神激荡和文化行为上同时合拍，那就太罕见了。中国古代留下的“高山流水”的佳话，正说明这种合拍以多少人亡琴毁为代价，极难重复又极难仿效。

⊙

孔子本来是有完整的计划的，“修身、齐家、治国、平天下”，但一辈子下来，治国、平天下的目的不仅自己没有达到，而且讲给别人听也等于对牛弹琴。十余年辛苦奔波于一个个政治集团之间，都没有效果。回来一看，亲人的离世使“齐家”也成了一种自嘲。最后，他唯一能抓住的，只有修身，也就是让自己做个什么样的人。因此，他真正实践了的结论，可让别人信赖的结论，也只有这一条。“修身”本是他计划的起点，没想到，起点变成了终点。

⊙

孔子很重要的思想就是以家庭伦理为基础的社会结构的重建。他把家庭的模式，扩大到整个社会结构。

本来，研究社会结构是政治家的事情，一般老百姓不会关心，也缺少思考的资源。没想到孔子创造了一个可亲可爱的思维方式，那就是把人人都能体验的家庭生活方式当作一个象征体，推而广之，使宏观政治问题变成了家庭问题的放大，使一般民众也具备了思考的基点。后来孟子也用了这个思维模式，推己及人，推小及大，借由普通民众能够感受到的境遇来设想一个社会和一个国家。在一般中国人看来，家庭的血缘伦理是自然的，难以动摇的，由此扩大，政治也渐渐变成了一种“自然伦理”。我觉得这是一项高明的理论策略。

⊙

中国人的家庭伦理观念，与农耕文明有关。农耕文明不同于海洋文明和游牧文明。对游牧文明来说，马背是家，帐篷是家，只要远方有水草，就是我要去的地方。海洋文明，则永远在向往彼岸，彼岸在何方，可能永远不知道，因此可能回来，也可能永远不能回来。中国的农耕文明是“精耕细作”的文明，从春耕到秋收有好多程序，非常复杂。它延续的前提就是聚族而居，一家老小“日出而作，日落而息”。聚族而居就要讲究伦理结构，有了这种结构才能完成生产的程序和财物的分配，才能协调彼此的关系。孔子找到了这个结构，并把它扩充来治理天下。他的逻辑结构是从修身开始来齐家，然后是治国平天下。

⊙

在一般意义上，家是一种生活；在深刻意义上，家是一种思念。只有远行者才有对家的殷切思念，因此只有远行者才有深刻意义上的家。

中国历史上每一次大的社会变动都会带来许多人的迁徙和远

行，或义无反顾，或无可奈何，但最终都会进入一首无言的史诗，哽哽咽咽，又回肠荡气。

你看现在中国各地哪怕是再僻远的角落，也会有远道赶来的白发华侨怆然饮泣，匆匆来了又匆匆走了，不会不来又不会把家搬回来。他们抹干眼泪，又须发飘飘地走向远方。

⊙

我想任何一个早年离乡的游子在思念家乡时都会有一种两重性：他心中的家乡既具体又不具体。具体可具体到一个河湾、几棵小树、半壁苍苔；但是如果仅仅如此，焦渴的思念完全可以转换成回乡的行动，然而真的回乡又总是失望，天天萦绕我心头的这一切原来是这样的吗？就像在一首激情澎湃的名诗后面突然看到了一幅太逼真的插图，诗意顿消。因此，真正的游子是不大愿意回乡的，即使偶尔回去一下也会很快出走，走在外面又没完没了地思念，结果终于傻傻地问自己家乡究竟在哪里。

⊙

置身异乡的体验非常独特。乍一看，置身异乡所接触的全是陌生的东西，原先的自我一定会越来越脆弱，甚至会被异乡同化掉。其实事情远非如此简单。异己的一切从反面、侧面诱发出有关自己的思考，异乡的山水更会让人联想到自己生命的起点，因此越是置身异乡越会勾起浓浓的乡愁。乡愁越浓越不敢回去，越不敢回去越愿意把自己和故乡连在一起——简直成了一种可怖的循环，结果，一生都避着故乡旅行，避一路，想一路。

⊙

诸般人生况味中非常重要的一项就是异乡体验与故乡意识的深刻交糅，漂泊欲念与回归意识的相辅相成。这一况味，跨国界而越古今，作为一个永远充满魅力的人生悖论而让人品咂不尽。

⊙

这么潦草的告别，总以为会有一次隆重的弥补，事实上世间的一切都无法弥补，我就潦草地踏上了背井离乡的长途。

⊙

我在河姆渡遗址上慢慢地徘徊，在这块小小的空间里，漫长的时间压缩在一起，把洋洋洒洒永远说不完道不尽的历史故事压缩在泥土层的尺寸之间。文明的人类总是热衷于考古，就是想把压缩在泥土里的历史扒剔出来，舒展开来，窥探自己先辈的种种真相。那么，考古也就是回乡，就是探家。探视地面上的家乡往往会有岁月的唏嘘、难言的失落，使无数游子欲往而退；探视地底下的家乡就没有那么多心理障碍了，整个儿洋溢着历史的诗情、想象的愉悦。

⊙

男人有家眷而抛舍亲情，妓女有感情而无以实现，两相对视，谁的眼睛会更坦然一点?

⊙

爱和善良超越一切，又能把一切激活。没有爱和善良，即使是勇敢的理想，也是可怕的；即便是巨大的成功，也是自私的。

相反，如果以爱和善良为目标，那么文化的精神价值、生活方式和集体人格，全都会因为这个隐藏的光源，而晶莹剔透。

⊙

儒家的爱，有厚薄，有区别，有层次，集中表现在自己的家庭，家庭里又有亲疏差异，其实最后的标准是看与自己关系的远近，因此核心还是自己。

⊙

有等级的爱最终只会着眼于等级而不是爱，一旦发生冲突，放弃爱是容易的，而爱的放弃又必然导致仇。

⊙

故乡对他而言，就像月亮一样，可望而不可即，可思而不可去，可唱而不可说。

因此归来的远行者从一种孤儿变成了另一种孤儿。这样的回归毕竟是凄楚的。

让孤独者获得辽阔的空间
让忧郁者知道无限的道路
让深山美景不再独自迟暮
让书斋玄思不再自欺欺人
那么，走吧

五·行旅

齊璜

⊙

一座城市真正的气度，不在于接待了多少大国显贵，而在于收纳了多少飘零智者。一座城市的真正高贵，不在于集中了多少生死对手，而在于让这些对手不再成为对手，甚至成了朋友。

一座伟大的城市，应该拥有很多“精神孤岛”，不管它们来自何处，也不管它们在别的地方有什么遭遇。

这样的城市古今中外都屈指可数，在我看来，唐代的长安应该名列第一。在现代，巴黎和纽约还差强人意，只是纽约太缺少诗意。

⊙

我一直认为，大学者是适宜于住在小城市的，因为大城市会给他们带来很多繁杂的消耗。但是，他们选择小城市的条件又比较苛刻，除了环境的安静、民风的简朴外，还需要有一种渗透到墙砖街石间的醇厚韵味，能够与他们的学识和名声对应起来。这样的小城市，中国各地都有，但在当时，苏州是顶级之选。

⊙

国际大都市当然需要有经济、交通等方面的基础，但更重要的是一种精神吸引力。它需要有一种特殊的集体心态。

这种心态，简单说来，就是对一切美好事物都有一种吸纳、呈示和保护的欢乐，不管它们来自何处。对于那些一时还不能立即辨别美好还是不美好的事物，也给予存在的权利。

罗马的医术、拜占庭的建筑、阿拉伯的面食、西域各地的音乐舞蹈，都大受唐朝人欢迎。外国来的商人、留学生、外交官、宗教人员随处可见，几乎不存在任何歧视。

人类真正的奇迹是超越环境的。不管周边生态多么落后，金字塔就是金字塔，让人一见之下忘记一切，忘记来路，忘记去处，忘记国别，忘记人种，只感到时间和空间在这里会合，力量和疑问在这里交战。

⊙

站在金字塔前，我对埃及文化的最大感慨是：我只知道它如何衰落，却不知道它如何构建；我只知道它如何离开，却不知道它如何到来。

就像一个不知从何而来的巨人，默默无声地表演了几个精彩的大动作之后轰然倒地，摸他的口袋，连姓名、籍贯、遗嘱都没有留下，多么叫人敬畏。

⊙

耶路撒冷太大，不可能整个成为一个博物馆，但它的种种遗址、古迹、圣迹，却有必要降低对峙意涵，提升文化意蕴，使人们能够更加愉快欣赏。这种说法好像很不切实际，但想来想去，没有更好的路。

在这一点上，我突然怀念起佛罗伦萨。在那里，许多宗教题材也就经由一代艺术大师的创造，变成了全人类共享的艺术经典。从此，其他重量不再重要。

把历史融于艺术，把宗教融于美学。这种景象，我在罗马、梵蒂冈、巴黎还一再看到。由艺术和美学引路，千年岁月也就化作了人性结构。

如果耶路撒冷也出现了这个走向，那么犹太朋友和阿拉伯朋友的心情也会变得更加轻松、健康、美好。

⊙

世上有很多美好的词汇，可以分配给欧洲各个城市，例如精致、浑朴、繁丽、古典、新锐、宁谧、舒适、神秘、壮观、肃穆……

只有一个词，它们不会争，只让它静静安踞在并不明亮的高位上，留给那座唯一的城市。

这个词叫伟大，这座城市叫罗马。

伟大是一种隐隐然的气象，从每一扇旧窗溢出，从每一块古砖溢出，从每一道雕纹溢出，从每一束老藤溢出。但是，其他城市也有旧窗，也有古砖，也有雕纹，也有老藤，为什么却乖乖地自认与伟大无缘?

罗马的伟大，在于每一个朝代都有格局完整的遗留，每一项遗留都有意气昂扬的姿态，每一个姿态都经过艺术巨匠的设计，每一个设计都构成了前后左右的和谐，每一种和谐都使时间和空间安详对视，每一回对视都让其他城市自愧弗如，知趣避过。

因此，罗马的伟大是一种永恒的典范。欧洲其他城市的历代设计者，连梦中都有一个影影绰绰的罗马。

⊙

伟大见胜于空间，是气势；伟大见胜于时间，是韵味。古罗马除气势外还有足够的韵味，你看那个纵横万里的恺撒，居然留下了八卷《高卢战记》，其中七卷是他亲自所写，最后一卷由部将补撰。这部著作为统帅等级的文学写作开了个好头，直到二十世纪人们读到丘吉尔第二次世界大战回忆录时，还能远远记起。

恺撒让我们看到，那些连最大胆文人的想象力也无法抵达的艰险传奇，由于亲自经历而叙述得平静流畅；那些在残酷搏斗中无奈缺失、在长途军旅中苦苦盼望，因由营帐炬火下的笔画来弥补，变得加倍优雅。

罗马的韵味倾倒过无数远远近近的后代。例如莎士比亚就写了《尤利乌斯·恺撒》《安东尼和克莉奥佩特拉》等历史剧，把古罗马黄金时代的一些重要人物一一刻画，令人难忘。尤其是后一部，几乎写出了天地间最有空间跨度、最具历史重量的爱情悲剧。

⊙

如果没有那些小人让米开朗基罗的后半辈子不是长期地陷于苦闷、挣扎之中，而是“创作自己真正的作品”，那么欧洲的文艺复兴必将会更精彩，全人类的美好图像也必将会更完整。因此，我不能不再一次强烈地领悟：历来糟践人类文明最严重的人，不是暴君，不是强盗，而是围绕在创造者身边的小人。

⊙

文化无界，流荡天下，因此一座城市的文化浓度，主要取决于它的吸引力，而不是生产力。

文化吸引力的产生，未必大师云集，学派丛生。一时不具备这种条件的城市，万不可在这方面拔苗助长，只须认真打理环境。适合文化人居住，又适合文化流通的环境，其实也就是健康、宁静的人情环境。

⊙

在真正的大文化落脚生根之前，虚张声势地夸张自己城市已有的一些文化牌号，反而会对流荡无驻的文化实力产生排斥。因此，好心的市长们在向可能进入的文化人介绍本市“文化优势”的时候，其实正是在推拒他们。这并非文人相轻、同行相斥，而是任何成气候的文化力量都有自身独立性，不愿沦为已有牌号的附庸。古本江先生选中里斯本，至少一半是由于这座城市在文化上的“空灵”。

就一座城市而言，最好的文化建设是机制，是气氛，是吐纳关系，而不是一堆已有的名字和作品。

⊙

奥地利的首都维也纳并不古老却很有文化。一百多年前已经有旅行家作出评语：“在维也纳，抬头低头都是文化。”我不知道这句话的含义是褒是贬，但好像是明褒实贬，因为一切展示性的文化堆积得过于密集，实在让人劳累。接下去的一个评语倒是明贬实褒：“住在维也纳，天天想离开却很难离开。”这句评语的最佳例证是贝多芬，他在一城之内居然搬了八十多次家，八十多次都没有离开，可见维也纳也真有一些魔力。

⊙

奥地利山区所有的农舍，不是原木色，就是灰褐色，或是深黑色，不再有别的色彩。在形态上也追求原生态，再好的建筑看上去也是像山民的板屋或茅寮，绝不会炫华斗奇，甘愿被自然掩埋。这种情景与中国农村大异其趣。中国民众总是企图在大地上留下强烈的人为印迹，贫困时涂画一些标语口号，富裕时搭建艳俗的房舍。奥地利告诉我们，人类只有收敛自我才能享受最完美的自然。

⊙

在奥地利的山区农村，看不到那些自以为热爱自然，却又在损害自然的别墅和度假村。很多城里人不知道，当他们“回归自然”的时候，实际上蚕食了山区农村的整体美学生态。奥地利的山区农村中一定也有很多城里人居住，他们显然谦逊得多，要回归自然首先把自己“回归”了，回归成一个散淡的村野之人，如雨入湖，不分彼此。

⊙

荣誉剥夺轻松，名声增加烦恼，这对一个人和对一个城市都是一样。今天的萨尔茨堡不得不满面笑容地一次次承办规模巨大的世界音乐活动，为了方便外人购置礼品，大量的品牌标徽都是莫扎特，连酒瓶和巧克力盒上，也都是他孩子气十足的彩色大头像。这便使我警觉，一种高层文化的过度张扬，也会使广大民众失去审美自主，使世俗文化失去原创活力。

⊙

欧洲文化，大师辈出，经典如云，这本是好事，但反过来，却致使世俗文化整体暗淡，生命激情日趋疲沓，失落了太多的天真稚拙、浑朴野趣。这是我这一路看到的欧洲文化的大毛病。在奥地利，大如维也纳，小如萨尔茨堡，都是这样。为此，我不禁又想念起这座城市在莫扎特出现前的那些闹剧。

⊙

看城市潜力，拥挤的市中心不是标志。市中心是一个旋涡，把衰草污浊旋到了外缘。真正的潜力忽闪在小巷的窗台下，近郊的庭园里。

我在一些充分成熟的欧洲都市看到，除了旅行者，街边坐着的大多是老年人。他们的年轻人到哪里去了？大概各有去处吧，只是不想逛街、坐街。他们把街道交给了爷爷和奶奶。

因此，就城市而言，如果满街所见都年轻靓丽，那一定是火候未到，弦琴未谐。

这就像写作，当形容词如女郎盛妆、排比句如情人并肩，那就一定尚未进入文章之道。文章的极致如老街疏桐，桐下旧座，座间闲谈。

城市这篇文章，也是这样。

⊙

柏林，隐隐然回荡着一种让人不敢过于靠近的奇特气势。

我之所指，非街道，非建筑，而是一种躲在一切背后的缥缈浮动或寂然不动；说不清，道不明，却是一种足以包围感官的四处弥漫或四处聚合；说不清，道不明，却引起了各国政治家的千言万语或冷然不语……

⊙

罗马也有气势，那是一种诗情苍老的远年陈示；巴黎也有气势，那是一种热烈高雅的文化聚会；伦敦也有气势，那是一种繁忙有序的都市风范。柏林与它们全然不同，它并不年老，到十三世纪中叶还只是一个小小的货商集散地，比罗马建城晚了足足两千年，比伦敦建城晚了一千多年，比巴黎建城也晚了六百多年，但它却显得比谁都老练含蓄，静静的，让人捉摸不透。

五十年后两个德国统一，国民投票仍然决定选都柏林，而且也不讳言要复苏普鲁士精神。当然不是复苏丘吉尔所憎恶的那种酿造战争和灾难的东西，但究竟复苏什么，却谁也说不明白。说不明白又已存在，这就是柏林的神秘、老练和厉害。

香畹吟樽圖
花前詩思酒
杯深祇有元方
作賞音可憶棗
翁齋白石唱酬

⊙

世上真正的大问题都鸿蒙难解，过于清晰的回答只是一种逻辑安慰。我宁肯接受这样一种比喻：德意志有大森林的气质，深沉、内向、稳重和静穆。

现在，这个森林里瑞气上升，祥云盘旋，但森林终究是森林，不欢悦、不敞亮，静静地茂盛勃发，一眼望去，不知深浅。

⊙

一个城市没有像样的古迹，一点儿也不丢人。如果这个城市的市民因此而喜欢外出旅游，把全世界的古迹当作自己的财富，那就是把弱项变成了强项。随之，局部文化变成了宏观文化，固守文化变成了历险文化，身外文化变成了人格文化。这不是更好吗？深圳没有高山，但在世界各大高峰的登山者中，深圳市民领先全国其他城市，这便是一个范例。

⊙

城市不直接从事农业生产，但又必须吸纳大量的农产品。它离不开农村，而农村却又未必需要它。一座发育健全的都市需要有自己发达的手工业和商业，有了发达的手工业和商业，它也就有了存在于世的理由，农村也离不开它了。但在中国古代城市里，手工业一直得不到长足的发展，即使有一点也与农村里的小作坊差不了多少，商业更受到传统文化观念的歧视，从商的赚了钱不干别的事，或者捐官，或者买地，仍然支付给官僚农业文明，而并不给商业本身带来多少积累。因此中国的城市可说是一种难以巍然自立的存在，很难对农村保持长久的优势。

⊙

中国城市的寄生性从反面助长了“种瓜得瓜，种豆得豆”式的简单农业思维，在农民眼中，不直接从事农业生产而拥有财富的人，大抵是不义之人，因此需要定期地把自己直接生产的财富抢回来，农民起义军一次次攻陷城池，做的就是这件事。中国农民历来认为，在乡间打家劫舍是盗贼行径，而攻陷城池则是大快人心的壮举。城市本身的不健全，加上辽阔的农村对它的心理对抗，它也就变得更加没有自信。许多城里人都是从乡间来的，他们也对城市生态产生怀疑，有一种强烈的“客居”感，思想方式还是植根于农业文明。

⊙

在农业社会里人们都归之于千篇一律的生产命题，因此虽然分散却思维同一；城市正相反，近在咫尺却生态各异，紧密汇集却纷纭多元。这种多元汇集又提出了各种各样的生活需要，使城市生活变得琳琅满目；这种多元汇集还会造成不同信息的快速沟通，使城市成为视野开阔、思维敏捷、选择机会繁多的一群；这种多元汇集更形成一种价值比照，使城市人对生活的质量、人生的取向、社会的走势、政局的安危产生了一种远远高于农村流散状态的比较和判断。这样一来，城市人成了中国社会十分违背传统教化原则的人文群落，无论是对农民还是对统治者来说，都觉得不好对付。城市意识，也几乎成了异端邪说，尤其是到了中国近代，列强的武力和国际文明同时进入沿海都市之后，城市意识里又自然而然地融化进国际价值坐标和现代商业原则，更是根深蒂固的中国农业文明所难以容忍的了。两种文明的搏斗，从二十世纪延续到二十一世纪，越演越烈。城市文明长得十分艰难又十分顽强，而农业文明的包围和反击则更加厉害。

⊙

城市文明以密集的人群为前提，因此必然呈现出一种立体构架，一层一层地分列出社会文化价值等级，并以此为依据进行有秩序的操作。没有这个构架，人群的密集会产生反面效应，这是我们以往经常看到的事实。在乱哄哄的拥护中，哪怕是一句没有来由的流言也会翻卷成一种情绪激潮，造成灾难性的后果。中国近代以来，一切人为的大灾难几乎都产生于城市，便是这个道理。没有构架，那些搬弄是非、兴风作浪的好事之徒就会在人群中如鱼得水，而城市的优秀分子却会陷身于市井痞子、外来冒险家、赌徒暴发户的包围之中，无法展现自身优势，至于为数不多的可以作为城市灵魂的大智者则更会被一片市嚣淹没。没有构架，他们是脆弱的；没有他们，城市是脆弱的。

⊙

不能设想，古希腊的雅典没有亚里士多德，文艺复兴时期的伦敦没有莎士比亚，法国大革命时期的巴黎没有雨果。他们是城市的精神主宰，由他们伸发开去，一座城市的行为法则和思维默契井然有序，就像井然有序的城市交通网络和排水系统。中国也拥有过高水平的思想文化大师，但他们为了逃避无秩序的拥护，大多藏身于草堂、茅庵、精舍，大不了躲在深山里讲学，主持着岳麓书院或白鹿洞书院。与城市关系不大。这个传统致使我们直到今天还无法对城市文明做出高层面的把持和阐扬，而多数成功的艺术作品更是以农村或小镇为表现基点。

因此，突然热闹起来了的中国城市，还没有从根本上摆脱它们天生的脆弱性。因此，我们还不能说，今天的中国城市已经完成了对数千年的封建观念和小农意识的战胜。

城市，还有被消蚀的可能。

⊙

我对城市的热爱，当然也包含着对它邪恶的承认。城市的邪恶是一种经过集中、加温、发酵，然后又进行了一番装扮的邪恶，因此常常比山野乡村间的邪恶更让人反胃；但是，除非有外力的侵凌，城市的邪恶终究难于控制全局、笼罩街市，街市间顽强地铺展着最寻常的世俗生活。因此，我们即便无法消灭邪恶也能快步走过它，几步之外就是世俗人性的广阔绿洲。每天都这么走，走过邪恶，走向人性，走向人类的大拥挤和大热闹。

⊙

从更本质的表面上看，辽阔的华夏大地从根子上所浸润的是一种散落的农业文明，城市的出现是一种高度集中的非农业社会运动，因此是这块土地的反叛物。这种本质对立使城市命中注定会遇到很多麻烦。从一时一地看，城市远比农村优越；但从更广阔的视野上看，中国的农村要强大得多。

⊙

我尽管喜欢安静，崇尚自然，却绝不会做隐士。作为一个现代人，我更渴望着无数生命散发出的蓬勃热能。与其长时间地遁迹山林，还不如承受熙熙攘攘的人群、匆匆忙忙的脚步，以及那既熟悉又陌生的无数面影。我绝不会皱着眉装出厌恶世人拥护的表情来自命清雅，而只是一心期待着早晨出门，街市间一连几个不相识的人向我道一声“早”，然后让如潮的人流把我融化。

说到底，我是一个世俗之人，我热爱城市。

⊙

现在中国城市间最常见的艳色、彩灯、大字、广告和标语，市长们可能习以为常。但是，只要多多游历就会懂得，这是低级社区的基本图像。就像一个男人穿着花格子西装、戴着未除商标的墨镜、又挂着粗亮的项链，很难让人尊敬。记得北京奥运会之前，按国际规则，一切与奥运无关的标语、广告都要清除。一清除，北京市民终于发现，自己的城市就像经过了沐浴梳洗，其实很美。因此奥运会过后，大家也不忍心再把那些东西挂上去了。

⊙

一个大国的首都，应该保存一些珍贵的历史遗迹，但更应该走在世界现代建筑的最前沿。请你们联想一下：曾经以花岗岩、大理石的古典建筑自傲的巴黎，在建造埃菲尔铁塔、蓬皮杜艺术中心、卢浮宫玻璃金字塔时也遭到过激烈反对，但现在这些新建筑却都成了巴黎的无敌标志。这是一个文化心理的新生过程。

⊙

城市是我国现代化进程中的桥头堡，但城市不仅是经济的枢纽，它更重要的本质是一种文化心理的密集组合。

⊙

城市的历史魅力在于它毫不喧闹地向世人展示出了真正具有重大文化生态意义的远年美色，并表现出了今天的市民生活与这种远年美色的自然关系。

⊙

所谓“城市文化”，在理论上，是指因城市而产生的文化的制作方式、引进方式、传播方式及其结果；在实践上，是指每座城市广大市民较长时间内的文化吐纳习惯，并以此与其他城市相区别。

⊙

世界各大城市间经常围绕着“文化魅力”的题目进行互相对比。应该说，具有单项或多项文化魅力的城市很多，而具有举世公认的整体性文化魅力的城市却很少。整体性文化魅力有一种强大的聚合功能和发射功能，因此这样的城市也就成了公认的国际文化中心。

⊙

城市文化的哲学本质，是一种密集空间里的心理共享。

城市的密集空间，在政治上促成了市民民主，在经济上促成了都市金融，而在文化上，则促成了公共审美。

欧洲的文化复兴并没有出现什么思想家、哲学家，而只是几位公共艺术家，如达·芬奇、米开朗基罗、拉斐尔等人在城市的公共空间进行创作，造就了可以进行集体评判的广大市民，从而使城市走向文化自觉。

保护重大古迹，其实也在建立一种公共审美，使众多市民找到与古人“隔时共居”，与今人“同时共居”的时间造型和历史造型。由此，增加共同居住的理由和自尊。

⊙

很多市长常常把哪个画家、哪个诗人得了奖当作城市文化大事。其实，那些得奖的作品未必是公共审美，而建筑、街道却是。因此，城市文化中孰轻孰重，不言而喻。尤其是建筑，一楼既立，百年不倒。它的设计等级，也就成了一个城市文化等级的代表，成了全城民众荣辱文野的标志。

⊙

只要是公共审美，再小也不可轻视。例如我很看重街道间各种招牌上的书法，并把它看成是中国千年书法艺术在当代最普及的实现方式，比开办书法展、出版书法集更为重要。我在很多城市的街道上闲逛时曾一再疑问：这些城市的书法家协会为什么不在公共书法这样的大事上多做一点事呢？

除此之外，街道上的路灯、长椅、花坛、栏杆、垃圾桶等全都是公共审美的载体，也是城市文化的重要元素。想想吧，我们花费不少经费举办的演唱、晚会一夜即过，而这些元素却年年月月都安静地存在，与市民构建着一种长久的相互适应。

这种相互适应一旦建立，市民们也就拥有了共同的审美基石。如果适应的是高等级，那么对于低等级的街道就会产生不适应。这种适应和不适应，也就是城市美学的升级过程。

⊙

公共审美的最后标准，是融入自然。城市里如果有山有水，人们必须虔诚礼让，即所谓“显山露水”。这还不够，应该进一步让自然景物成为城市的主角和灵魂。不是让城市来装饰它们，而是让它们以野朴的本相契入城市精神。柏林的城中森林，伯尔尼不失土腥气的阿勒河，京都如海如潮的枫叶，都表现了人类对自然的谦恭。

石門卧雲圖

⊙

苏州是我常去之地。海内美景多得是，唯有苏州，能给我一种真正的休憩。柔婉的言语，姣好的面容，精雅的园林，幽深的街道，处处给人以感官上的宁静慰藉。现实生活常常搅得人心智烦乱，而苏州的古迹会让你定一定情怀。有古迹必有题咏，大多是古代文人的感叹，读一读，能把你心头的皱褶慰抚得平平展展。看得多了，也便知道，这些文人大多也是来休憩的。他们不想在这儿创建伟业，但在外面事成事败之后，却愿意到这里来住住。苏州，是中国文化宁谧的后院。

⊙

我有时不禁感叹，做了那么长时间的后院，苏州在中国文化史上的地位是不公平的。京城史官的眼光很少在苏州停驻，从古代到近代，吴侬软语与玩物丧志同义。

理由是明白的：苏州缺少帝京王气。

这里没有森林殿阙，只有园林。这里摆不开战场，徒造了几座城门。这里的曲巷通不过堂皇的官轿，这里的民风不崇拜肃杀的禁令。

这里的流水太清，这里的桃花太艳，这里的弹唱有点撩人，这里的小食太甜，这里的女人太俏，这里的茶馆太多，这里的书肆太密，这里的书法过于流丽，这里的绘画不够苍凉遒劲，这里的诗歌缺少易水壮士低哑的喉音。

⊙

中国人很早之前就感悟到世事人生的变化无常，曾经有“沧海桑田”“一枕黄粱”等词语来形容这种变化的巨大和快速，但这些词语本身就反映了这种感悟基本停留在农业的范畴之间。《红楼梦》里的“好了歌”、《长生殿》里的“弹词”以及大量咏叹兴亡的诗词当然也涉及城市的生活，但主要还是指富贵权势的短暂，而不是指城市的整体命运。

事实上，最值得现代人深思和感慨的恰恰是城市的整体命运。

⊙

先有生态而后有文化，这个道理一直被杭州雄辩地演绎着。雄辩到什么程度？那就是：连最伟大的诗人来到这里也无心写诗，而是立即成了生态救护者。

杭州当然也有密集的文化，但我早就发现，什么文化一到杭州就立即变成了一种景观化、生态化的存在。且不说灵隐寺、六和塔、葛岭、孤山如何把深奥的佛教、道教转化成了山水美景，更让我喜欢的是，连一些民间故事也被杭州铺陈为动人的景观。

最惊人的当然是《白蛇传》里的白娘娘。杭州居然用一池清清亮亮的湖水，用一条宜雨宜雪的断桥，用一座坍而又建的雷峰塔，来侍奉她。

杭州似乎从一开始就知道了这个民间故事的伟大，愿意为它创制一个巨大的实景舞台。这个实景舞台永远不会拆卸，年年月月提醒人们：为什么人间这么值得留恋。与这个实景舞台相比，杭州的其他文化遗迹就都显得不太重要了。

这与我们平常所熟悉的中国历史和中国文化的主旨有很大差别。

⊙

我到杭州最大的享受，是找一个微雨的黄昏，最好是晚春季节，在苏堤上独自行走。堤边既没有碑文、对联，也没有匾额、题跋，也就是没有文字污染，没有文本文化对于自然生态的侵凌和傲慢，只让一个人充分地领略水光山色、阴晴寒暑。这是苏东坡安排下的，筑一条长堤让人们有机会摆脱两岸的一切，走一走朝拜自然生态之路。

⊙

总而言之，上海人的人格结构尽管不失精巧，却缺少一个沸沸扬扬的生命热源。于是，这个城市失去了烫人的力量，失去了浩荡的勃发。

可惜，讥刺上海人的锋芒，常常来自一种更落后的规范：说上海人各行其是、离经叛道；要上海人重返驯顺、重组一统。对此，胸襟中贮满了海风的上海人倒是有点固执，并不整个儿幡然悔悟。

暂时宁肯这样，不要匆忙趋附。困惑迷惘一阵子，说不定不久就会站出像模像样的一群。

⊙

上海人人格结构的合理走向，应该是更自由、更强健、更热烈、更宏伟。它的依凭点是大海、世界、未来。这种人格结构的群体性体现，在中国其他城市都还没有出现过。

如果永远只是一个拥挤的职员市场，永远只是一个“新一代华侨”的培养地，那么在未来的世界版图上，这个城市将暗然隐退。历史，从来不给附庸以地位。

失落了上海的中国，也就失落了一个时代。失落上海文明，是全民族的悲哀。

⊙

西天的夕阳还十分灿烂，夕阳下的绵绵沙山是无与伦比的天下美景。光与影以最畅直的线条流泻着分割，金黄和黛赭都纯净得毫无斑驳，像用一面巨大的筛子筛过了。日夜的风，把山脊、山坡塑成波荡，那是极其款曼平适的坡，不含一丝涟纹。于是，满眼皆是畅快，一天一地都被铺排得大大方方，明明净净。色彩单纯到了圣洁，气韵委和到了崇高。为什么历代的僧人、俗人、艺术家偏偏要选中沙漠沙山来倾泻自己的信仰，建造了莫高窟、榆林窟和其他洞窟？站在这儿，我懂了。我把自身的顶端与山的顶端合在一起，心中鸣起了天乐般的梵呗。

⊙

茫茫沙漠，滔滔流水，于世无奇。唯有大漠中如此一湾，风沙中如此一静，荒凉中如此一景，高坡后如此一跌，才深得天地之韵律、造化之机巧，让人神醉情驰。

以此推衍，人生、世界、历史，莫不如此。给浮嚣以宁静，给躁急以清冽，给高蹈以平实，给粗犷以明丽。唯其这样，人生才见灵动，世界才显精致，历史才有风韵。

⊙

世界各国的文明人都喜欢来尼泊尔，不是来寻访古迹，而是来沉浸自然。这里的自然，无论是喜马拉雅山还是原始森林，都比任何一种人类文明要早得多，没想到人类苦苦折腾了几千年，最喜欢的并不是自己的创造物。

⊙

古代中国走得比较远的有四种人，一是商人，二是军人，三是僧人，四是诗人。

细说起来，这四种人走路的距离还是不一样。丝绸之路上的商人走得远一点，而军人却走得不太远，因为中国历代皇帝多数不喜欢万里远征。

那么僧人与诗人呢？诗人，首先是那些边塞诗人，也包括像李白这样脚头特别散的大诗人，一生走的路倒确实不少，但要他们当真翻越塔克拉玛干沙漠和帕米尔高原就不太可能了。即使有这种愿望，也没有足够的意志、毅力和体能。诗人往往多愁善感，遇到生命绝境，在精神上很可能崩溃。至于其他貌似狂放的文人，不管平日嘴上多么万水千山，一遇到真正的艰辛大多逃之夭夭，然后又转过身来在行路者背后指指点点。文人通病，古今皆然。

僧人就不一样了。宗教理念给他们带来了巨大的能量，他们中的优秀分子，为了获取精神上的经典，有可能出现惊天地、泣鬼神的脚步。

⊙

我可以公布旅行的秘密了——

让孤独者获得辽阔的空间，让忧郁者知道无限的道路。让年轻人向世间作一次艰辛的报到，让老年人向大地作一次隆重的告别。让文化在脚步间交融，让对峙在互访间和解。让深山美景不再独自迟暮，让书斋玄思不再自欺欺人。让荒草断碑再度激活文明，让古庙梵钟重新启迪凡心……

那么，走吧。

⊙

比孔子晚生九十年的古希腊哲学家德谟克利特，曾追寻着他自己所崇拜的古希腊历史学家希罗多德的足迹，出发上路，不断地走，从埃及走到巴比伦，走到古波斯，一直走到印度。他把父亲的遗产用完了，回到古希腊，被控告挥霍财产。在法庭上，他朗读了一路上写的《宇宙大系统》，征服了法官和听众，不仅打赢了官司，还获得了高额奖赏。这个官司给欧洲后来的学者带来了巨大的启发，代代相继出行，一直到法国的思想家卢梭等人。他们在旅途中写下了大量的著作，完成了他们的思考。他们甚至认为自己在不行走时就不能思考。

⊙

造就孔子真正伟大的，是他从五十五岁到六十八岁的行程。没有周游过列国的孔子，就不是孔子。

毕竟已经是一个老人，毕竟已经是一个大学者，毕竟已经是一个门徒众多的资深教师，就这样风风雨雨不断地往前走，一走十四年。这个形象，在我们后辈看来，仍然气韵无限。

⊙

我觉得，下一代知识分子若想走出陷阱，应该远远地追慕孔子和他的学生的风范，走到万千世界中去，面对千姿百态的生态和心灵，学会感受，学会思考，学会表述。

⊙

哪怕在再穷困的地方，一有大河，便有了大块面的波光霞影，芦荻水鸟，也就有了富足和美丽，而且接通了没有终点的远方。

⊙

我所期待的，是春潮初动、冰河解冻的时分；而更倾心的，则是秋风初起、霜天水影的景象。

⊙

最有意义的旅游，不是寻找文化，而是冶炼生命。我们要明白，人类的所作所为，比之于茫茫自然界，是小而又小的；人类的几千年文明史，比之于地球的形成、生命的出现，是短而又短的；人类对于自身生存环境的理解能力，是弱而又弱的。因此，我们理应更谦虚、更收敛一点。在群峰插天、洪涛卷地的伟大景象前，我们如果不知惊惧、不知沉默，只是一味叽叽喳喳地谈文化实在有点要不得。如果这算是什么“大散文”，那宁肯不要。

⊙

大好河山永远让它们承载历史太劳累了，应该让它们轻松一点、浅显一点。

我认为判断一个历史古迹是否具备普遍游观价值，除了审视它在历史上的重要性和独特性外，还要看三个附带性条件：

一、有没有具备令人一振的外观形象；

二、有没有留下精彩而又著名的诗文记述；

三、能不能引起具体而又传奇的生态联想。

第一条涉及旅游美学的起点和终点，重要性不言而喻；第二条是寻找文化扶手，投靠审美范式，也为常人所必需；第三条最复杂，需要解释几句。

生态联想实际上是一种“移情”，但必须具体，有实物参证。古战场也能引起人们联想，但大多很不具体，缺少实物参证，容

老屋聽鸝圖

易流入概念化的虚泛，因此，除了特例，很少有游人光顾。但是一座古堡或一所监狱可能就不同了，有地形可以审视，有阶梯可以攀爬，有老窗可以张望，有记录可以查阅，结果身处其间，便能产生对当年堡主生活的诸般遐思。

一般的考古发掘现场、繁杂的所谓名人故居，大多缺少外观吸引力和特殊的生态联想，因此除了特定的文化旅行者之外，不能对它们的普遍游观价值抱太大的希望。

⊙

有人把生命局促于互窥互监、互猜互损，有人则把生命释放于大地长天、远山沧海。

⊙

人们都不敢去思考有关漂泊的最悲怆的含义，那就是：出发的时候，完全不知道航程会把自己和自己的子孙带到哪里。

直到今天，不管哪一位漂泊者启程远航，欢快的告别中仍然会隐隐地裹卷着这种苍凉的意绪。

⊙

随着时代的发展，旅行的意义已超越了古希腊哲学家所论述的幸福，原因是，不旅行的危害越来越显现。初一看，那个拒绝出行，拒绝陌生，拒绝脱离狭小坐标的群落，必然越来越走向保守、僵硬、冷漠、自私。于是，反倒是那些沉默地踏遍千山的脚步，孤独地看尽万象的眼睛，保留着对人类生态的整体了解。因此也保留了足够的视野、体察和同情。他们成了冷漠社会中一股窜动的暖流，一种宏观的公平。这就使现代旅行者比古代同行更具有了担负大道的宗教情怀。旅行，成了克服现代社会自闭症的一条命脉。

让人和自然更亲密地贴近，让个体在辽阔的天地中更愉悦地舒展，让更多的年轻人在遭遇人生坎坷前先把世界探询一遍，让更多的老年人能以无疆无界的巡游来与世界作一次壮阔的挥别，让不同的文化群落在脚步间交融，让历史的怨恨在互访间和解，让我们的路口天天出现陌生的笑脸，让我们的眼睛获得实证地理课和历史课的机会，让深山美景不再独自迟暮，让书斋玄思能与荒草断碑对应起来……

那么，被我们一贯看轻的旅游事业，也真正称得上宏伟。

⊙

我在望不到边际的坟堆中茫然前行，心中浮现出艾略特的《荒原》。这里正是中华历史的荒原：如雨的马蹄，如雷的呐喊，如注的热血；中原慈母的白发，江南春闺的遥望，湖湘稚儿的夜哭；故乡柳荫下的诀别，将军圆睁的怒目，猎猎朔风中的军旗……随着一阵烟尘，又一阵烟尘，都飘散远去。我相信，死者临亡时都是面向朔北敌阵的；我相信，他们又很想在最后一刻回过头来，给熟悉的土地投注一个目光。于是，他们扭曲地倒下了，化作沙堆一座。

⊙

白帝城本来就熔铸着两种声音、两番神貌：李白与刘备，诗情与战火，豪迈与沉郁，对自然美的朝觐与对山河主宰权的争逐。它高高地矗立在群山之上，它脚下，是为这两个主题日夜争辩着的滔滔江流。

⊙

华夏河山，可以是尸横遍野的疆场，也可以是车来船往的乐土；可以一任封建权势者们把生命之火燃亮和熄灭，也可以庇佑诗人们的生命伟力纵横驰骋。可怜的白帝城多么劳累，清晨，刚刚送走了李白们的轻舟，夜晚，还得迎接刘备们的马蹄。只是，时间一长，这片山河对诗人们的庇佑力日渐减弱，他们的船楫时时搁浅，他们的衣带经常熏焦，他们由高迈走向苦吟，由苦吟走向无声。中国，还留下几个诗人？

幸好还留存了一些诗句，留存了一些记忆。幸好有那么多中国人还记得，有那么一个早晨，有那么一位诗人，在白帝城下悄然登舟。也说不清有多大的事由，也没有举行过欢送仪式，却终于被记住千年，而且还要被记下去，直至地老天荒。这里透露了一个民族的饥渴：他们本来应该拥有更多这样平静的早晨。

⊙

在李白的时代，中华民族还不太沉闷，这么些诗人在这块土地上来来去去，并不像今天这样觉得是件怪事。他们的身上并不带有政务和商情，只带着一双锐眼、一腔诗情，在山水间周旋，与大地结亲。写出了一排排毫无实用价值的诗句，在朋友间传观吟唱，已是心满意足。他们很把这种行端当作一件正事，为之而不怕风餐露宿，长途苦旅。结果，站在盛唐的中心地位的，不是帝王，不是贵妃，不是将军，而是这些诗人。

⊙

当代大都市的忙人们在假日或某个其他机会偶尔来到江南小镇，会使平日的行政烦嚣、人事喧嚷、滔滔名利、尔虞我诈立时净化，在自己的鞋踏在街石上的清空声音中听到自己的心跳，不久，就会走进一种清空的启悟之中，流连忘返，可惜终究要返回，返回那种烦嚣和喧嚷。

⊙

“日暮乡关何处是，烟波江上使人愁。”但愿有一天，能让飘荡在都市喧嚣间的惆怅乡愁，收伏在无数清雅的镇邑间，而一座座江南小镇又重新在文化意义上走向充实。只有这样，中国文化才能在人格方位和地理方位上实现双相自立。

到那时，风景旅游和人物访谒会融成一体，“梨花村里叩重门，握手相看泪满痕”的动人景象又会经常出现，整个华夏大地也就会铺展出文化坐标上的重峦叠嶂。

⊙

庐山没有了文人本来也不太要紧，却少了一种韵味，少了一种风情，就像一所庙宇没有晨钟暮鼓，就像一位少女没有流盼的眼神。没有文人，山水也在，却不会有山水的诗情画意，不会有山水的人文意义。

⊙

山水化了的宗教，理念化了的风物，最能使那批有悟性的文人畅意适怀。

⊙

天柱山有宗教，有美景，有诗文，但中国历史要比这一切苍凉得多，到了一定的时候，茫茫大地上总要现出怒目圆睁、青筋贲张的主题，也许是拼死挣扎，也许是血誓报复，也许是不用无数尸体已无法换取某种道义，也许是舍弃强暴已不能验证自己的存在，那就只能对不起宗教、美景和诗文了，天柱山乖乖地给这些主题腾出地盘。

⊙

在我们辽阔的土地上，让这样的文人能产生终老之计的山水，总应该增加一些而不是减少吧。冷漠的自然能使人们产生故园感和归宿感，这是自然的人化，是人向自然的真正挺进。天柱山的盛衰升沉，无疑已触及这个哲学和人类学的本原性问题。

⊙

过于玄艳的造化，会产生一种疏离，无法与它进行家常性的交往。正如家常饮食不宜于排场，可让儿童偎依的奶妈不宜于盛妆，西湖排场太大，妆饰太精，难以叫人长久安驻。大凡风景绝佳处都不宜安家，人与美的关系，竟是如此之蹊跷。

西湖给人以疏离感，还有别的原因。它成名过早，遗迹过密，名位过重，山水亭舍与历史的牵连过多，结果，成了一个象征性物象非常稠厚的所在。游览可以，贴近去却未免吃力。

⊙

西方宗教在教义上的完整性和普及性，引出了宗教改革者和反对者们在理性上的完整性和普及性；而中国宗教，不管从顺向还是逆向都激发不了这样的思维习惯。绿绿的西湖水，把来到岸边的各种思想都款款地摇碎，融成一气，把各色信徒都陶冶成了游客。它波光一闪，嫣然一笑，科学理性精神很难在它身边保持坚挺。也许，我们这个民族太多的是从西湖出发的游客，太少的是鲁迅笔下的那种过客。过客衣衫破碎，脚下淌血，如此急急地赶路，也在寻找一个生命的湖泊吧？但他如果真走到了西湖边上，定会被万千悠闲的游客看成是乞丐。

⊙

多数中国文人的人格结构中，对一个充满象征性和抽象度的西湖总有很大的向心力。社会理性使命已悄悄抽绎，秀丽山水间散落着才子、隐士，埋藏着身前的孤傲和身后的空名。天大的才华和郁愤，最后都化作供后人游玩的景点。

⊙

就白居易、苏东坡的整体情怀而言，这两道物化了的长堤还是太狭小的存在。他们有他们比较完整的天下意识、宇宙感悟，他们有比较硬朗的主体精神、理性思考，在文化品位上，他们是那个时代的巅峰和精英。他们本该在更大的意义上统领一代民族精神，但却仅仅因辞章而入选为一架僵硬机体中的零件，被随处装上拆下，东奔西颠，极偶然地调配到了这个湖边，搞了一下别人也能搞的水利。我们看到的，是中国历代文化良心所能作的社会实绩的极致。尽管美丽，也就是这么两条长堤而已。

⊙

康熙的“长城”也终于倾坍了，荒草萋萋，暮鸦回翔，旧墙斑驳，霉苔处处，而大门却紧紧地关着。

热河的雄风早已吹散，清朝从此阴气重重、劣迹斑斑。

再也读不到传世的檄文，只剩下廊柱上龙飞凤舞的楹联。

再也找不到慷慨的遗恨，只剩下几座既可凭吊也可休息的亭台。

再也不去期待历史的震颤，只有凛然安坐着的万古湖山。

修缮，修缮，再修缮。群塔入云，藤葛如髯，湖水上漂浮着千年藻苔。

⊙

果然是红海。沙漠与海水直接碰撞，中间没有任何泥滩，于是这里出现了真正的纯净，以水洗沙，以沙滤水，多少万年下来，不再留下一丝污痕，只剩下净黄和净蓝。海水的蓝色就像颜料倾尽，仿佛世界上红、黄、蓝三原色之一专选此地称王，天下的一切蓝色都由这里输出。但它居然拧着劲儿叫红海，又让如此透彻的黄沙在衬边，分明下狠心要把三原色全数霸占。

⊙

为此我要劝告与我有同样爱好的年轻朋友，早一点出行。让生命、大地、文化融成一体，是一种崇尚，也是一种享受。只有在大地上，才能找到祖先的脚印，而寻找祖先也就是寻找我们生命的基因，寻找我们自己。文化，不就是让有限的生命向更大的空间和时间领域延伸吗？那就多走走吧，用脚步走向文化的本义。

远行非常劳累，但劳累本身就是对生命的拷问。把文化探求与生命拷问连成一体，才是最本真也是诚实的文化人。

⊙

司马迁在蒙受奇耻大辱之前，是一个风尘万里的杰出旅行家。

他用自己的脚步和眼睛，使以前读过的典籍活了起来。他用辽阔的空间来捕捉悠远的时间。他把个人的游历线路作为网兜，捞起了沉在水底的千年珍宝。

因此，要读他笔下的《史记》，首先要读他脚下的路程。

路程，既衡量着文化体质，又衡量着文化责任。

⊙

事实证明，闭塞是诸恶之源，因为闭塞增添了生命与生命之间盲目的对抗性和互伤性。这正好与佛教的理念相悖，所以历代佛教旅行家的长途跋涉，都包含着突破闭塞的精神使命。法显大师、玄奘大师和鉴真大师就是最好的典范。他们的脚下没有边界，他们的心中没有对手，这种开阔使人们乐于彼此沟通，乐于景仰人类的共相，乐于挣脱人世间无谓的纷争，这便是大善的起点。

⊙

我儿时在乡间，见到散落四处的小庙，见到路上的游方僧人，现在回想起来，觉得实在是对那些贫困村庄和村民的巨大恩惠。固守穷乡僻壤的村民从游方僧人的匆匆脚步和谆谆教诲中渐渐懂得，庸常之处居然还有天地，生死之处居然还有平静，仅仅这点开阔，就已经是对陷于狭窄的灵魂的救赎。由此可见，任何走向开阔的人都有可能给别人带来开阔。精神空间是一种共享空间，一人的博大并不意味着对他人空间的剥夺，恰恰相反，只能是共享博大。

⊙

我发现自己特别想去的地方，总是古代文化和文人留下较深脚印的所在，说明我心底的山水并不完全是自然山水，而是一种“人文山水”。这是中国历史文化的悠久魅力和它对我们的长期熏染造成的，要摆脱也摆脱不了。每到一个地方，总有一种沉重的历史气压罩住我的全身，使我无端地感动，无端地喟叹。常常像傻瓜一样木然伫立着，一会儿满脑章句，一会儿满脑空白。我站在古人一定站过的那些方位上，用与先辈差不多的黑眼珠打量着很少会有变化的自然景观，静听着与千百年前没有丝毫差异的风声鸟声，心想，在我居留的大城市里有很多贮存古籍的图书馆，讲授古文化的大学，而中国文化的真实步履却落在这山重水复、莽莽苍苍的大地上。大地默默无言，只要来一两个有悟性的文人一站立，它封存久远的文化内涵也就能哗的一声奔泻而出；文人本也萎靡柔弱，只要被这种奔泻裹卷，倒也能吞吐千年。结果，就在这看似平常的伫立瞬间，人、历史、自然混沌地交融在一起了，于是有了写文章的冲动。

⊙

对历史的多情总会加重人生的负载，由历史沧桑感引发出人生沧桑感。也许正是这个原因，我在山水历史间跋涉的时候有了越来越多的人生回忆，这种回忆又渗入笔墨之中。我想，连历史本身也不会否认一切真切的人生回忆会给它增添声色和情致，但它终究还是要以自己的漫长来比照出人生的短促，以自己的粗线条来勾勒出人生的局限。培根说读史使人明智，也就是历史能告诉我们种种不可能，给每个人在时空坐标中点出那让人清醒又令人沮丧的一点。不知天高地厚的少年英气是以尚未悟得历史定位为前提的，一旦悟得，英气也就消了大半。待到随着年岁渐趋稳定的人伦定位、语言定位、职业定位以及其他许多定位把人重重叠叠包围住，最后只得像《金色池塘》里的那对夫妻，不再企望迁徙，听任蔓草堙路，这便是老。

⊙

中国历史太长、战乱太多、苦难太深，没有哪一种纯粹的遗迹能够长久保存，除非躲在地下，躲在坟里，躲在不为常人注意的秘处。阿房宫烧了，滕王阁坍了，黄鹤楼则是新近重修。成都的都江堰之所以能长久保留，是因为它始终发挥着水利功能。因此，大凡至今哄传的历史胜迹，总会有生生不息、吐纳百代的独特禀赋。

⊙

尽管与古人相比，现代人可以轻易地驰骋国际、熟知天下，而内心却常常拘囿自闭、互相觊觎，让自己和别人都不快乐。

⊙

走了那么一圈又一圈，司马迁一路上最大的收获是什么？是史料的考证？是传闻的搜集？是对每个历史事件地点的确认？都有一点吧，但我认为最重要的是两个收获：一是采撷到了豪荡之气；二是获得了现场感。这两种东西，我们在读《史记》的时候能够充分领受。

在中国古代，皇权高于法律，一个皇帝掌握着一切官员的命运，这是大家都知道的。我感兴趣的是汉武帝这样的皇帝在这个问题上的特殊表现。他们的雄才大略使他们乐于做一些突破规范的游戏，把一些高官一会儿投向监狱、一会儿又投向高位，是他们的乐趣。他们似乎在这种快速转换中享受着权力的快感。

⊙

汉武帝把刑后的司马迁狠狠提升一把，提升得比原来还高，又不说明理由。提升了，还会注意他踉跄走路的背影，欣赏自己在这位大智者身体上留下的暴虐。我发现，越是有成就的皇帝，越喜欢玩这种故意颠覆理性的游戏，并由此走向乖戾。汉武帝的这次乖戾，落到了伟大的司马迁身上，成为他在执政过程中最为可耻的记录，比连打几个败仗更可耻。由此也可证明，极端权力即使由英明雄主掌握，也必然走向非理性，然后走向罪恶。

⊙

莫高窟可以傲视异邦古迹的地方，就在于它是一千多年的层层累聚。看莫高窟，不是看死了一千年的标本，而是看活了一千年的生命。一千年而始终活着，血脉畅通、呼吸匀停，这是一种何等壮阔的生命！一代又一代艺术家前呼后拥地向我们走来，每个艺术家又牵连着喧闹的背景，在这里举行着横跨千年的游行。纷杂的衣饰使我们眼花缭乱，呼呼的旌旗使我们满耳轰鸣。在别的地方，你可以蹲下身来细细玩索一块碎石、一条土埂，在这儿完全不行，你也被裹卷着，身不由己，踉踉跄跄，直到被历史的洪流消融。在这儿，一个人的感官很不够用，那干脆就丢弃自己，让无数双艺术巨手把你碎成轻尘。

⊙

大山大海是上天设下的篱笆，万里长城是自己筑成的篱笆，它们都投影成了中国人心中的篱笆。

⊙

静，是多数古典艺术的灵魂，包括古典园林在内。现代人有能力浏览一切，却没有福分享受真正的静，因此也失却了古典灵魂。估计今天的退思园，也静不了了。大量外来游客为了求静而破坏了静，但这是无可奈何的事，怪不了谁，只是想来有点伤心。

⊙

看到了爱琴海。浩大而不威严，温和而不柔媚，在海边炽热的阳光下只须借得几分云霭，立即凉意爽然。有一些简朴的房子，静静地围护着一个远古的海。

一个立着很多洁白石柱的巨大峭壁出现在海边。白色石柱被岩石一比，被大海一衬，显得精雅轻盈，十分年轻，但这是公元前五世纪的遗迹。

在这些石柱开始屹立的时候，孔子、老子、释迦牟尼几乎同时在东方思考，而这里的海边，则徘徊着埃斯库罗斯、索福克勒斯、苏格拉底、希罗多德和柏拉图。公元前五世纪的世界在整体上还十分荒昧，但如此耀眼的精神星座灿烂于一时，却使后世人类几乎永远地望尘莫及。这就是被称为“轴心时代”的神秘岁月。

⊙

死海之美，不可重复。

我们来到了死海西岸的一个高坡。高坡西侧的绝壁把夕阳、晚霞全部遮住了，只留下东方已经升起的月亮。这时的死海，既要辉映晚霞，又要投影明月，本已非常奇丽，谁料它由于深陷低地，水气无从发散，全然朦胧成了梦境。

一切物象都在比赛着淡，明月淡，水中的月影更淡。嵌在中间的山脉本应浓一点，却也变成一痕淡紫，从西边反射过来的霞光，在淡紫的外缘加了几分暖意。这样一来，水天之间一派寥廓，不再有物象，更不再有细节。我想，如果把东山魁夷最朦胧的山水画在它未干之时再用清水漂洗一次，大概就是眼前的景色。

这种景色，放在通向耶路撒冷的路边，再合适不过。

⊙

就自然景观而言，我很喜欢伊朗。

它最大的优点是不单调。既不是永远的荒凉大漠，也不是永远的绿草如茵。雪山在远处银亮得圣洁，近处则一片驼黄。一排排林木不作其他颜色，全都以差不多的调子熏着呵着，托着衬着，哄着护着。有时突然来一排十来公里的白杨林，像油画家用细韧的笔锋画出的白痕。有时稍稍加一点淡绿或酒红，成片成片地融入驼黄的总色谱，却一点也不跳跃刺眼。一道雪山融水在林下横过，泛着银白的天光，但很快又消失于原野，不见踪影。

⊙

伊朗土地的主调，不是虚张声势的苍凉，不是故弄玄虚的神秘，也不是炊烟缭绕的世俗。有点苍凉，有点神秘，也有点世俗，一切都被综合成一种有待摆布的诗意。

这样的河山，出现伟大时一定气韵轩昂，蒙受灾难时一定悲情漫漫，处于平和时一定淡然漠然。它本身没有太大的主调，只等历史来浓浓地渲染。

⊙

从尼泊尔通向中国的一条主要口道，是一个峡谷。峡谷林木茂密，崖下河流深深，山壁瀑布湍急。开始坡上还有不少梯田，但越往北走山势越险，后来只剩下一种鬼斧神工般的线条，逗弄着云天间的光色。这一切分明在预示，前面应该有大景象。

果然，远处有天墙一般的山峰把天际堵严了，因此也成了峡谷的终端。由于距离还远，烟岚缈缈，弥漫成一种铅灰色。

附录一

余秋雨文化大事记

1946 年 8 月 23 日，出生于浙江省余姚县桥头镇，在家乡读完小学。

1957—1963 年，先后就读于上海新会中学、晋元中学、培进中学至高中毕业。其间，曾获上海市作文比赛首奖、上海市数学竞赛大奖。

1963 年考入当年最难考的上海戏剧学院戏剧文学系，但入学后以下乡参加农业劳动为主。

1966 年夏天，遇到“文革”，家破人亡。父亲余学文先生因被检举有“错误言论”而被关押十年，全家八口人经济来源断绝；唯一能接济的叔叔余志士先生（1968 年被发配到 27 军军垦农场服劳役，每天从天不亮劳动到天全黑，极端艰苦），又被造反派暴徒迫害致死。

1971 年“9·13”事件后，周恩来总理为抢救教育而布置复课、编教材。从农场回上海后被分配到复旦大学鲁迅教材编写组，但自己择定的主要任务，是冒险潜入外文书库独自编写《世界戏剧学》，对抗当时以“八个革命样板戏”为全国“生死命符”的文化专制主义。

1976 年初，编写教材被批判为“右倾翻案”，便逃到浙江省奉化县大桥镇半山一座封闭的老藏书楼研读中国古代文献，直至同年10月“文革”结束，下山返回上海。

1977—1985年，投入重建当代文化的学术大潮，陆续出版了《世界戏剧学》《中国戏剧史》《观众心理学》《艺术创造学》，*Some Observations on the Aesthetics of Primitive Theatre* 等一系列学术著作，先后获全国优秀教材一等奖、上海哲学社会科学著作奖、全国戏剧理论著作奖。其中，独自在“文革”时期开始编写的《世界戏剧学》，出版至今三十余年仍是全国在这一学科的唯一权威教材，直到2014年一年内还被三家不同的出版社再版。

1985年2月，由上海各大学的学术前辈王元化、蒋孔阳、伍蠡甫等资深教授联名推荐，在没有担任过副教授的情况下直接晋升为正教授，是当时全国最年轻的文科正教授。

1986年3月，因国家文化部在上海戏剧学院举行的三次民意测验中均名列第一，被任命为上海戏剧学院副院长、院长，为当时全国最年轻的高校校长。主持工作一年后，即被文化部教育司表彰为“最有现代管理能力的四名院长”之一。与此同时，又出任上海市咨询策划顾问、上海市写作学会会长、上海市中文专业教授评审组组长兼艺术专业教授评审组组长。被授予“国家级突出贡献专家”“上海十大高教精英”等荣誉称号。

1989—1991年，几度婉拒了升任省部级领导职位的征询，并开始向国家文化部递交辞去院长职务的报告。1991年7月获准辞去一切行政职务，包括多种荣誉职务和挂名职务。辞职后，孤身一人从西北高原开始，系统考察中国文化的全部重要遗址。当时确定的考察主题是“穿越百年血泪，寻找千年辉煌”。在考察沿途所写的“文化大散文”《文化苦旅》《山居笔记》等快速风靡全球华文读书界，被称为“印刷量最大的现代华文文学书籍”。他也由此成为国际最具影响力的华文作家之一。

1991年5月，发表《风雨天一阁》，在全国开启对历代图书收藏壮举的广泛关注。

1992年2月开始，先后被多所著名大学聘为荣誉教授或兼职教授，例如复旦大学、上海交通大学、同济大学、上海大学、中国科技大学、西安交通大学等。

1993年1月，发表《一个王朝的背影》，首次肯定少数民族王朝入主中原的特殊生命力，重新评价康熙皇帝，开启此后多年“清宫戏”的拍摄热潮。

1993年3月，发表《流放者的土地》，首次揭露清朝统治集团迫害和流放知识分子的凶残面目，并介绍不屈的“流放文化”。

1993年7月，发表《苏东坡突围》，刻画了中国文化史上最可爱、最可亲的人格典范，揭示中国知识分子所必然面临的一层层来自朝廷和同行的酷烈包围圈，以及“突围”的艰难。此文被两岸三地的报刊广为转载。

1993年9月，发表《千年庭院》，首次用散文方式梳理了中国古代最优秀的教学方式——书院文化。

1993年11月，发表《抱愧山西》，首次向海内外系统描述了中国古代最成功的商业奇迹——晋商文化。由于中国传统文化历来轻视商业文明，因此，全文一开始就抱持着一种隔代的惭愧心态和追寻心态，为当时正在崛起的经济热潮寻得了一个古代范本。此文发表后一时读者无数，连很多高官也争相传诵。

1994年3月，发表《天涯故事》，首次系统地论述沉埋已久的海南岛文化的历史框架，并把海南岛文化归纳为“生态文明”和“家园文明”，主张以吸引旅游为其发展前景。

1994年5—7月，发表长篇作品《十万进士》(上、下)，首次清理千年科举制度对中国文化的正面意义和负面意义。

1994年9月，发表《遥远的绝响》，描述魏晋名士对中国文化的震撼性记忆。由于文章格调高尚凄美，一时轰动文坛。

1994年11月，发表《历史的暗角》，首次清理“小人”在中国文化中的隐形破坏作用，以及古今君子对这个庞大群体的无奈。发表后在两岸三地引起巨大反响，被公认为“研究中国负面人格的开山之作”。

1995年4月，应邀为四川都江堰题词“拜水都江堰，问道青城山”，镌刻于该地两处。

1996年7月，多家媒体经调查共同确认余秋雨为“全国被盗版最严重的写作人”，他的著作的盗版量大约是正版的18倍。由此被邀请成为“北京反盗版联盟”的唯一个人会员，并被聘为“全国扫黄打非督导员(督察证为B027号)”。

1998年6月，新加坡召集规模盛大的“跨世纪文化对话”而震动全球华文世界。对话主角是四个华裔学者，除首席余秋雨教授外，还有哈佛大学的杜维明教授、威斯康星大学的高希均教授和新加坡艺术家陈瑞献先生。余秋雨的演讲题目是《第四座桥》。

1998年10月，应邀为道教圣地茅山题词“大道巍峨”，镌刻于该山山壁。

1999年开始，引领和主持香港凤凰卫视对人类各大文明遗址的历史性考察，成为目前世界上唯一贴地穿越数万公里危险地区的人文教授，也是“9·11”事件之前最早向文明世界报告恐怖主义控制地区实际状况的学者。由此被日本《朝日新闻》选为“跨世纪十大国际人物”。

2002 年 4 月，应邀为李白逝世地撰写《采石矶碑》(含书法)，镌刻于安徽马鞍山三台阁。

从 2000 年开始，由于环球考察在海内外所造成的巨大影响，一些媒体为了追求“逆反刺激”的市场效应而发起诽谤。先由北京大学一个学生误信了上海一个极左派文人的传言进行颠倒批判，即把周恩来总理为了抢救教育而布置的教材编写组说成是“文革写作组”，并误植了笔名“石一歌”。由此，形成十余年的批判大潮，并随之出现了一批“啃余族”，主要由文革残余势力组成。据杨长勋教授统计，由官方媒体发表的诽谤文章多达一千八百多篇。余秋雨先生对所有的诽谤没有作任何反驳和回击，他说：“马行千里，不洗尘沙。”

2003 年 7 月，由于多年来在中央电视台的文化栏目中主持“综合文史素质测试”而成为全国电视节目的最高收视热点，上海一个当年的造反派首领就趁势做逆反文章，声称《文化苦旅》中有很多“文史差错”，全国有 156 家报刊转载。10 月 19 日，我国当代著名文史权威章培恒教授发文指出，经他审读，那个人的文章完全是“攻击”和“诬陷”，而那个人自己的“文史知识”连一个高中生也不如。

2004 年 2 月，由于有关“石一歌”的诽谤浪潮已经延续四年仍未有消停迹象，却又一直没有出示任何证据，余秋雨本人就采取了“悬赏”的办法。宣布“只要证明本人曾用这个笔名写过一篇、一段、一节、一行、一句这种文章，立即支付自己的全年薪金”，还公布了执行律师的姓名。十二年后，余秋雨宣布悬赏期结束，以一篇《“石一歌”事件》作出总结。

2004 年 3 月，参加联合国开发计划署《人类发展报告》的设计、研讨和审核。2004 年年底，被联合国教科文组织、北京大学、中华英才杂志等单位选为“中国十大文化精英”“中国文化传播坐标人物”。

2005 年 4 月，应邀赴美国巡回演讲:

(1) 4 月 9 日讲《中国文化的困境和出路》(在纽约大学亨特学院);

(2) 4 月 10 日讲《中国知识分子的问题所在》(在北美华文作家协会);

(3) 4 月 12 日上午讲《空间意义上的中华文化》(在马里兰大学);

(4) 4 月 12 日下午讲《君子的脚步》(在华盛顿国会图书馆);

(5) 4 月 13 日讲《时间意义上的中华文化》(在耶鲁大学);

(6) 4 月 15 日讲《中国文化所追求的集体人格》(在哈佛大学);

(7) 4 月 17 日讲《中华文化的三大优势和四大泥潭》(在休斯顿美南华文写作协会)。

2005 年 7 月 20 日，在联合国“世界文明大会”上发表主题演讲《利玛窦的结论》，论述中华文明自古以来的非侵略本性，引起极大轰动。演说的论据，后来一再被各国政界、学界引用。

2005 年 11 月，应邀撰写《法门寺碑》(含书法)，镌刻于陕西法门寺大雄宝殿前的映壁。

2006 年 4 月，应邀撰写《炎帝陵碑》(含书法)，镌刻于株洲炎帝陵纪念塔。

2005 年—2008 年，被香港浸会大学聘请为“健全人格教育奠基教授”，每年在香港工作时间不低于半年。

2007 年 1 月，发表《问卜中华》，详尽叙述了甲骨文的出土在中华文明濒临湮灭的 20 世纪初年所带来的神奇力量，同时论述了商代的历史面貌。

2007年3月，发表《古道西风》，系统叙述了中华文化的两大始祖老子和孔子的精神风采。

2007年5月，发表《稷下学宫》，对比古希腊的雅典学院，首度将两千年前东西方两大学术中心进行对比。

2007年7月，发表《黑色的光亮》，以充满感情的笔触表现了被中国文化史长期冷落的平民思想家墨子的人格光辉。

2007年8月，应邀为七十年前解救大批犹太难民的中国外交官何凤山博士撰写碑文（含书法），镌刻于湖南益阳何凤山纪念墓地。

2007年9月，发表《诗人是什么》，论述"中国第一诗人"屈原为华夏文明注入的诗化魂魄，分析了他获得全民每年纪念的原因，并解释了一些历史误会。

2007年11月，发表《历史的母本》，以最高坐标评价了司马迁为整个中华民族带来的历史理性、历史品格和历史力量。

2008年5月12日，中国发生"汶川大地震"，第一时间赶到灾区参加救援。见到遇难学生留在废墟间的破残课本，决定独资捐建三个学生图书馆，却被人在网络上炒作成"诈捐"，在全国范围喧闹了两个月之久。后由灾区教育局一再说明捐建实情，又由王蒙、冯骥才、张贤亮、贾平凹、刘诗昆、白先勇、余光中等名家纷纷为三个学生图书馆题词，风波才得以平息。

2008年9月，上海市教育委员会颁授成立"余秋雨大师工作室"（此前上海教育系统仅有一所"周小燕大师工作室"）。上海市静安区政府决定为"余秋雨大师工作室"赠建办公小楼。

2009年5月，应邀为山西大同云冈石窟题词"中国由此迈向大唐"，镌刻于石窟西端。

2010 年 1 月，《扬子晚报》在全国青少年读者中问卷调查“你最喜爱的中国当代作家”，余秋雨名列第一。“冠军奖座”是钱为教授雕塑的余秋雨铜像。

2010 年 3 月 27 日，获澳门科技大学所颁“荣誉文学博士”称号。同时获颁荣誉博士称号的有袁隆平、钟南山、欧阳自远、孙家栋等著名专家。

2010 年 4 月 30 日，接受澳门科技大学任命，出任该校人文艺术学院院长。宣布在任期间每年年薪五十万港元全数捐献，作为设计专业和传播专业研究生的奖学金。

2010 年 5 月 21 日，联合国发布自成立以来第一份以文化为主题的“世界报告”，发布仪式的主要环节，是联合国教科文组织总干事博科娃女士与余秋雨先生进行一场对话。余秋雨发言的标题为《驳亨廷顿“文明冲突论”》。

2011 年 10 月 10 日，写作《一个转折点》一文，以亲身经历为“文革”十年划分出四个时期，在同类研究中是一个首创。不久，又发表《文化之痛》一文，揭示“文革”的文化本质，严厉批判目前社会上为“文革”翻案的逆流。本文还从“文化梦魇”的角度，论述文革式的极权专制和民粹专制的组合，在中国有深厚的文化土壤，必须对此保持强烈的痛感。

2012 年 1—9 月，最终完成以莱辛式的“极品解析”方法来论述中国美学的著作《极品美学》。

2012 年 10 月 12 日，中国艺术研究院成立“秋雨书院”。北京众多著名学者、高官、企业家出席成立大会，并热情致辞。该书院是一个培养博士生的高层教学机构，现培养两个专业的博士研究生：一、中国文化史专业；二、中国艺术史专业。

2013年10月18日下午，再度应邀赴美国纽约联合国总部大厦演讲《中华文化为何长寿》。当天联合国网站将此演讲列为国际第一要闻。

2013年10月20日，在纽约大学演讲《中国文脉简述》。

2013年12月，完成庄子《逍遥游》的巨幅行草书写，并将《逍遥游》译成可诵可吟的现代散文。

2014年1月，完成屈原《离骚》的巨幅行书书写，并将《离骚》译成可诵可吟的现代散文。

2014年1月25—31日，完成《祭笔》。此文概括了作者自己握笔写作的全部人生历程，记述了“文革”时期和“苦旅”时期的艰辛笔墨，更是以沉痛的心情回顾了从20世纪90年代以来难以想象的文化遭遇。

2014年3月，发表以现代思维解析《般若波罗蜜多心经》的文章《解经修行》，并表明这是一项重大学术规划的开端。那就是，在已经完成了的“时间意义上的中国、空间意义上的中国、人格意义上的中国、审美意义上的中国”四大研究专题共二十余卷著作之后，继续完成“修行意义上的中国”这最后一个专题。该书名为《泥步修行》，由“破惑”“问道”“安顿”三部分组成。

2014年4月，《余秋雨学术六卷》出版发行。

2014年5月，古典象征主义小说《冰河》（含剧本）出版发行。

2014年8月，系统论述中华文化人格范型的《君子之道》出版发行，立即受到海峡两岸读书界的热烈欢迎。

2014年10月，《秋雨合集》二十二卷出版发行。

2014年10月28日，出任上海图书馆理事长。

2015 年 3 月，再度应邀在台湾大学和台湾各大城市进行“环岛巡回演讲”，自台北市、新北市、台中市到高雄市。双目失明的星云大师闻讯从澳大利亚赶回台湾，亲率僧侣团队到高雄车站长时间等待和迎接。这是余秋雨自 1991 年首度访问台湾后第四次大规模的环岛演讲。本次演讲的主题是“中华文化和君子之道”。

2015 年 4 月，悬疑推理小说《空岛》和人生哲理小说《信客》出版发行。

2015 年 9 月，应邀为佛教圣地普陀山书写《心经》，镌刻于该岛迴澜亭。

2016 年 3 月，应邀为佛教圣地宝华山书写《心经》，镌刻于该山平台。

2016 年 11 月，被选为世界余氏宗亲会名誉会长。

2017 年，中华书局编辑出版《中华文化读本》七卷，均选自余秋雨著作。

（周行、刘超英整理，经大师工作室校核）

获奖记录

余秋雨先生获奖颇多，难以统计，大致有：

1984 年全国戏剧理论著作奖；

1986 年上海哲学社会科学著作奖；

1991 年上海优秀文学艺术奖；

1992 年中国出版奖；

1993 年全国优秀教材一等奖；

1995 年金石堂最有影响力书奖；

1997 年台湾读书人最佳书奖；

1998 年北京《中关村》“最受尊敬的知识分子”奖；

2001 年香港电台最受听众推荐奖；

2002 年台湾白金作家奖；

2002 年马来西亚最受欢迎华语作家奖；

2006 年全球数据测评系统推荐影响百年百位华人奖；

2010 年台湾桂冠文学家奖（设立至今几十年只评出过五位）；

2014 年全国美术书籍金牛杯金奖（书法集）；

……

附录二

本书参考书目

《文化苦旅》
《山居笔记》
《中国文脉》
《山河之书》
《千年一叹》
《行者无疆》
《何谓文化》
《君子之道》
《吾家小史》
《北大授课》
《极端之美》
《世界戏剧学》
《中国戏剧史》
《艺术创造学》
《观众心理学》
《霜冷长河》
《倾听秋雨》
《历史的脸谱》
《文明的碎片》
《笛声何处》
《借我一生》
《寻觅中华》
《摩挲大地》
《余秋雨人生哲言》
《余秋雨台湾演讲》
《秋雨合集》
《余秋雨作品集》

内在的星空
余秋雨人文创想

图书在版编目（CIP）数据

内在的星空：余秋雨人文创想 / 余秋雨著 .—北京：北京联合出版公司，2017.5

ISBN 978-7-5596-0335-7

Ⅰ.①内… Ⅱ.①余… Ⅲ.①散文集—中国—当代 Ⅳ.①I267

中国版本图书馆 CIP 数据核字（2017）第 076679 号

内在的星空：余秋雨人文创想

作　　者：余秋雨
责任编辑：郑晓斌 徐秀琴
装帧设计：今亮后声 HOPESOUND pankouyuyu@163.com

北京联合出版公司出版
（北京市西城区德外大街 83 号楼 9 层 100088）
北京盛通印刷股份有限公司印刷 新华书店经销
字数 250 千字　700mm × 980mm　1/16　23.25 印张
2017 年 6 月第 1 版　2017 年 6 月第 1 次印刷
ISBN 978-7-5596-0335-7
定价：48.00 元